자카란다

펴 낸 날 2024년 11월 10일

지 은 이 김미정
펴 낸 이 이기성
기획편집 서해주, 윤가영, 이지희
표지디자인 서해주
책임마케팅 강보현, 김성욱
펴 낸 곳 도서출판 생각나눔
출판등록 제 2018-000288호
주　　소 경기도 고양시 덕양구 청초로 66, 덕은리버워크 B동 1708호, 1709호
전　　화 02-325-5100
팩　　스 02-325-5101
홈페이지 www.생각나눔.kr
이 메 일 bookmain@think-book.com

🐻 충청북도 / 충북문화재단

※ 이 책은 **충청북도 · 충북문화재단**의 후원으로 예술창작활동지원사업의 일환으로 지원받아 발간
　되었습니다.

자카란다

김미정 단편소설

생각나눔

『마흔에 읽는 니체(장재형)』는 어려운 니체의 사상을 쉽게 풀어낸 글이다. 이 글에서 인간은 자신의 의지로 정신이 발전하는 세 번 변화를 제시한다. 낙타 정신, 사자 정신, 아이 정신 단계이다.

낙타 정신은 버텨내는 삶의 태도, 강인한 정신과 인내심, 노예의 삶을 의미한다.

사자 정신의 단계는 '너는 마땅히 해야 한다.'에서 '나는 하길 원한다.'로 바뀌는 상태다. 자유 의지의 주인이 되는 것이다.

아이 정신의 단계는 어린아이가 놀이에 흠뻑 빠져 몰두하듯 자기의 삶을 긍정적으로 살아가는 것을 의미한다. 즉 우리의 삶이 고난과 고통이 더 많을지라도 삶을 아름답게 창조하기 위해서는 아이처럼 세상을 갖고 즐겁게 놀 줄 아는 긍정이 필요하다.

노자는 어린아이로 돌아가라 했고, 맹자는 대인은 어린아이의 마음을 잃지 않는다 했다. 예수는 천국은 어린아이처럼 순수하고 세상을 즐겁게 다룰 줄 알며 이것이 수양의 최고 경지라 한다.

어쩌면 소설 창작은 니체가 말한 세 가지 정신이 다 포함될 수 있다. 글을 쓰는 강인한 정신과 인내심. 써야만 된다는 부채감에서 어떤 주제든 자유자재로 넘나드는 주인 의식, 그리고 글쓰기 놀이에 흠뻑 빠져 삶을 다양하게 창조해 내는 긍정적 경지에 이르는 것. 그런 경지에 이르는 작가이길 감히 소망을 품는다.

> "쓴다는 것은 최고로 고독한 삶이다. 작가는 고독 속에서 작품을 완성하며, 정말 훌륭한 작가라면 날마다 영원이나 영원성의 부재와 맞서 싸워야 한다."
>
> —어니스트 헤밍웨이

인고와 고독의 싸움에서 나는 치열했던가 능히 장담할 수 없다. 하지만 나름 산고를 치르고 작품들을 다시 흔들어 깨워 소설집을 발간하게 되었다. 책을 출간할 때마다 늘 아쉬움이 따르는 건, 그래도 더 나은 미래를 갈망하기 때문이리라.

아직도 부족하고 흔들리는 내게, 기꺼이 내어 준 온기의 손길을 잡는다. 그리고 그분이 내 앞에 놓아준 디딤돌을 하나하나 밟으며 더 넓은 세계를 향해 두 손을 모은다.

2024년 가을

결핍(缺乏)을 극복해
나가는 사람들의 아픈 삶

– 소설이 뭐길래?

　　　　　소설은 허구(虛構, fiction)다. 환원하면 있을 듯
한 거짓말이요, 실제 없는 일을 그럴듯하게 꾸며 쓴 글이다. 그러나
거기 설정된 사건 상황 등, 서술된 내용이 이뤄질 수 있는 가능성
(사실성, 객관성)을 갖춰야 함은 물론, 독자에게 바르고 새로운 가치
(진실)를 전할 수 있어야 한다.

　작가가 일상에서 접하는 현실 가운데, 합리적이고 미세한 관찰
을 통해 얻은 결과나 경험을 통해 얻은 정보를 선택하고, 거기에
상상을 더(구성)하여 창작해 낸 것이, 이른바 소설이다.

　소설 속에 인간 누구나가 거치는 생로병사의 과정 가운데, 개인
적인 삶의 미추(美醜)와 희로애락을 담아내거나, 그 삶의 터전인 사

회상을 정확히 담아내어, 독자의 감성과 이성을 일깨움으로써, 올바른 가치관과 건전한 사회를 지향토록 하는 것이 작가가 짊어진 짐이요, 독자가 기대하고 요구하는 구실이기도 하다.

그러나 작가가 그 구실을 제대로 감당하느냐를 판단하는 건 독자의 몫이다. 독자들의 공감과 감동이 얼마나 넓고 깊게 확산되고, 그 영향이 어떤 효과를 낳느냐에 따라 소설의 가치와 작가의 능력이 가늠되기 때문이다.

미국의 남북전쟁(1861~1865), 소위 노예해방 전쟁이 북군의 승리로 끝난 후, 당시 대통령 링컨은 장편소설『엉클 톰스 캐빈』의 작가 H.B.스토를 불러, 그의 손을 잡고 이렇게 말했다.

"이 전쟁을 승리로 이끈 사람이 바로 당신이었군요."

『엉클 톰스 캐빈』을 읽고 감동한 독자들이, 노예제도가 인도주의에 반하는 것임을 깨닫고, 노예해방을 주장하는 여론이 북미지역에 확산되자, 이를 반대하는 남부지역과 갈등을 초래, 남북전쟁의 한 원인이 되고, 북미 주민의 단결로 북군이 승리를 거둔 데 대한 치사였다.

그 결과로 노예제도는 폐지되고, 미국이 남북으로 분리될 뻔한 역사의 불운을 막은 것이다.

도대체 소설이 뭐길래, 한 권의 책, 한 사람의 작가, 그 작가가 창조해 낸 하찮은 인물이 수많은 사람을 변화시키고 역사의 거센 물줄기를 바꿔 놓는 건가? 그 출발점은 소설 속의 인물에 대한 공감이 감동으로 진화, 확산되고 이어서 대중의 일체감을 형성한 때문이다.

『엉클 톰스 캐빈』의 주 인물이요, 노예인 '톰'이 독자들을 공감과 감동의 세계로 이끈, 바로 그 인물이고, 그는 노예 상인들의 잔혹한 학대 속에서도 사랑과 신의를 버리지 않고, 생의 마지막 순간에도 하느님에 대한 믿음을 저버리지 않은, 진실과 진리의 실현자였다.

빅토르 위고가 탄생시킨 『레 미제라블』의 장 발장 역시 빵 한 조각을 훔친 죄로 19년의 옥살이를 하면서, 온몸에 분노와 증오를 가득 채웠던 죄수였다.

출옥 후, 다시 감옥에 갈 위기를 면하게 해 준 밀리에르 신부의 관용에 감동한다. 그는 회개한 후, 여생을 가명(假名)으로 살면서 사랑과 용서, 희생과 봉사로 일관했다.

프랑스혁명 후, 보수와 진보의 갈등이 극심한 사회에 관용과 사랑과 희생으로 화해의 길을 모색케 한 선각자였다. 톰이나 장 발장, 그들은 소설 속의 허구의 인물로, 작가의 인생철학, 삶의 진리를 실존(實存) 인간들에게 전해준 대리자였다.

작가 김미정의 단편집에 실린 9편의 소설에는 여러 인물이 등장한다. 그들은 정상적이고 평범한 삶을 누리는 데 있어야 할 것이 없거나 모자라는, 결핍(缺乏)을 지닌 사람들이 대부분이다. 작가가 굳이 이런 인물들의 삶에 주목한 까닭은 무엇일까? 그들의 고단하고 아픈 삶 속에 장전된 감동 요소는 과연 무엇일까?

작가 김미정이 독자에게 전하려는 '진실, 진리'가 거기 있을 것이다.

– 작가 김미정의 소설 세계

　김미정의 단편집 『자카란다』에는 표제작을 비롯하여 9편의 단편소설이 실려 있다.

　소재의 발원지는 평범한 소시민의 가정. 가장 질긴 인연으로 얽힌 가족관계에서 빚어지는 아픔을 주로 다뤘다. 어느 가정, 어느 가족인들 크고 작은 아픔 없이 사는 사람들이 있을까만, 대부분 아픔이 아픔인 줄 모르거나 혹은 숨기거나, 혹은 산다는 것, 살아가는 과정이 의례 그런 것이려니 체념하고 사는 것이 대부분이다. 그 아픔이 내 가족이 아닌 남의 사정일 때는 더욱 그렇다.

　그러나 작가는 그들의 아픔을 외면하지 못한다.

　비록 신음하거나 몸부림치며 저항하지 않더라도, 지병(持病)처럼 간직하고, 운명처럼 순응하면서 인내로 극복하는 사람들을 안타까운 시선으로 바라본 것이다. 그러면서 작품 속의 인물들과 동병상련으로 아픔을 함께한다.

　물론 소시민의 가정, 그 가족들이 겪는 아픔의 근원은 부(富)와 권력, 지위와 명예가 아니다.

　태어나면서 응당 갖춰야 할 것, 살면서 당연히 누려야 할 신체적 정신적 요소나, 생명 연장을 위한 최소한의 물질조차 누릴 수 없는 것들 때문에 겪는 아픔이다.

　있어야 할 것, 누려야 할 것, 그런 것이 모자라거나 없는 결핍(缺乏),

그 결핍으로 인한 아픔은 당자만의 것이 아니라, 질긴 인연으로 얽힌 가족들이 함께 겪어야 하는 아픔인 것이다.

「자카란다」는 조울증 남편의 폭력에 시달려 온 아내의 이야기다.

남편 종우는 자상하고 유능한 의사지만, 수시로 조울증이 발동, 폭력을 행사한다. 아들 아람에 대한 사랑과 남편의 폭력 사이에서 방황하던 아내 우연은, 헤어질 결심을 하고 잠시 피신했다가 다시 남편에게로 돌아간다.

남편 종우의 성장기는, 아버지의 폭력에 시달리던 어머니가 일찍 죽고, 새어머니마저 암으로 사망, 누구의 사랑도 받지 못하고 오직 폭력이 두려운 결핍의 시기였다. 우연은 그런 결핍이 조울증의 원인임을 알고, 아들에게 대물림되는 것을 막기 위해 결심을 바꾼 것이다.

"밀알이 썩어야만 열매를 맺는다니, 나 하나 썩으면 되겠지…."

희생을 각오하고 결심을 바꾼다. 올곧게 자란 아들을 호주 퍼스로 유학 보내고, 우연은 부부 동반으로 아들의 유학지 '퍼스'로 여행을 간다. 거기서 가로수를 아름답게 물들인 보랏빛 자카란다꽃을 보며, 희생으로 고통을 극복하고 조화를 이뤄 온 삶의 의미를 깨닫는다.

"빨간색과 파란색이 섞인 보라색처럼, 부부란 서로 슬픈 균형을 이루며 살아내는 것이다."

성장기 사랑의 결핍이 생애에 어떤 불행을 낳고, 그 예방을 위한 모성의 역할이 어떤 것인가를 전하려는 것이 작가의 의도가 아닐까? 주제가 다소 깊이 묻힌 듯하나 울림이 큰 작품이다.

「뵈뵈의 꿈」은 이색적인 소재다. 「자카란다」가 성장기에 결핍된 사랑 때문에 황폐해진 삶의 고통을 희생으로 극복해 낸, 뜨거운 모성을 보여 준 것이라면, 이 작품의 소재는 인구절벽을 염려하는 세간의 여론과 달리, 젊은 부부들의 출산 기피나 낙태를 가벼이 여기는 현상을 간접적으로 지적하는 가운데, 출산 이전의 태아도 엄연한 생명체로 존중되어야 한다는 것을 암시한다. 생명에 대한 그릇된 인식, 사고(思考)의 결핍을 지적한 것이다.

12주 간격의 시차로 중복수정된 비정상의 쌍태아 임신으로 고통을 겪는 산모를 두고, 산모와 태아의 생명에 대한 가족들 의견이 분분하다. 먼저 수정된 형 '뵈뵈'는 태내에서 가족들의 대화를 듣고, 만약 자신이 세상의 빛을 보지 못하게 되면 동생이라도 살아서 세상에 나가고 자신은 아기별이 되어도 괜찮다고, 동생을 위해 기꺼이 희생할 각오를 다진다.

자신들만의 행복을 위하여 출산을 기피하고, 낙태에 죄의식조차 느끼지 못하는 사람들에게 '뵈뵈'의 마음을 전해줄 수 있다면, 과연 어떤 심정이 될까?

모든 인간은 자신의 분신을 잉태할 기능과 의무를 갖고, 출산 전 태내의 생명도 존중되어야 한다는 것은 당연한 논리다. 낙태나 출산 기피 합리화는 일종의 논리가 결핍된 사고(思考)다. 모든 인간이

이 같은 사고를 고집한다면 특정 지역의 인구 소멸을 넘어, 지구상의 인류 소멸이 머지않아 닥칠 것이다. 가볍게 읽으면 한 가정의 별난 소동에 그치겠지만, 가볍지 않은 문제를 다룬 작품이다.

「밥의 노래」는 신체나 정신적 결핍이 아닌 경제적 결핍, 가난으로 인한 궁핍(窮乏) 때문에 어렵게 성장기를 보낸, 가족의 후일담이다. '나'는 홀몸이 된 어머니가 재혼하면서 누나와 함께 숙모에게 맡겨진다.

작은아버지는 한량이고 숙모는 가난한 형편에도 불구하고 차별 없이 지극한 사랑을 기울인 덕에 사촌들과도 우애롭게 자라, 일가를 이루고 교회 장로가 되었다.

반면에 밥술이나 먹을 만큼 산다는 집으로 시집간 누나는 호된 시집살이와 '승질머리' 고약한 매형 때문에 '입주름이 자글자글'할 만큼 힘들고 고달픈 삶을 살고 있다. '나'는 그런 매형에게 분노를 품고 있다.

말미에 매형을 용서하기 어려울 만큼 '나'의 분노가 큰 까닭을 밝혔지만, 그 원천은 더 오래전 성장기 있었다. 식생활 궁핍은 면했지만, 결핍된 사랑이 매형의 '승질머리'를 고약하게 만든 때문이다. '나'와 누나, 사촌들의 성품이 매형과 대척을 이루는 것은, 비록 가난했지만, 숙모의 차별 없이 따뜻한 사랑이, 역시 따뜻한 성품을 길러 준 덕이다. 사랑은 그만큼 오래가고, 또 그만큼 따뜻하게, 죽은 사람과 산 사람의 삶을 함께 감싸 준다. 물질의 궁핍은 사랑으로 극복, 성숙한 인간을 기를 수 있으나, 사랑의 결핍은 치유 불능의 인성적 장애를 낳는다는 교훈이다.

「빨간 구두 에드나」는 좋은 식재료를 싱거운 간편 요리로 뚝딱 해치운 느낌이다. 단편소설보다 엽편소설(콩트)에 가깝고, 작가가 머릿속에서 좀 더 숙성시킨 뒤에 붓을 들었더라면 하는 아쉬움이 있다. 비록 매월 15달러의 작은 액수지만, 지각기능의 결핍으로 '형광등' 별명과 함께 학교 성적순 '꼴찌'를 달고 사는 한국 학생을, 출생 시부터 45년간 후원하면서, 비대면 편지로만 격려, 일류 학자로 만든 미국의 가난한 여인 에드나, 그의 현직은 편의점 청소부다.

많은 사람이 적선(積善)으로 세상에 밝은 빛을 전하지만, 그렇게 가난한 여인이 그렇게 장기간, 그렇게 은밀하게, 그렇게 진실한 마음으로 격려, 동기를 부여해 온 일은 기적이요, 후원인에게 마땅한 보은(報恩)을 실천한 수혜자도 후원자 못지않게 도리와 진리를 실천한 인물이다.

"원수는 물에 써서 흘려보내고 은혜는 돌에 새겨 간직하라"는 금언이 새삼스러워지는 소재다.

소설은 '사실' 그대로의 날 것만이 아니라, 작가의 창의(創意)가 더해져, 숙성을 거쳐야 제맛을 내는 것이다. 그걸 잊지 않는 작가가 좋은 소설을 만들고, 그걸 아는 너그러운 독자가 작가와 소설을 이해하고 수용한다. 감동 요소가 다분한 좋은 소재이나 숙성이 덜 된 느낌이다.

「어쩌다 저녁놀」은 고위공직자였던 주인공이 퇴직 후 허허로운 삶을 차분하게 보여 준 작품이다. 일상이 바쁘고 가족 부양의 등짐이 무거운 세대는 공감이 크지 않겠지만, 가족 부양의 짐을 벗고, 자녀가 독립한 은퇴 세대는 소설의 '주인공이 바로 내 처지다.'라고, 일종의 동일시(同一視) 현상을 일으킬 만큼 실감 나게 그렸다. 1인칭 화법으로 '들려주기' 방식을 택한 것은, 작가가 관찰자 위치에서 삼인칭으로 서술한 것보다, 독자와 화자의 거리를 좁히기 위한 효과적인 선택으로 보인다.

이제껏 잘못 살아온 건 아닌 듯한데도, 친구 혹은 옛 동료와의 대화나 분위기도 예전 같지 않게 건조하다. 골프 모임은 와해되고, 산행도 허허롭고, 아내나 친척들 앞에 당당했던 자부심은 자괴심으로 바뀐다. 우연히 시작된 애완동물들과의 교감(交感)조차 차단된다. 마음 기댈 곳 없는 허전한 일상, 쓸쓸한 황혼 인생이 마지막 빛을 토해내는 붉은 노을처럼 슬프다.

"생명체들이 사라진 뜨락에는 해가 이울도록 적막이 흐른다./ …/ 찬란했던 낙조는 어느새 사라지고 사방이 어두워진다./ 술도 먹지 않았는데 나는 운다"

말미의 서술은 '나', 노후 준비의 결핍으로 아픔을 겪는 은퇴자의 처절한 고독, 외로움을 표출해 낸 한 편의 시(詩)처럼 읽힌다.

「대전 블루스, 그날」 갱년기 여인들이 신체 기능의 변화와 함께 통과의례처럼 겪는 심정적 동요의 한 단면을 그렸다. 결코 일탈을 꿈꿔서가 아니라, 일상에 쫓기며 의기소침해진 자신을 돌아보고, 과거의 반추,

혹은 미래 설계로 위안을 받으며 잠시의 동요를 진정시키는 것이다.

관절치료차 대전 병원을 찾아간 '주영'이, 추억이 깃든 시계탑을 지나다, 바바리코트 입은 중년 남자를 본다. 그의 모습과 겹쳐지는 옛 연인 성철을 떠올리면서, 가슴 울렁이던 과거가 파노라마처럼 펼쳐진다.

의사 아들로 신분을 과장했던 성철이 혈혈단신의 고학생이라는 고백에도, 그의 사랑만은 진실이라 믿었지만, 청혼을 받아들이지 않았던 주영, 그때 성철과 함께 먹었던 대전역 앞 역전 가락 국수집도 흔적 없이 사라졌다.

대전역사에는 전국적으로 유명해진 '성심당' 빵집 앞에 길게 줄선 풍경을 보며 주영은 지나간 역사의 흐름을 느낀다.

갱년기 여성의 미풍 같은 작은 흔들림은, 삶이 익어가는 한 과정일 뿐이라고…. 결핍 없는 평온한 가정의 주부인 주영은 택시와 버스를 타고 곧바로 청주의 집, 제자리로 돌아갈 것이다.

「오래된 비밀」, 불치병을 지닌 자신의 고통을 숨긴 채, 남에게 행복을 전한다던 행복 전도사의 부부 동반 자살 소식에, 영숙은 충격을 받는다. 자신도 그런 내밀한 고통을 지녔기 때문이다.

결혼 초기, 궁핍한 생활 중에 첫 임신이 유산된 후, 이란성 쌍둥이를 임신한 영숙은 어린 시절, 3남매의 끼니 걱정으로 고생하던 어머니를 생각하고, 쌍둥이 양육이 두려워진다. 출산 후, 여아를 외국에 입양 보내기로 병원 측과 은밀한 약속을 한다.

비밀은 지켜졌으나, 영숙의 가슴에 박힌 미늘은 세월이 가도 천륜을 저버린 고통을 풀어주지 않는다.

20여 년 후, 아들은 영국으로 유학을 보내고, 고통과 함께 숨겨 온 딸에 대한 비밀을 영숙의 남편은 뒤늦게 알게 된다. 비밀을 다 알게 된 영숙의 남편과 아들은 적극적으로 입양을 추적해 간다. 결국 수소문 끝에 영국으로 입양된 딸을 만난다.

공항에서 불구가 된 딸을 만나는 순간, 영숙은 정신을 잃는다. 자신의 안일을 위해 천륜을 저버린 어미와 그 주변의 고통이 그것으로 끝날 수 있을까? 답은 명확하지만, 작가가 새삼스럽게 이를 반추하는 것은, 그 명확한 답을 애써 외면하려는 사람들에게 경각심을 주기 위함일 것이다. 태아의 생명이나 갓 출생한 어린 생명도 모든 인간과 동등하게 사랑받고 존중되어야 한다는 점에서, 「뵈뵈의 꿈」과 일맥상통하는 작품이다.

「내 이름은 베말순」은 정서적 결핍을 지닌 원생 소년의 아픔을, 장기간 관찰해 온 사설학원 원장을 통해 보여 준 작품이다. 결핍의 원인은 아스퍼거 증후군으로 의심되지만, 확실한 진단 결과는 없다. 특정 대상에만 높은 관심을 두고 남다른 관찰력과 기억력을 발휘하는 등, 높은 지적 능력을 소유했으나, 자기만의 세계에 집착하는 자폐증 때문에, 언어와 행동이 돌발적이고 제한적이다. 또래들과는 물론 타인과의 상호작용에 갈등이 끊이지 않는다.

소년의 어머니는 이를 부끄러워하고, 원장은 소통과 교정을 위해 노력하나 한계를 느끼고 안타까워할 뿐이다. 소년은 자신의 행동을 자책하지만, 치유의 길은 멀고 주변의 시선은 여전히 차갑다. 소설의 주 무대가 학원이고 원장의 역할이 제한적이기 때문이겠으나 학교에서의 소년에 대한 배려(지도)가 보이지 않는 것은, 화룡점정을 잊은 듯한 느낌이다. 하지만 소년과 같은 장애인들에게 주변의 따뜻한 관심을 촉구하고, 아버지와 동행한 바닷가 바위 앞에 선 소년의 모습을 통해, 희망적인 미래를 예측케 하려는 작가의 의도는 분명하다.

현재도 복지 대책을 요구하는 장애인들의 집회를 백안시하는 사회가, 언제쯤 그들에게 따뜻한 관심을 보낼까. 눈 귀 입, 삼중의 장애를 지닌 헬렌 켈러를 '장애인의 빛'이 되도록 지도한 셀리번과 같은 헌신적인 교육자, 그런 여건이 조성될 기대 역시 난망인 것은 안타까운 일이다.

– 꾸밈없이 소박한 문장의 맛

김미정의 소설 속의 등장인물들은 대부분 갈등과 고통 속에서 힘겹게 사는 사람들이다.

그러나 너와 나, 너희와 우리로 갈라져 적대관계로 맞서거나, 가해자와 피해자로 분리되어 증오와 폭력을 행사하는 관계가 아니다.

혈연이나 지연, 또 다른 인연의 줄에 묶여 더불어 살아야 하는 관계다. 따라서 당면한 갈등과 고통을, 구성원들 간의 승부나 배척으로 해결할 것이 아니다. 공유하면서 함께 해결해야 할 사람들이다.

가족 구성원 중의 한 사람이 겪는 고통이라도, 이를 공유함으로써 갈등을 최소화하거나 예방이 가능할 수 있다. 그러자면 상호 이해와 양보, 인내로 소통하고, 그 이전에 인성 형성의 중요한 시기인 성장기에 부모의 진실한 사랑은 필수다.

등장인물들 가운데 범법자나 특별한 악인이 없는 것도 이런 소재들 때문이고, 작가가 평범한 우리 이웃, 범상한 사람들의 삶에 시선을 돌려 관찰한 의도 역시, 그들의 일상 속에 잠복 된 장애인들의 불편과 갈등과 고통은 당사자와 가족뿐만 아니라, 사회 전체가 관심을 가져야 할 문제라는 걸 강조하기 위해서일 것이다.

사랑으로 장애를 예방하고, 비장애인들의 관심과 배려로 장애인의 고통을 나누자는 것이다.

텔레비전과 핸드폰 등 영상매체 확산 이후, 활자 매체 설 자리가 점차 좁아지더니, 요즘은 아예 외면당하는 처지가 됐다. 독서 인구가 줄고 문 닫는 서점이 늘어간단다. 입시와 취업, 자격증 취득이나 벼락부자 꿈과 관계없는, 소설책은 대중의 관심권에서 멀어지고 서점의 좌판에 자리 잡기가 어려운 상황이다.

이런 상황에서, 김미정의 소설은 독자들이 호기심을 끌거나 관심을 기울여 읽어야 할, 몇 가지 특징을 지니고 있다.

첫째, 제목이 주는 호기심이다.

대부분의 소설 제목이 미사여구로 꾸미거나 주제를 압축 암시하는 경우가 많지만, 이 작가가 내세운 제목은 선 듯 주제를 예상키 어려운 부분이 있다. 그 점이 호기심 유발효과를 낳을 수 있다는 점이다.

둘째, 소재는 이미 서두에서 언급한 대로, 특별할 것 없는 소시민들의 삶을 이야기한다. 숨겨진 상처, 장애, 결핍이 있는 사람들의 얘기다.

독자에 따라 재미없는 소재, 상투적인 주제라고 외면당할 수도 있지만, 공동 사회의 구성원은 누구나 평등한 권리를 누려야 한다는 지극히 엄중한 명제를 인식하고 있는 독자라면, 주목받기 어려운 소재를 굳이 소설로 엮어낸 작가의 의도에 공감과 박수를 보낼 것이다.

셋째, 굳이 기승전결의 형식을 의식하지 않고 과거와 현재를 넘나들며 거침없이 써나간 듯한 작품이 대부분을 차지한다. 절친과 마주 앉아 생각나는 대로 풀어놓는 이야기처럼, 과거와 현재가 서로 꼬리를 물고 이어진다. 그런데도 전체 줄거리는 일목요연하게 한 줄에 꿰어질 만큼 일관성을 유지한다.

작가가 일상생활 중에 관심 분야에 대한 면밀한 관찰 결과를 축적하고, 나름대로 발견한 문제점에 대한 숙고를 거쳐, 부분 설계를 마친 후에 집필에 착수한 것이 아닌가 하는 느낌이 든다. 물론 짐작이지만, 소설 진행이 속도감이 느껴지기 때문이다.

넷째, 의식적인 꾸밈이 보이지 않는 소박한 문장이다. 작가는 분명히 여성인데 특별히 감성적이지도 않고, 그렇다고 투박하지도 않다. 불필요한 속어나 은어, 약어, 외래어 남용 사례도 눈에 띄지 않는다, 그래서 친근감으로 수월하게 읽히면서도 의미 전달에 부족함이 없는 문장이다.

작가가 집필 목적이나 주제에 너무 집착하다 보면, 전문용어의 남용이나 관념 나열로 독자를 질리게 할 우려가 있으나, 이 작가는 그런 우려를 잘 털어낸 셈이다.

다섯째, 작가의 대리인으로 이야기를 이끌어가는 화자(話者)의 과잉 친절은 독자 몫이 되어야 할 상상의 여백을 박탈하고, 흥분은 거부감을 낳는다. 과잉 친절은 대부분 독자에 대한 불신에서 비롯되는 경우가 많다. '이 정도 설명(서술)으로는 독자가 내 뜻을 이해하지 못하지 않을까?' 하는 염려 때문이다.

그러나 이 소설집의 화자들은 시종일관 과잉 친절이나 흥분을 자제하고 침착성을 유지하고 있다, 독자가 거부감이나 지루한 느낌 없이, 주체적으로 소설 내용을 수용할 수 있도록 했다. 작가가 적절하게 절제력을 발휘한 때문이다.

– 청소년과 부모에게 전하는 보양제

과학에는 열 사람이 말해도 똑같아야 하는 정답이 있다. 그러나 예술에는 그런 정답이 없다. 과학에는 원리와 법칙이 있지만, 예술에는 그런 것이 없다. 문학작품에도 역시 정답은 없다.

따라서 소설 독후감에도 천편일률, 다인 일색으로 공감을 기대하는 것은 무리다.

작가가 일단 완성해 놓은 작품은 작가만의 것이 아니다. 따라서 그 독후감이 작가의 기대는 물론 또 다른 누구와도 일치해야 할 이유도 없는 것이다. 작가의 집필 의도와 주제의 가치나 독창성, 혹은 흥미 요소에 반응하는 데는 어떤 잣대도 일률 적용이 어렵기 때문이다. 오로지 독자의 상식과 취향, 감성이 좌우할 뿐이다.

작가 김미정의 소설에 대한 필자의 의견, 앞에 기록한 몇 가지 소견은 필자의 일방적인 의견일 뿐이다. 이어서 나타날 독자들의 반응은 또 다르고 다양할 것이다.

그러나 필자는, 일회적 흥미, 즉시적 순간적인 쾌감을 위해 전자게임에 중독돼 가는 청소년들은 물론, 그런 청소년을 양육하는 성인들까지, 많은 사람이 김미정의 소설을 읽었으면 한다.

『엉클 톰스 캐빈』처럼 울림이 큰 감동이나 역사를 바꿀만한 거창한 기대는 하지 않더라도, 성장기에 있는 청소년, 그 청소년들을 교육해야 할 부모들에게 정신적 보양제가 될 요소가 많기 때문이다.

유아기부터 청소년기까지는 정서적으로나 신체적으로나 성장 속도가 빠를 뿐만 아니라, 외부로부터의 자극에 민감하게 반응하는 시기다. 사랑의 결핍은 인성의 결핍으로 이어지고, 물질의 궁핍은 육체의 성장 장애만이 아니라, 인성의 결핍으로까지 이어진다.

김미정의 소설에는 그런 결핍을 안고 성장한 사람과 가족들의 고통, 그 고통을 극복해가는 사람들 얘기가 담담하게 그려져 있다.

문학적 감동 외에, 또 다른 '사랑'의 가치를 감지하게 되리라 믿는다.

작가는 채권자가 없는 채무자와 같다. 아무도 독촉하는 이가 없는데도 항상 부채감을 안고 산다. 그 부채감이 고통을 주기도 하지만, 펜을 잡게 하는 동력의 원천이 되기도 한다.

이 작품집이 작가에게 잠시의 해방감을 줄 것이다. 그러나 무거운 부채를 상환한 듯한 해방감, 그 안일을 너무 오래 누리지 않기 바란다. 또 다른 소재, 또 다른 삶의 내면을 발굴하고, 더 아름다운 문장으로 독자들의 가슴에 감동을 선사하기 바란다.

분명 더 큰 울림이 있는 소설이 더 많은 독자에게 큰 영향을 줄 것을 기대한다.

집필에 많은 공을 들인 작가의 노고에 격려를 보내며, 작품집 출판에 축하를 드린다.

2024년

安 秀 吉 소설가

목차

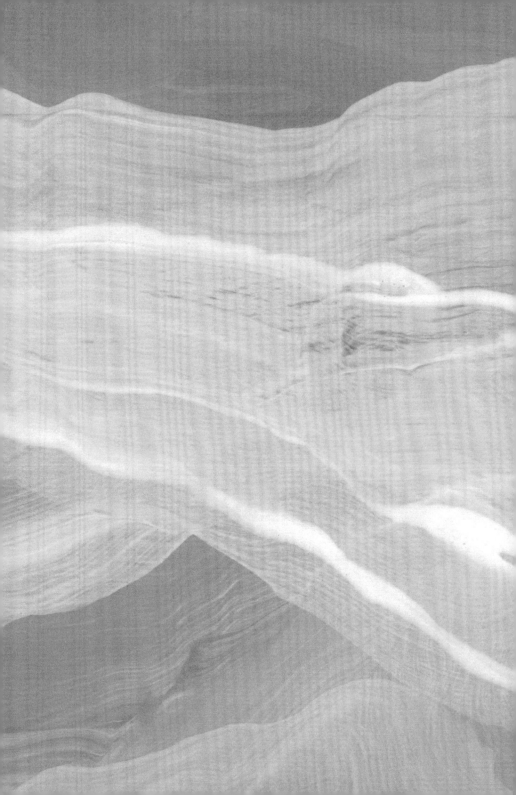

자카란다

우연은 리무진 버스 창밖을 바라본다. 여명이 밝기 전, 조명에 비친 11월 중순의 풍경들이 비켜 간다. 온통 무채색이다. 비에 젖은 낙엽들이 보도블록 위에 착 달라붙어 있다.

S시에서 인천공항까지 가는 시간은 약 2시간 30분. 모자란 새벽 잠을 그런대로 보충할 시간이다. 우연은 좌석을 찾은 후 륙색을 벗는다. 종우는 우연의 륙색과 자신의 백팩을 선반 위에 올린 후 자리에 앉는다. 힘든 일이다 싶으면 묵묵히 몸을 움직이는 종우의 행동을 우연은 여상히 보아 넘긴다.

이 주일 전부터 여행을 준비했던 노곤함이 밀려온다. 하지만 우연은 쉬이 잠들지 못한다. 처음 가보는 쿠알라룸푸르 공항에서 환승해야 하는 긴장감 때문일까. 반 이상의 좌석을 채운 리무진 버스 안은 생각보다 조용하다. 서로 대화하는 소리도 소곤소곤한다. 공

항 가는 버스와 일반 고속버스 안의 공기가 새삼 다르다는 걸 우연
은 비로소 알아챘다. 얕은 잠을 자다 깨다 하다 보니 벌써 인천공
항이라는 안내 멘트가 흘러나온다.

제2 여객터미널에 도착해 몇 발자국 정도 떼자 바로 공항 입구
다. 잠시 스친 아침 바람이 꽤 날카롭다. 공항 안으로 들어서자 따
스한 공기가 온몸에 감겨든다.

승차하기 두 시간 전이다. 얇은 패딩 점퍼를 최대한 압축해 각자
캐리어 안에 쑤셔넣은 후 캐리어 두 개를 퍼스 공항으로 부친다.
식당 간판을 둘러보다 죽 전문집으로 들어가 비빔밥과 죽을 주문
한다. 식사를 마치자 바로 옆 카페에 들러 아메리카노 두 잔을 테
이크아웃해 휴게실을 찾아 앉는다. 아람이가 전에 테이크아웃이
아니라 테이크어웨이가 맞는다고 했지만, 한국에서는 일반적으로
테이크아웃으로 통하니 그리 써먹을 수밖에 없다.

우연은 종우와 커피를 마시며 데면데면한 몇 마디를 주고받는다.

탑승할 시간이 되자 드디어 말레이시아 항공기에 오른다. 종우는
좌석을 찾아 실내용 캐리어와 두 가방을 선반에 올린다. 좁은 통로
를 다니며 서비스하는 말레이시아 승무원들이 고혹적이다. 말레이
시아 전통 의상인 바주 *꾸*바야. 깊이 패인 목선에 요요히 흔들리는
가는 허리, 발목에 닿는 롱스커트에 꽉 조인 엉덩이 선이 두드러져
보인다. 낯선 문화의 색다름이 신선하다.

우연은 승무원들의 뒤태에 시선이 자꾸 쏠린다. 가만히 앉아서

승무원들의 서비스를 받으니 기분이 묘하다. 별 움직임도 없이 기내에서 점심, 저녁을 먹고 간식까지 먹자 포만감이 밀려온다. 창가에 앉은 종우는 지루한지 와인을 주문한다. 우연도 레드 와인을 주문해 마신다. 심신이 나른하며 몽롱하다. 땅에서 받았던 상처와 삶의 난제들을 땅 위에 모두 던져둔 채, 하늘을 날고 있는 이 시간, 그대로 하늘로 날아가 사라진다 해도 그리 쉬울 게 없다.

쿠알라룸푸르 공항까지 오는 동안 우연은 종우와 기내식으로 무얼 먹을 건지, 간식의 선택에 대한 말 이외엔 별다른 대화가 없다.

30여 년이란 세월이 흘러도 이 남자 옆에선 팽팽한 실이 언제 툭, 끊어질지 모른다는 긴장감을 잠시도 놓을 수 없다. 다행히 종우는 여행을 앞두고 약을 거부하지 않고 제때 먹었다. 60대를 넘기면서 예민한 그의 성격은 다소 누그러졌다. 아들과 며느리, 손녀를 만난다는 기대감에 며칠간 조증이 일어나 노심초사했지만, 이번 약은 잘 맞았는지 증세는 곧 가라앉았다.

말레이시아 항공기는 5시간 30분 정도 비행 후 쿠알라룸푸르 공항에 착륙했다. 공항 안으로 들어서니 습한 더위가 온몸으로 엉겨든다. 골프배낭을 멘 몇 무리의 한국인들과 섞여 게스트를 찾아갔다.

공치러 온 한국인들을 보며 이젠 선진국으로 들어선 내 나라에 대한 자부심에 어깨가 으쓱해진다. 몸에 밴 그들의 여유로움이 부럽다. 하지만 팔자 좋아 보이는 그들에게도 겉모습에 가려진 삶의 고단함이 있지 않을까. 인생은 멀리서 보면 희극이고, 가까이서 보면 비극이라고 한 찰리 채플린의 말처럼 자신 또한 멀리서 보는 사람과 가까이 부대끼는 사람의 눈에는 달리 보이리라 짐작해 본다.

30대 초반인 아들이 외국에 집을 짓고 부모님을 초청했다는 말에 교우들은 부러워했다. 아들을 어찌 그리 잘 키우셨냐는 말에 우연은 멋쩍게 웃었다.

외국으로 단체 여행 때는 몰랐는데 가이드 없는 여행은 긴장감을 놓을 수 없다. 말하는 건 간단한 단어와 보디랭귀지로 대충 소통할 수 있다. 하지만 현지의 빠른 영어는 잘 들리지 않는다. 모국어로 서로 대화가 통한다는 게 얼마나 편하고 소소한 행복인지 우연은 새삼 깨달았다.

퍼스로 가는 환승 게이트를 찾아 셔틀 트레인을 탔다. 퍼스로 가는 게이트인 걸 확인한 후에야 아랫배가 터질 듯 차오른 게 느껴진다. 우연은 종우에게 실내 캐리어를 맡기고 화장실로 들어선다.

볼일을 마친 후 손을 씻으며 보니 여행객으로 보이는 젊은 백인 여자가 양치하고 있다. 우연은 자신의 륙색에 치약이 없다는 게 생각났다.

"Hello, Can I borrow your toothpaste?"

여자는 미소 띠며 흔쾌히 치약을 건네준다. 우연은 조금밖에 남지 않은 치약을 짜며 민망하다. 어린아이의 조금 남은 과자를 뺏어 먹는 기분이다. 하지만 어쭙잖은 영어로 소통했다는 기분이 민트향에 섞여 상쾌하다.

우연은 캐리어를 지키는 종우 옆에 앉는다.

"나 백인 아가씨한테 치약 빌려 양치했어요."

하찮은 자랑에 그는 여전히 반응이 없다. 우연은 길게 한 번 숨을 몰아쉰다. 캐리어를 놓은 옆 좌석 위에 백팩을 벗어놓은 뒤 그도 화장실로 들어간다.

공항 이동 통신 고객센터 부스에서 미리 로밍해 둔 폰을 연다. 아들의 문자가 와 있다.

"조심해서들 오세요. 저만 공항으로 마중 나가있을 거예요."

아람이의 다정한 목소리가 들리는 듯하다. 그리움이 꾸역꾸역 밀려온다. 바로 만날 텐데….

아람이 가족이 이 년에 한 번씩 한국에 들어오고, 다음 해는 우연의 부부가 호주로 갔다. 거의 일 년에 한 번 정도 만나는 셈이다. 한국에 오면 처가인 부산에 다녀와야 했고, 친구들도 만나느라 아람이는 늘 바빴다. 요즘 젊은 부부들은 양갓집에 시간과 물질을 똑같이 배분해 쓴다.

한국에서는 아들네 가족과 함께하는 시간이 늘 부족했다. 아람이가 결혼한 후로 모자간에 속 깊은 말을 나눌 여건이 좀처럼 주어지지 않았다. 우연은 늘 마음을 다잡곤 했다.

'그래, 아들은 이제 해외 동포다. 그 선을 넘어 기대하지 말자.'

아람이가 그리 빨리 결혼할 줄 몰랐다. 유학 생활이 외로웠나, 싶었다.

한인교회서 봉사를 잘하던 귀여운 이미지의 아가씨와 결혼했다. 우연은 기쁜 마음 안에 뭔가 배신감이 얹어지며 쓸쓸한 기분마저 들었다. 외동인 아람이가 딸 못지않게 살가운 데다 속도 깊어 아이에게 많이 의지했던 모양이다.

면세점을 둘러보고 나서 게이트 앞 의자에 앉아 쉬다 보니 두어 시간이 훌쩍 흘렀다.

쿠알라룸푸르 공항에서 환승해 6시간 비행한 후에 마침내 퍼스 공항에 도착했다. 인천공항에서 비행시간만 11시간이 넘고, 집에서부터 퍼스까지 오는 총소요 시간은 거의 16시간 이상이 걸렸다. 더 나이 들면 호주를 오가는 일이 이제 쉽지 않을 듯싶다.

호주 동부인 시드니나 멜버른에 직항이 있지만, 그곳에서 서부 퍼스에 오려면 다시 4시간이 걸린다. 환승이 비용도 저렴하고, 시간은 거의 비슷한 편이다. 싱가포르, 홍콩, 쿠알라룸푸르 공항을 거치는 경험도 나름 새로웠다. 각국의 기내식과 다양한 문화 체험이 다른 생기를 주었다.

인천공항서 보낸 캐리어를 찾으러 화물칸에 서서 기다린다. 체인을 돌며 주인을 기다리는 줄을 잇는 캐리어에 집중한다. 비슷한 색깔과 모양의 캐리어 중에 착각하고 잘못 찾아가는 사람도 있을 법하다. 종우는 용케 우연보다 먼저 캐리어를 찾아낸다.

퍼스 공항 전용 통로를 지나 소지품 엑스레이 검사를 했다. 보안요원이 종우에게 모자를 벗어보라고 한다. 그리고 빠른 영어로 뭐라고 하는데 우연은 도대체 알아들을 수 없다. 민망하게 웃으며 종우를 바라보니 그는 능숙한 영어로 몇 마디 하며 도리질한다.

겨울잠에서 막 깨어난 아기곰을 닮은 보안요원은 어리둥절한 동양인들에게 고개를 끄덕이더니 인심 좋게 웃으며 통과시킨다.

퍼스 공항을 빠져나오니 마침내 자유로운 바람이 새롭다. 퍼스는 건조하고도 따뜻한, 새벽 공기가 자욱하다.

출구 쪽 가까이서 아람이가 손을 막 흔든다. 우연은 아람이를 가볍게 안는다.

"울 아들! 잠꾸러기가 새벽에 고생하네."

유학생 때보다 마른 모습이다. 우연이에겐 아직도 아기 냄새가 나는 아들인데 처자식을 먹여 살리는 가장의 무게가 느껴지자 안쓰럽기만 하다.

아람이는 어릴 적부터 늘 마른 편이었다. 살쪘던 기억이 없다. 또래의 평균 키보다 작은 걸 느낄 때면 여러 감정이 소용돌이쳤다. 죄책감, 미안함, 착하고 희생하는 여자로 포장된 자신의 탐욕…. 다른 길을 선택할 수 없었다.

하루하루를 견디며 살아내야만 했던 결혼 생활이었다. 친정 식구들과 아람이가 다치지 않는 최선의 길은 종우 곁에서 살아내는 거였다.

종우는 거제도 병원에서 일한다며 어느 날 느닷없이 통고했다.

거제도까지 내려갈 일은 아니었다. S시나 S시 근교 병원에 취업이 어려운 면도 있지만….

어쩌면 몇 달, 아니 한 달이면 그만둘지 모를 일이었다. 거제도 생활을 위해 우연은 대충 필요한 짐을 쌌다. 그리고 아이를 데리고 야반도주하듯 거제도로 내려갔다. 육지의 최남단이라 할 수 있는 연고 무지인 거제도. 그곳에서 생활은 단순했다.

거제도에서는 언제든지 푸른 바다를 볼 수 있어 좋았다. 가슴이 터질 듯 답답한 날엔 10분 정도 차로 달리면 금방 바다에 닿을 수 있었다.

우연은 그날 아이를 태우고 바다로 갔다.

전날 밤에 우연은 네 시간씩 무릎을 꿇고 종우에게 무조건 빌어야 했다.

"아람이 아빠, 제가 잘못했어요. 정말 잘못했으니 우리 아람이를 봐서 용서해 주세요."

무엇을 잘못해서가 아니었다. 종우는 우울증 환청으로 시달리고 있었다. 자신이 병원에 출근했을 때 다른 남자를 만나고 왔다며 우연을 의심했다. 종우가 자고 있을 때 어떤 남자와 몰래 휴대폰으로 소곤거리는 소리를 들었다고 했다. 우연은 부인할 수 없었다. 부인하면 할수록 더 폭력적으로 변하는 걸 이미 수차례 경험했기 때문이다.

종우는 지포 라이터로 우연의 긴 머리를 모두 태워버린다고 으름박질렀다. 지옥이 이런 걸까. 우연은 캄캄하고 깊고 깊은 지하 속으로 한없이 추락하는 두려움을 느꼈다.

'내일이면, 내일이면 꼭… 이제 저런 미친놈한테서 벗어날 거야.

아아! 다시는….'

　속으론 이를 갈면서도 두 손은 부들부들 떨렸다. 그 손을 모아 싹 싹 빌면서 아람이를 위해 우선 이 위기를 모면해야 한다는 생각뿐이었다. 네 시간이나 협박하고 소리치며 난리를 치던 종우는 갑자기 지포 라이터를 집어 던졌다. 묵직한 지포 라이터가 탱, 하며 울렸다. 그것이 자신의 역할을 다하지 못해 아쉬워하는 것처럼 들렸다.

　"새엄마가 불장난은 하지 말라네. 위험하대. 난 착한 아이니까."

　우연은 소름이 끼쳤다. 그때 다행히 죽은 새엄마의 환청 소리가 들렸나 보다. 그는 온몸이 축 늘어지더니 침대 위에 힘없이 풀썩 쓰러졌다.

　우연은 꿇었던 다리가 펴지지 않아 한참을 뭉그적거리다 간신히 일어났다. 이제는 이 미친 인간과 더 이상 살 수 없다는 생각이 들었다. 총이 있다면, 정말 당장 총이 있다면 종우를 쏴버리고 자신도 그만 지긋지긋한 삶을 끝내고 싶었다.

　차를 주차한 후 흑진주 몽돌 해수욕장으로 아이와 함께 걸어갔다. 휴가철이 지난 무렵이라 해변은 한산했다. 선 채로 바다를 하염없이 바라보았다. 푸른 바다는 삭아져 내리는 우연을 따뜻하게 품어주는 듯했다.

　우연은 앉아서 맨손으로 모래 구덩이를 팠다. 자신을 안아주는 푸른 바다를 바라보며 파도 소리 들리는 곳에서 영원히 잠들고 싶은 마음이었다.

"땅 파자. 엄마 들어가게. 더 깊이 파. 겨우 엄마 다리 하나만 들어가겠네!"

아들은 조막만 한 두 손으로 막대기를 구해 와서 땅을 파 내려갔다. 우연과 함께 땅을 한동안 파다 보니 아이 몸통 하나 들어갈 만한 구덩이가 되었다. 해는 까마득히 이울고 있었다.

"아들, 그만 가자. 아-빠 밥 해주러…"

아이의 까만 눈동자가 흔들리며 입술을 삐죽였다. 우연은 아이의 손을 잡고 집으로 돌아가며 노래를 불렀다.

"엄마가 섬 그늘에 굴 따러 가면 아기는 혼자 남아 집을 보다가…"

우연은 더 목청을 높여 불렀다. 원래 음치지만 눈물을 흘리지 않기 위해 힘을 주다 보니 엇박자가 되었다. 아이는 작은 입술로 노래를 따라 불렀다. 청량한 아이의 노래는 파도에 휩쓸려 먼바다로 끌려갔다.

노련한 아람이의 운전 솜씨에 우연은 마음이 안온해진다. 호주는 운전석이 오른쪽이어서 종우는 왼쪽에 앉아있다. 새집은 어떤 모습일까, 사진을 통해 대충 짐작이 되지만 궁금하다.

호주는 2주 주급으로 페이를 지불한다. 호주 사람들은 돈을 모으려는 문화가 아니라고 한다. 그저 맛있는 거 먹고 즐기고 여행하며 하루를 행복하게 사는 듯하다. 아람이도 아기가 생기기 전에는 싱가포르, 홍콩, 발리 등 여러 나라로 휴가를 자주 다니곤 했다.

호주는 영주권 자녀에게 2주에 한 번씩 양육비를 지급한다. 국립

학교는 대학까지 무료인데도 이민 온 한국인, 중국인, 인도인들은 대부분 교육비가 비싼 사립학교로 보낸다. 수영, 발레, 악기 등을 가르치며 국내 못지않게 호주에서도 교육열이 뜨겁다.

아람이는 몇 년간 낸 렌트하우스비를 계산해 보니 아깝다고 했다.

유학 시절부터 2주에 한 번씩 내야 하는 집세 부담이 의외로 컸다. 한국처럼 전셋집이 있다면 땅을 팔아서라도 해결했을 텐데. 이제는 아람이가 직장인이라 호주 은행에서 대출을 받을 수 있었다.

퍼스 시티 외곽 쪽인 허허벌판에 집을 짓겠다는 얘길 들었을 때 우선 안전이 걱정이었다. 종우는 집 짓는 일로 아람이와 몇 번 통화 후 급히 카드 대출을 받았다. 말로 내색을 하지는 않지만 피붙이에 대한 종우의 애정은 우연과 크게 다르지 않았다. 그저 어떻게 표현해야 하는지 몰라서 때로 과하게 그 열정이 표출되곤 했는데 이 대출 건이 그중 하나였다.

종우는 의사였지만 통장에는 잔고가 거의 없었다. 아니 오히려 궁할 때마다 우연의 친정 언니에게 빌려 쓴 돈이 거의 일억으로 불어나 있다. 땅이 팔리는 즉시 갚겠다는 조건이었다.

땅은 있으니 돈을 떼일 리는 없다. 하지만 조울증이 발병할 때마다 시달리는 동생 걱정에 우연의 언니나 형부도 가슴앓이로 시달렸다.

우연은 카드 대출 이자가 얼마나 비싼 줄 아냐고 따질 수도 없었다. 종우의 말은 조선 시대 어명이나 마찬가지였다. 땅을 팔든지 근저당 설정으로 대출을 받으면 이자 부담이 훨씬 적을 텐데, 복잡한

절차를 참지 못하는 종우의 기질 때문에 어쩔 수 없었다.

조증이 일어날 때는 생각나는 대로 행동으로 옮겼다.

어느 날은 오픈카인 외제차를 구입해 마당에 주차해 놓고 눈요기만 했다. 면허를 따서 자가운전으로 출퇴근하겠다며 들떠있었지만 허사였다.

극심하게 긴장한 탓에 번번이 운전면허 시험에서 떨어졌다. 의사며 박사는 어떻게 땄는지 처음엔 이해할 수 없었다. 그러다 형광등 하나 끼우지 못하는 걸 보면서 일머리와 공부머리는 따로 있다는 걸 깨달았다.

우연은 평생 종우의 기사 노릇을 하며 살아야 하는 자신의 운명이 여실히 보여 아득했다.

자신이 외출했을 때 혹시 종우가 차를 끌고 나가면 어쩌나 불안했다. 그래서 우연은 늘 차 리모컨을 가방에 넣고 다녔다.

마을로 들어서자 안전에 대해 걱정하던 마음은 기우였다는 걸 바로 깨달았다.

집을 다 짓고 나자 마을에 신도시처럼 많은 집이 우후죽순처럼 생겨났다. 대형견, 소형견이 따로 뛰어노는 개 공원이 생기면서 반려견을 키우는 사람들에게 각광을 받는 마을이 되었다. 마을의 집값은 계속 오르는 중이다. 우연은 그 사실이 아람의 선견지명을 증명하는 것 같아 마음이 흡족했다.

마을은 거의 대문이 없는 단층, 이층집들이다. 마을 전체가 자연과 조화를 이룬 모습이다. 잘 가꾼 색색의 꽃들과 나무들로 가꿔진 예쁜 마당이 훤히 보인다. 마당 한쪽에 주차된 소형차는 아람이 와이프 차라고 한다.

차가 다가서자 센서로 된 셔터가 스르르 열리며 주택 안에 딸린 주차 공간으로 들어간다. 잠에서 막 깨어난 노곤한 기색이 역력한 아람의 처가 쑥스러운 웃음을 띠며 반긴다.

아람이는 게스트룸으로 안내한 후 방 한구석에 캐리어를 옮겨놓는다.

"아빠. 엄마 많이 피곤하실 텐데 얼른 샤워하시고 몇 시간이라도 편히 주무세요."

아람이는 침대 위에 잘 정리된 침구를 다시 다독인 후 우연의 어깨와 팔을 가볍게 주무른다. 아람이의 부드러운 손길을 느끼자 긴장해서 주눅 들었던 세포들이 생생히 살아나는 듯하다.

점퍼를 벗어 옷걸이에 걸던 종우는 이거였구나, 한다. 점퍼 안쪽 주머니에서 꺼낸 물건은 가스라이터다. 퍼스 공항 보안요원은 뭔가 감지되는 걸 알면서도 통과시킨 것이다. 우연은 가스라이터를 보자 심장이 빨라지며 어지럼증이 인다.

우연은 륙색을 뒤져 공황장애가 올 때 먹는 약을 꺼낸다. 물병째 들고 약을 급히 넘긴다. 심장을 가라앉힌 후 따뜻한 물로 샤워했어도 쉽게 잠들 수 없다. 지포 라이터를 보자 거제도의 그때 그 사건이 가슴을 날카롭게 후빈다.

첫날, 아람이는 킹스 파크로 안내했다. 퍼스 시내 가까이 있는 거대한 공원이다. 1901년에 영국으로부터 독립한 호주는 영국·아일랜드계가 대부분이며, 원주민인 애버리진이 1/5 정도다. 아직도 호주 국가 원수는 영국 국왕이다. 공원 중앙에 꽂혀있는 호주 국기가 펄럭인다. 호주 국기를 자세히 살피니 영국 국기에 6개의 별이 그려져 있다.

킹스 파크 안에 코알라 숲이 있다. 빨래를 나무에 널어놓은 듯 코알라들이 나무에 척척 걸쳐 잠들어 있다. 코알라는 유칼립투스 잎을 먹고 보통 16시간 잠잔다고 가이드가 설명한다. 간간이 눈을 뜬 코알라가 나무 사이로 삐걱 소리를 내기도 한다.

점심으로 호주에서 유명하다는 피시 앤 칩스와 홍합구이를 먹었다. 피시 앤 칩스는 영국을 대표하는 음식이었다. 고작 생선튀김과 감자튀김이 어떻게 한 나라의 대표 음식이 될 수 있을까. 우연은 속으로 이 음식이 도대체 맛있는 건지 의아하다.

아람이는 아기에게 부드러운 생선 살을 떼어 먹이고 있다. 아람이의 아내가 우연의 표정을 설핏 살피더니

"피시 앤 칩스는 영국 역사와 관계가 있대요, 어머니. 영국 노동자들이 빠른 시간 내에 한 끼를 해결할 수 있는 메뉴로 사랑받았다네요."

맛집이라는데 맛은 그저 그랬다. 네 명이 먹은 음식값은 한국 음식의 거의 3배가 비싸다. 바다가 보이는 뷰 값이려니 생각했다. 다양

한 식재료로 만든 풍요로운 한국 음식이 그리웠다.

저녁을 먹은 후 아람이는 야경을 보러 가자고 한다. 퍼스에 있는 동안 부모님께 더 많은 것을 보여주고 싶어 안달이다. 우연은 누워 쉬고 싶었다. 손녀가 사랑스럽고 예쁘지만, 여행하는 동안 네 살배기가 떼쓰며 울어서 식사 분위기가 엉망이었다.

에너지가 소진되어 무척 피곤했지만 모처럼 아들과의 외출을 놓칠 수 없다. 우연와 종우는 덧옷을 하나 더 걸쳤다.

아람의 처는 칭얼대는 아기를 재우느라 빠지고 오랜만에 아들과 동행하니 오히려 오붓한 기분이 든다.

주차 후 아람이는 제티 다리로 안내했다. 바다 위의 밤하늘을 바라본다. 근데 달이 없다. 문득 생각해 보니 퍼스에서 달을 본 적이 없다는 걸 깨닫는다.

"퍼스는 언제 달이 뜨는 거니?"

우연의 물음에 아람이는 달빛 없는 하늘을 바라본다.

"새벽 한두 시쯤 돼야 달을 볼 수 있어요, 남반구에 가까우니."

어두움 속에 보이는 바다와 제티 다리의 조합은 몽환적이다. 제티 다리 중간쯤에서 사람들이 물고기를 잡고 있다.

"중국인일 거예요. 밤마다 낚시를 하러 와요. 양동이에 물고기, 꽃게를 가득 채워야 돌아가요. 중국인들의 악착같은 생활력이 대단한 것 같아요."

우연은 지나가며 슬쩍 양동이 안을 살펴본다. 물고기들이 와글 와글 퍼덕인다.

아람이는 이런저런 포즈를 요구하며 사진을 찍어댄다. 어색하게 웃는 종우의 눈꼬리가 많이 내려가 있다. 우연은 사진을 찍는 아람이를 보며 생각에 잠긴다. 저 아이는 지금 행복할까? 영화감독이 꿈이었던 아이는 셰프로 일하며 한 가정을 꾸려가고 있다. 어쩌면 상처만 주었던 제 부모를 떠나 평화로운 이곳에 안주한 걸까. 아람이를 보면 미안하고 애처로운 마음이 소용돌이친다.

유배처럼 떠밀려 갔던 거제도. 한반도 육지의 최남단에 속한 거제도에서 다섯 살 꼬마는 그랬다.

"엄마! 우리 아빠, 아빠를 버리지 말자."

우연을 끌어안으며 울부짖던 다섯 살 꼬마 아이. 아이의 체격은 왜소했지만, 생각은 아이답지 않게 너무 깊었다. 그게 우연을 더 슬프게 했다.

계절이 바뀔 때면 종우는 예민해졌다. 특히 흐드러지게 꽃들이 피어나는 사월이면 더 심했다. 자기가 의학박사인데 무슨 약을 먹냐며 조울증 약을 거부했다. 혹시 교만한 사람이 조울증이 생기는 건 아닐까, 그런 의심마저 들었다. 음식이나 주스에 약을 몰래 넣어 먹여야 했다. 의사인데 소문날까 봐 약도 S시가 아닌 다른 도시에 가서 비보험으로 타 와야 했다.

조울증 발병 원인은 아직 명확히 밝혀지지 않았지만, 유전적, 환경적 영향이 70~80% 차지한다고 한다. 똑같은 사건이나 상황을 겪어도 마음이 여리고 예민한 사람의 트라우마가 더 크다고 한다.

우연은 결혼 생활 몇 년 후에야 쉬쉬하던 종우의 발병에 대해 알게 되었다. 집안 대소사로 모일 때 친인척들이 토막토막 흘렸던 이야기의 조각들을 주워 모아 퍼즐을 맞췄다.

종우는 어릴 때부터 부친이 모친을 폭행하는 걸 자주 보며 자랐다. 그런 상황이 벌어지면 네 명의 누나들은 다들 어디론가 사라지고 보이지 않았다. 무슨 이유인지 모르지만, 교사였던 부친은 모친을 자주 매질하며 속 터져 죽겠다며 난동을 부렸다.

종우에게 두렵고 불안했던 그 장면, 모친의 매 맞던 트라우마가 각인되어 있었다. 결국, 심신이 골병든 종우의 모친은 밭에서 일하다가 갑자기 꼬꾸라지며 유명을 달리했다. 모친이 죽은 후 바로 새엄마가 들어와 안방에 들어앉았다.

처음 시집간 곳에서 아기를 낳지 못해 소박맞은 여자라 했다. 다행히 종우의 새엄마는 얼굴이 고운 데다 교양 있는 분이었다. 막내인 어린 종우를 따뜻하게 보살폈다. 종우도 새엄마를 잘 따랐다. 종우의 부친은 새엄마를 전처와 전혀 다르게 살갑게 대했다.

종우는 그런 부친의 행동이 혼란스러웠다. 그러나 새엄마도 부친과 오래 살지 못하고 암으로 죽고 말았다. 새엄마가 죽은 다음 해 그의 조울증이 처음으로 발병했다. 그가 의대 2년 차일 때 정신병원에 입원했다.

종우는 의대를 차석으로 졸업하고 의사로 일하면서도 전문 서적을 섭렵하며 연구에 몰두했다. 치료와 약 처방을 잘한다는 소문도 났었다. 두 번이나 S시에 개인병원을 차렸다. 하지만 다른 사람이 자신보다 잘난 꼴을 참을 수 없어 했다. 물리치료사가 유능하다는 소문이 나면 병원장인 자신에게 건방지게 군다고 트집을 잡았다. 직원들이 오래 못 버텼고, 병원은 일 년도 못 되어 문을 닫았다. 이미 우연이 예상한 대로였다. 두 번 병원을 폐업하며 15억 원이 날아갔다. 또 땅을 팔아야 했다.

아람이는 부모님의 행복한 모습을 요구하며 제티 다리를 배경으로 사진을 찍어댄다. 영화감독이 못 되었지만, 지금은 부모님의 모습을 연출하고 있다. 사진을 찍는 아람이의 가는 손목이 눈에 들어온다.

저 손목으로 요리를…. 가장의 무게가 느껴지자 우연의 마음에 빗줄기가 그어진다. 유난히 감성이 풍부했던 아이였는데….

우연은 어떡하든 살아내야만 했던 지난날, 아니 아직도 진행 중인 살얼음판 같은 삶을 견딘다는 압박감을 느낀다. 다행히 종우는 상처의 흔적이 화석이 된 S시를 떠난 이후로 안정된 모습이다.

다음 날 여행지는 힐러리 비치였다. 평일인데도 해변엔 비키니를 입은 날씬한 아가씨들, 뱃살이 출렁이는 노인들, 하의만 입은 남자들이 널브러져 선탠 중이다. 인도양과 남태평양이 만나는 에메랄드빛 바다가 눈부시도록 짙푸르다. 우연은 짙은 파란빛이 자신의 몸에 스며들 듯 착각이 든다. 자원이 풍부한 나라, 그 특유의 자유분방하고 느긋한 그들의 모습이 그림보다 더 그림처럼 느껴진다.

대학을 졸업한 후 몇 년이 지났을 때였다. 우연은 계속 임용이 안 돼서 중소기업에 임시직으로 다니고 있었다.

우연의 모친은 딸들에게 자주 말했다.

"하루를 살더라도 의사랑 살아라! 여자는 뒤웅박 팔자여. 시대가 변했다지만 지금도 그렇다. 어떤 우산 속에 들어가냐에 따라 여자의 운명이 결정되는 거다. 진짜 똑똑한 여자는 지가 애쓰게 버는 게 아니라, 능력 있는 남편의 권력과 돈을 사용하는 거란다."

우연은 같은 과 복학생인 남자 친구가 있었지만, 모친은 그들을 억지로 떼어놓았다. 남자 친구는 졸업 후 2년이 지나도록 취업을 못 하고 있었다.

모친은 능력 없는 사람을 무시하는 언사를 노골적으로 드러내었다.

딸의 사진을 갖고 다니며 사범대학 국문학과 나온 막내딸 중매 좀 서라며 적극적이었다. 어느 교우의 소개로 S시에 사는 교장 선생님의 아들인 종우를 소개받았다. S시 국립대 의대를 2등으로 졸업하고 의학박사인 데다 물려받은 땅이 어마어마하다고 했다. 거품이 안 낀 중매가 별로 없다지만 모친은 솔깃했다. 기대하는 그림의 크기는 좀 달라질지언정 모양은 크게 벗어나지 않을 거라고 믿었다. 그렇게 맞선을 보게 되었다.

예쁘장하고 상냥한 우연에게 호감을 느낀 종우는 저녁 식사라도 하자며 중국집으로 들어갔다. 요리하면 중국 요리를 따라갈 수 없지, 하며 메뉴판을 훑었다. 그러더니 우연의 의견은 묻지도 않고 짜장면 두 그릇을 시켰다. 우연은 피식 웃었다.

'너 맞선 깨고 싶은 걸 노골적으로 드러내는구나, 개새끼…'

우연은 눈 하나 깜짝하지 않았다. 뻔히 보이는 카드를 쓰는 촌놈의 콧대를 꺾고 싶었다.

"어머! 짜장면 좋아하는 걸 어찌 알았지요? 나도 짜장면 무척 좋아해요."

우연은 입 주위에 짜장면 소스가 묻는 걸 닦지도 않은 채 일부러 게걸스럽게 먹었다. 미친놈에게 오기가 난 것이다.

우연은 여고 동창인 P라는 친구를 만나 종우와 맞선 본 이야기를 했다. P는 종우와 같은 대학 간호학과를 나와 대학병원 간호사로 일하고 있었다.

"첫 만남에 짜장면 시키는 미친놈도 있더라. 근데 몇 번 만나 보니 의외로 소박하고 순수한 면도 있어. 의사라 딱딱한 줄만 알았는데 인문학적인 책이나 영화도 모르는 게 없어. 성품도 별로이고 키도 작은데, 지성적 매력은 좀 있네."

그러자 P는 종우의 의대 시절 이야기를 꺼냈다.

"우연아, 우종우 씨 의대 다닐 때 정신병원에 입원했다는 소문이 쫘악 났었어. 조울증이라더라. 조울증은 고쳐지지 않아. 평생을 안고 가야 해. 아무리 의료기술이 발전하고 신약이 계속 나온다 해도 재발하는 병이야…. 왜 늪인 줄 알면서 모험할 필요가 있을까? 그건 아니라고 생각해."

맞선 이후 모친은 싫다는 우연에게 몇 번만 보고 사람을 판단하냐고 잔소리를 해댔다. 다행히 그쪽이 좋아하니 더 만나보라고 우연의 등짝을 떠밀었다. 종우가 연락해 와 몇 번 더 만났다. 첫 만남에 무례했던 일을 사과했다. 종우는 우연이 깡이 있고 대찬 여자라 마음이 놓인다며 결혼하자고 서둘렀다. 친척들에게 땅을 호락호락하게 뺏기지는 않을 여자라 믿음이 간다며 좋아했다. 시누이들이 넷이나 있어도 휘둘리지 않고 종갓집 며느리 자리를 당차게 지킬 여자라 했다.

모친의 말대로 몇 차례 만나 식사하고 얘기를 나누다 보니 이상하게 종우에게 연민이 느껴졌다. 왜소한 어깨를 구부리고 음식을 먹는 그의 모습을 보며 저 옆에 자신이라도 있어 줘야 할 것 같은 기분을 느꼈다. 아니 어쩌면, 어마어마한 땅 부자인 걸 확인한 후 그의 청혼을 거절할 수 없었는지도 모른다.

결혼 후 몇 년간 그의 조울 증세에 따라 우연의 생활은 널뛰기를 했다. 그에게 몇 번의 폭력을 당한 후 도저히 견딜 수 없었다. 아이를 위해서라도 이혼을 결심하고 친정으로 갔다.

우연의 부친은 베란다에서 난을 손질하고 있었다. 평소엔 말씀이 도통 없는 분이었다.

"우연아, 이것 봐라. 죽어가던 이 난도 때맞춰 물 주고 바람과 햇볕을 쬐어 주며 정성껏 돌보니 이리 파랗게 살아나는구나. 우리도 우 서방을 좀 더 사랑해 보자. 그 사람 불쌍한 사람이지 않니? 우리가 함께 우 서방을 살려보자."

'아버지! 그러면 내가 죽어!'

우연은 소리치고 싶었지만 그 말은 입술 속으로 밀려들어 갔다.

부친이 돌아가신 후에도 가끔 우 서방을 살려보자는 말이 이명처럼 우연의 귓가에서 맴돌았다. 하지만 모친은 우 서방 때문에 망신스럽다고 불평했다.

"그리 속 썩고 살 바에야 차라리 이혼해라. 요즘 이혼이 큰 흉도 아니고…. 내가 중매 선 여편네 가만두지 않을 거!"

모친의 말에 우연은 피가 거꾸로 솟구쳤다.

"이제 이혼하라구? 뭔가 정상이 아니라고 했을 때 엄마가 그랬잖아. 살다 보면 남자들이란 죄다 정상인 놈들이 없다구. 하루를 살더라도 의사랑 살라고 그랬잖아! 나 오기로라도 끝까지 이혼 안 하고 살아볼 거야. 밀알이 썩어야만 열매를 맺는다니, 나 하나 썩으면 되겠지…"

우연은 엄마에게 원망 섞인 독기를 퍼부었다. 모친은 시치미를 딱 떼었다.

"내가 언제 그랬냐? 나는 그런 말한 적 없다."

아람이가 여섯 살 때였다. 우연은 종우와 사는 자신도 미쳐 가는 것 같았다. 종우가 한 차례씩 조울증 발병할 때마다 자신도 신경 정신과 약을 복용해야 간신히 하루를 버텨나갈 수 있었다. 더 이상 견딜 수 없는 한계에 이르렀다고 생각했다. 아이가 더 큰 문제였다. 아무래도 아이까지 이상해지는 건 아닌지 염려가 컸다. 아이를 위해서라도 이젠 그를 떠날 수밖에 없었다. 우연은 미리 준비해 둔 캐리어와 가방을 들고 오빠네 근처인 동네로 숨어들었다.

"나, 대통령 박정희인데 사람을 찾으러 왔어요."

조증 삽화기였던 그는 자신이 박정희라는 환상에 사로잡혀 있었다. 검정 선글라스를 쓰고 다니며 우연의 친정집은 물론, 형제자매네 집으로 가서 샅샅이 뒤졌다. 서울 큰언니 직장까지 찾아갔다.

어느 날 종우는 우연이 작은언니네 집에 갑자기 들이닥쳤다. 언니는 입술이 바싹 말라있는 종우를 보고 달래듯 말했다.

"제부, 식사도 며칠 못 하신 것 같네. 식사라도 하시게."

밥상을 차리려 하자 종우는 밥은 안 넘어간다면서 라면을 끓여 달라고 했다. 라면을 다 먹은 후 그는 "처형, 자꾸 환청이 들려요."

힘없이 말했다.

어깨가 축 처진 그의 모습이 가여웠다. 종우는 속정이 많은 사람이다. 처가 식구들한테 막내 사위로서 잘하는 편이다. 경조사 때나 명절 때 아낌없이 베풀고, 조카들한테도 이웃집 아저씨처럼 소탈하게 대했다. 병만 없다면 유능하고 괜찮은 사람이다. 사람들이 어떻게 병이 있는 사람이 의사 일을 하느냐고, 사고 치는 것 아니냐고 의아해했다. 그런데 종우는 일할 때는 AI처럼 정확했다. 명의는 아니지만 일반적인 의사에 비해 실력 있는 의사였다.

종우는 처형에게 고맙다며 종이에 싼 걸 내밀었다. 종이를 펴보니 빨간 글씨로 쓴 부적 같은 거였다. 그 안에 오백 원짜리 동전이 들어있었다.

우연의 언니는 아람이 안부도 궁금하고 종우가 다녀갔다는 말도 전할 겸 숨어 사는 집으로 갔다.

아람이는 사촌 형을 보자 와락 껴안으며 형, 하며 소리 내어 울었다. 이산가족의 만남보다 서러운 아이의 울음이 어른들의 심장을 찢었다. 서러움도 잠시 치킨 타임은 어른, 아이 할 것 없이 도파민이 흐르게 했다. 치킨 뼈가 쌓이자 누군가 우리 노래방 갑시다, 라며 외쳤다.

다들 와아, 신나는 소리를 내며 각각 신발을 찾아 현관문을 나섰다.

노래방에 자리를 잡고 앉으니 아람이가 잽싸게 선곡 번호를 누르고 마이크를 떡하니 잡았다.

전주가 흘렀다.

"니가 기쁠 때 내가 슬플 때 누구나 부르는 노래….

네 박자 속에 사랑도 있고, 이별도 있고, 눈물도 있네. 한 두절 한고비 꺾어 넘을 때 우리의 사연은 가고 울고 보는 인생사 연극 같은 세상사…."

「네 박자」라는 노래였다. 6살 꼬마가 정확한 음정, 박자에 감정까지 실어 제법 구성지게 불렀다. 한참 유행인 트로트를 부르는 아람이가 너무 귀여워 모두 까르르 웃었다. 그러다 어른들은 노래 가사에 울컥해졌다. 인생을 너무 일찍 알아버린 아이가 안쓰럽고, 어차피 쿵짝이라네. 노래 가사에 아련한 슬픔이 밀려왔다.

쿵짝 쿵짝 쿵짜짜 쿵짝~ 후렴구가 경쾌했다. 그러나 자막에 흐르는 가사처럼 연극 같은 세상사이다.

우연은 두 달 정도 숨어 살다 다시 종우에게 돌아갈 수밖에 없었다. 종우는 조울증이 더 심해져 날마다 친인척 집들을 사방팔방 쫓아다니며 성가시게 했다. 종우를 제어할 다른 방도가 없었다. 우연은 친정 식구들마저 불행하게 만드는 것 같아 괴로웠다. S시로 돌아간 결정적인 이유는 예상치 못한 임신이었다.

둘째 아기를 임신한 우연은 신의 섭리라 여기며 종우에게 돌아갔다. 하지만 아기는 3개월을 넘기지 못하고 아기 별이 되어 떠났다.

마지막 여행지라며 아람이는 가로수 터널 쪽으로 차를 몰았다.

"와우! 이게 무슨 꽃이라니? 정말 아름답구나…."

우연의 탄성에 아람이 처가 말한다.

"어머니, 환상적이지요? 아프리카 벚꽃 자카란다예요. 저도 처음에 엄청 감동했어요."

아람이가 덧붙여 설명한다.

"화개 십리 벚꽃길도 영화 같은 풍경이지만, 자카란다꽃이 떨어진 보랏빛 땅은 진짜 근사해요."

퍼스는 9월부터 봄이 시작되는데, 자카란다꽃은 11월 늦봄에 보랏빛으로 가로수를 물들인다. 자카란다는 서호주에 특히 많이 핀다. 자카란다 가로수 터널을 드라이브하며 우연은 환상의 세계로 빨려 가는 듯하다. 폰을 열어 자카란다 꽃말을 찾아본다. 꽃말이 화사한 행복이다.

우연은 어릴 적엔 노란색을 좋아했다. 사춘기 때는 초록색으로 바뀌더니, 40대부터 보라색을 좋아하기 시작했다. 세월의 때가 묻었기 때문일까. 칫솔을 고를 때나 화장실 슬리퍼, 플라스틱 바가지라도 거의 보라색 계열이다.

우연히 에바 헬러가 쓴 『색의 유혹』이란 책을 읽었다.

> 보라는 빨간색과 파란색의 혼합색이다. 하늘과 자연 중에 가장 맞지 않는 유독 눈에 띄는 뜨겁고 열정적인 빨간색과 차갑고 이성적인 파란색의 섞임이다.

젊음과 속물성으로 붉게 빛나던 우연과 우울한 광기를 푸르게 뿜어내던 종우가 어쩌다 보니 30년 넘게 서로의 삶을 부대끼며 살았다. 보라는 여러 의미가 있지만, 마법의 색이다.

보라는 무지개의 가장 안쪽에 나타나는 색으로 눈에 보이지 않는 자외선으로 넘어가는 문턱에 있다. 눈에 보이는 영역과 눈에 보이지 않는 영역 사이의 경계이다. 밤이 깊어 완전한 어둠에 빠지기 직전, 마지막으로 보이는 색이 보라이다.

그건 우연과 종우 사이의 줄다리기처럼 보이기도 하지만 기실 어떤 경계를 밟고 넘어가지 않기 위해 함께 버텨온 시간의 색일지도 모른다. 책에 표현된 보라색은 우아하고 아름답고 특별하다. 무의식으로 좋아했던 보라색에 많은 함의가 있다. 하지만 그것은 멍든 살의 색깔처럼 고통을 겪고 그것을 견뎌냈기에 갖는 힘이다.

　우연은 자신의 혈관 속에 꽁꽁 감추어 두었던 허영과 죄에 대해 인식하며 진저리를 쳤다. 결혼 생활이 어려워진 것은 모두 종우의 탓이라고 믿었다. 그래서 우연의 말과 행동 속에는 인간으로서 고통받는 사람의 아픔을 보듬거나, 아내로서 가장의 어려움을 이해해 주려는 마음이 없었다. 자신은 그 옛날 모친의 말처럼 그저 좋은 우산을 찾고 있었을 뿐이라는 걸, 그리고 그 우산이 겉으로만 번드르르해서 실망했다는 걸 인정하고 싶지 않았을 뿐이다.

　보랏빛 가로수 터널을 지나며 우연은 깨닫는다. 빨간색과 파란색이 섞인 보라색처럼 부부란 서로 슬픈 균형을 이루며 살아내는 일이란 걸….

　퍼스의 봄바람에 보라색 꽃잎이 분분히 날린다. 땅 위에 보라색 꽃잎이 점점 펼쳐지고 있다. 우연은 이제 담대히 보랏빛 꽃길을 걸어가리라, 마음을 다잡는다.

　그 꽃길은 향기로운 꽃길이 아니다. 채찍 맞으며 피멍 들고 붉은 피 흘린, 그 영광의 꽃길을 따라가리라.

뵈뵈의 꿈

　　　　　사월 주말만 되면 최 여사네 친척들이 서해로 놀러 옵니다. 봄철에 놓칠 수 없는 별미인 실치를 먹기 위해서지만, 일에만 파묻혀 사는 최 여사 부부를 위해서랍니다.

　20여 분 정도 차로 달리면 바닷가에 도착하는 거리인데도 최 여사네 가족끼리만 바닷가로 놀러 간 적이 없습니다. 친척들이나 와야 겨우 일손을 멈추고 바닷바람을 쐴 수 있습니다.

　최 여사네 가족과 대전서 온 여동생 부부는 승용차 두 대로 나눠 타고 서해 한진 포구로 달립니다. 서해서 불어오는 사월의 봄바람은 희미한 비릿한 냄새에 제법 날카롭습니다. 실치는 배도리치라 하는 생선의 치어인데 주로 뱅어포로 먹습니다. 잡힌 지 10분이면 죽는 바람에 회로 먹으려면 산지로 와야 합니다.

　항구 근처에 실치를 파는 식당이 즐비합니다. 최 여사 지인이 운영하는 '깨순이네'라는 간판 이름을 찾아 식당 안으로 우르르 들어 갑니다.

얼굴에 깨가 다닥다닥한 주인장 깨순이 여사가 반갑게 함박 웃으 며 자리를 안내합니다.

상에 올라온 흰 빛에 반지르르 윤기 흐르는 실치회, 실치 파전. 새콤달콤한 실치 무침 등 다양한 요리를 먹습니다. 배부른데도 매운탕에 밥 한 공기를 뚝딱 해치우니 포만감에 다들 얼굴이 부푼 빵 같습니다.

일몰을 본다며 다시 차로 왜목마을로 이동합니다. 바닷가 산책을 하며 오순도순 이야기를 나눕니다. 이모가 가빈이의 불룩한 배를 바라보며 나직이 묻습니다.

"아니 아직도 임신 중이여? 도대체 출산 예정일이 언제인데…"

의아한 눈빛으로 묻는 말에 가빈이는 폰을 들여다보며 중얼거립 니다.

"8월 중순쯤이 예정일이긴 한데…"

"아니, 6월이라고 하지 않았어? 가빈아, 혹시 생리 주기를 착각한 건가. 그래도 병원에서는 출산 예정일을 알려줄 텐데…"

60대 나이답지 않게 또랑또랑한 목소리입니다. 조카딸이 2년 내내 임신이라는 말을 들었고, 볼 때마다 살도 많이 쪘고 배는 항상 불룩합니다. 이모는 고개를 갸웃거리지만 더 이상 묻지 않습니다.

어느덧 왜목마을 바다가 붉은빛으로 퍼집니다.

최 여사는 여동생과 긴 통화가 끝나면 자주 얘기했습니다.

"이모는 방울토마토 같아."

그 얘기를 들을 때마다 가빈이도 고개를 끄덕이며 크훗, 하며 웃습니다.

"어머! 우리 뵈뵈가 막 움직이네! 크하하핳."

뵈뵈는 가빈이의 세 번째 태아입니다. 뵈뵈란 태명은 성경에 나오는 인물로, 맑은 영혼이라는 뜻입니다. 최 여사와 가빈이 이모는 통화하면서 늘 성경 말씀에 은혜 받아 울었다느니, 날마다 기막힌 새벽이라 감사하다며 서로 신앙 이야기를 많이 하는 편입니다. 둘이서 성경 이야기를 주고받다 뵈뵈란 태명을 지었습니다.

두 번째 태명까지는 가빈이의 시모가 지었지만 태아가 잘못되는 바람에 세 번째 태명은 친정 쪽에서 지었습니다. 뵈뵈, 뭔가 입에 착 붙으며 귀여운 느낌이지만 낯선 명사입니다.

뵈뵈란 성경에 나오는 인물입니다. 여집사였던 뵈뵈는 로마 시민권자였던 엘리트 바울[1]이 쓴 편지를 로마교회에 전달했으며, 중요한 동역자였던 인물입니다. 뵈뵈처럼 세상 사람에게 진리와 사랑을 전하길 바라는 마음으로 지었답니다.

가빈이의 첫 임신은 두 집안의 큰 경사였습니다. 첫 임신은 어느

---

1) 바울: 기독교 최초로 이방인에게 복음을 전한 자. 신약성경 27권 중 13권을 쓴 인물. 히브리 본명은 사울, 로마명은 바울.

집이나 반가운 소식이지만, 특히 가빈이의 시댁에서는 끊어질 뻔한 가문을 잇는 일이었습니다.

첫째 아기의 태명은 미르라 지었습니다. 최 여사와 가빈이 이모는 미르가 뭐냐고, 용의 옛말인데 성경적으로 사탄을 뜻하는 거라며 아주 꺼림칙하게 여겼습니다. 가빈이도 그 얘기를 들은 후 꿈자리가 뒤숭숭하고 머리가 자주 아프다고 하소연했습니다. 가빈이가 더 놀란 일은 세탁하려고 베갯잇을 벗기는데 엄지손톱만큼 접힌 종이가 툭 떨어졌습니다. 부적이었습니다.

"아니, 안사돈은 왜 그런 짓을 하신다니? 그런 종이 딱지가 뭔 효험이 있다고, 참⋯."

막내인 가빈이의 남편 위로 결혼한 형과 누나가 있지만 아기가 생기지 않았습니다. 이미 여자들 나이가 40대 중반이 훌쩍 넘어가 임신 가능성은 희박했습니다.

시모가 적지 않은 돈을 들여 지은 미르. 동양 문화로는 권위와 조화의 초능력을 의미하지만, 서양 문화로는 드래건이라 불리며 사악한 동물로 묘사됩니다. 암튼 강하게 잘 자라기를 바라던 미르는 안타깝게도 세상의 빛을 볼 수 없었습니다.

가빈이 부부는 첫아기를 잃은 후 슬픔과 후유증으로 꽤 힘들었습니다. 시댁에서는 가빈이가 아직 20대 후반이니 건강만 잘 추스르면 바로 임신할 수 있다며 다독였습니다.

4개월이 지나자 생각보다 빨리 임신이 되었습니다. 온 집안이 다시 기쁨의 도가니에 휩싸였습니다.

첫 태아를 잃은 후 한약으로 위를 다스리며 날마다 운동하며 건강한 몸을 만들었습니다. 이번 아기는 잘 낳을 수 있으리라 가빈이는 자신이 있었습니다. 하지만 안타깝게도 임신 3개월에 접어들자 첫 임신 때보다 더 심한 입덧이 왔습니다.

최 여사도 임신했을 때 남보다 심한 입덧으로 고생이 이만저만 아니었다고 합니다. 변기를 끌어안고 구토했던 일이 생생하다고 말합니다.

"생명을 낳고 키우는 건 한 몸의 삭신과 에너지가 삭아 내리는 일이여…"

입덧 때문에 산모가 죽지는 않으니 어떡하든 이번엔 아기를 지켜내야 한다고 말합니다.

가빈이는 다시 시작된 입덧으로 병원에서 지내다시피 합니다. 코로나가 창궐하던 시기라 입원 생활은 견디기 어려웠습니다. 몸이 퉁퉁 부어 숨쉬기도 힘든 데다 밤에 잠깐이라도 마스크를 벗고 자려면 간호사에게 지적당했습니다. 밤에도 수시로 입원실을 들락거리는 간호사들 때문에 잠을 설쳤습니다.

면회도 어려울뿐더러 보호자도 계속 PCR 검사를 받아야 하니 60대 중반을 넘긴 최 여사까지 몸살 날 지경입니다.

입덧과 위통으로 입원과 퇴원을 몇 번씩 했던 가빈이는 임신 안정기라는 5개월까지 버텼습니다. 근데 결국 두 번째 튼튼이마저 놓치고 말았습니다. 심한 고통을 끝내 견디지 못했습니다.

생명 탄생은 언제나 신비롭습니다. 최소 수천 마리나 3억 마리 중에 정자 생존 기간은 3일 정도라고 하는데 슈퍼정자는 5~7일까지 살 수 있습니다. 알카리성 정자는 산성인 자궁 내에서 끝까지 살아남기 어렵습니다. 생명체 수정에는 숨어있는 근본 원리가 있습니다. 정자와 난자가 수정하는 데는 공명하는 개체끼리 만나는 고도의 세밀하고 정교한 작업입니다.

기적의 작업에 성공한 세 번째가 바로 뵈뵈입니다. 뵈뵈는 숱한 고비의 입덧을 간신히 넘겨 6개월이 되었습니다. 뵈뵈는 부드럽고 따뜻한 액체 안에서 주로 잠을 잡니다. 잠이 깨어있을 땐 사람들의 얘기에 호기심으로 듣습니다. 몇 개월이 지나면 안락한 최초의 집을 떠나 우주를 만날 것입니다. 광활한 우주를 만날 상상만 해도 뵈뵈는 신나서 만세를 부릅니다. 하지만 낯선 세상이 가끔 두렵기도 합니다.

산부인과 정기 검진을 받는 날입니다. 모녀는 당진 시내에 있는 산부인과에 들렀습니다. 나이가 지긋한 의사는 친근한 말투로 얘기합니다.

"이놈, 참 건강하네. 근데 납작허네, 납작혀…이번에는 입덧을 잘 넘겼으니 괜찮아."

할아버지 의사의 은근한 표현에 풋, 하며 웃음이 터집니다. 뵈뵈도 유쾌한 웃음소리에 방향을 한 바퀴 돌며 놉니다. 움찔하는 배에 우리 뵈뵈가 춤을 추나 봐, 하며 가빈이는 두 손으로 배를 감쌉니다.

너를 닮았으면 춤이 아니라 축구하는 거겠지, 최 여사가 눈을 흘기며 웃습니다.

"그러게…나 초중생일 때 축구선수였잖아."

최 여사는 맞장구를 칩니다.

"맞다, 계집애가 섬 머슴애처럼 남자 친구들이랑 더 어울리며 놀았지. 어찌 그리 오빠랑 반대냐? 오빠는 30대가 넘어도 여태 모태 솔로인데…."

입덧의 고비를 간신히 넘기고 안정기인 임신 6개월쯤이 되었습니다. 근데 어찌 된 건지 다시 입덧이 시작됐습니다. 두 번이나 유산하는 바람에 당분간 심신을 건강하게만 하자고 계획했지만….

도대체 얘들이 궁합이 너무 좋아서인가, 무슨 고양이도 아니고 왜 그리 임신은 잘되냐며 최 여사는 화까지 낼 정도입니다. 툭 하면 심한 입덧으로 거품까지 내며 기절하니 구급차를 타고 가서 입원한 게 도대체 몇 번인지 모릅니다.

딸내미 입덧 때문에 119구급차를 그렇게 많이 타본 사람은 한국에 없을 겁니다. 이번 세 번째 입덧은 가빈이의 남편까지 쿠바드 증후군이랍니다. 쿠바드 증후군은 남아메리카 원주민 사회의 풍습입니다. 남성은 아내의 임신 말기와 출산 직후 사소한 것까지 금기시

하며 쿠바드 행동을 실천했답니다.

우리 조상들 역시 쿠바드와 비슷한 풍습이 있었습니다. 평안도 박천이라는 지방에서는 부인이 산통을 시작하면 남편이 지붕 위에 올라가서 소리를 질렀고, 아이가 태어나면 일부러 지붕에서 굴러떨어지며 고통을 함께 느끼는 풍습이랍니다.

가빈이 부부가 금실이 좋긴 좋은가 봅니다. 최 여사는 낼모레면 70이 되는 나이인데도 이제껏 남편이 입덧하는 사람을 본 적이 없습니다.

가빈이 부부는 직장에서 만났습니다. 두 번째 직장이었던 H제철에 입사해 가빈이는 사무직으로 근무했습니다. 하지만 종일 책상에 앉아 업무를 보기가 가빈이는 지루하고 숨이 막혔습니다.

이번엔 크레인 자격증을 따 13개째 자격증 보유자가 되었습니다. 가빈이는 자신감이 넘쳐 13번째 자격증을 땄다고 이모에게 먼저 전화로 자랑했습니다.

"어쩜, 조카 딸내미! 고등학교 졸업 때까지 책 한 권 읽지 않던 소녀가 어머나! 쇠붙이랑 찰떡궁합이네…. 방송 예능에 나오는 유명한 피부과 의사는 운전면허 11번 떨어졌다더라. 저번에는 대형버스 면허까지 따더니, 울 가빈이 대단하다."

가빈이는 전문대 정보통신과 졸업 후 KT에 입사했습니다. 컴퓨터 업무가 적성에 맞았지만 일 년을 넘기지 못했습니다. 문제는 요즘 뉴스에 자주 터지는 성추행 때문이었습니다.

가빈이는 쌍꺼풀진 큰 갈색 눈에 남과 대할 때는 늘 웃는 모습입니다. 웃을 땐 한 송이 꽃 같은 데다 양 볼에 보조개가 귀여움을 돋보이게 합니다. 남과 대화할 때 고개를 끄덕이며 긍정하는 듯한 애매한 모습이 어쩌면 화근이었을지도 모릅니다.

요즘은 쳐다보는 남자의 눈빛만 느끼해도 성추행이나 성희롱으로 몰릴 수 있는 사회 분위기입니다. MZ세대 남자들이 오히려 역차별당하는 세상이라며 불만을 토로합니다.

코로나 감염이 심하던 2, 3년간 회식도 잘 안 하는 추세였습니다. 하지만 모처럼 회식 날이면 남자 직원들은 술도 자제하며 정신 줄 꽉 잡고 살아야 하는 시대입니다. 오히려 회식하며 스트레스를 받아 회식을 꺼리는 문화가 되었습니다. MZ세대는 차라리 집에서 넷플리스로 영화나 드라마, 게임하는 걸 더 즐기는 편입니다.

7년 전만 해도 회사 분위기는 달랐습니다. 그때만 해도 성추행 신고자가 구설수에 오르고 불이익을 당하기도 했습니다. 여직원들조차 성추행으로 신고한 가빈이에게 냉랭하고 따가운 시선이었습니다.

성추행 가해자인 인사과장 편에 줄 서는 직장 동료들에게 가빈이는 정이 뚝 떨어졌습니다. 극심한 스트레스로 위경련이 일어나 결국 가빈이는 사표를 내고 말았습니다.

"참으로 괘씸하기 짝이 없는 인간이여. 하지만 콩밥 먹인다고 속이 시원해지는 일도 아녀. 아이들이 딸린 가장이라는데, 식구들은 뭔 죄가 있다냐…. 앙갚음보다 용서하는 인생이 그래도 마음 편히 살더라. 사람들이랑 자꾸 매듭을 짓고 살면 인생이 더 꼬이는 법이여. 당장은 분하지만 그냥 합의하고 말자. 성경에도 7번씩 70번이라도 용서하라는 말씀이 있어."

합의하라는 말에 가빈이는 버럭 소리 지르며 울부짖었습니다.

"으어헝, 으어헝! 엄마는 말이 되는 소리여? 어떻게 그런 놈을 용서할 수 있어! 어떻게 들어간 직장인데…. 그런 느끼한 인간을, 말도 안 되는 엄마 종교 다 때려치워!"

가빈이는 격분한 나머지 최 여사 종교까지 묵사발 냈습니다. 자신은 전혀 잘못한 게 없는데 직장에서 쫓겨나는 모양새가 되니 억울하고 분했습니다.

경찰이 조사과정에서 예전에도 성추행 전과가 있다며 이번에 합의 안 해주면 구속인데 그냥 합의금이라도 받으라고 권유했습니다.

그놈이 최선이라며 준 합의금 삼백만 원, 그놈 낯짝에 돈다발 싸대기를 갈기고 싶었습니다. 하지만 차마….

당장 통장에서 빠져나갈 차 할부금과 카드값이 눈앞에서 아른거렸습니다. 이젠 실업자인데, 그 더러운 낯짝에 돈을 뿌린들…. 돈이 뭔 죄인가 싶었습니다.

최 여사 가족은 27년 전, 당진으로 귀농했습니다.

최 여사가 사는 집은 시조부가 한의원을 하던 곳이었습니다. 환자들을 잘 치료한다는 소문이 나며 시조부는 돈을 버는 대로 주위에 땅을 조금씩 사들였습니다.

머슴 몇 명이 농사일도 돕고 한의원 허드렛일을 하며 15여 명이 넘는 식구들이 어우렁더우렁 살았습니다. 도시화가 빨라지면서 가족들도 취업이나 교육 때문에 도시로 떠나버리고 고향 집과 땅은 남에게 빌려줬습니다.

도시에서 결혼 후 자식 둘이 생기자 가빈이 아버지는 가족들을 데리고 다시 귀향했습니다. 고향의 뿌리를 지키겠다는 마음이었다지만 부부간의 깊은 속내는 알 수 없는 일입니다.

최 여사네는 주로 논농사와 밭농사를 합니다. 복숭아, 배, 사과, 포도 등 과수나무들이 있지만 가족과 친척들이 나눠 먹을 정도입니다.

땅은 참 정직하지요. 땅에 씨를 뿌리면 연둣빛 얼굴을 땅 위로 내밀기 시작합니다. 햇빛을 받으며 점점 진한 초록빛으로 쑥쑥 자랍니다. 가물 때는 삽교천에서 끌어온 물을 뿜어줍니다. 소금과 미네랄을 머금은 서해 바람이 쓰다듬는 식물들은 초록빛 바다처럼 넘실거립니다. 때가 되면 드디어 반지르르 윤기가 흐르는 열매가 주렁주렁합니다.

지금은 인구 17만 정도 당진시가 되었지만 최 여사네가 당진으로 올 때는 인구 5만도 안 되는 당진군이었습니다. 더구나 시골집 주위는 논두렁 밭두렁뿐이었습니다.

마을 사람들이 유난히 하얀 피부인 최 여사를 두고 이러쿵저러쿵 말이 많았습니다.

"도시에서만 살던 저리 고운 여자가 농사는 무슨…. 금방 보따리 싸고 말지."

하지만 최 여사는 외모와는 달리 손이 빠르고 억척스러웠습니다. 도시에서만 살다가 씨만 뿌리면 풍성한 푸성귀와 알곡을 맺는 자연의 신비로움에 매료되었습니다. 뿌린 대로 거두는 정직한 자연의 순리. 최 여사는 자연에 푹 빠졌습니다.

하지만 끊임없이 뺑뺑이 치며 일하는 게 힘에 겨울 땐 호미 자루를 냅다 던져버렸습니다. 그러나 던졌던 호미를 다시 잡았던 이유가 있습니다.

최 여사는 음식 만드는 걸 즐깁니다. 요리 솜씨도 친인척들이 다들 알아줄 정도입니다.

집 앞 밭에서 싱싱한 채소를 뜯어 음식을 만들 때 싱그럽게 사각거리는 느낌이 음악처럼 들렸습니다. 여러 악기를 지휘하며 오케스트라 연주를 하듯 요리하며 힐링이 되었습니다. 수확한 싱싱한 농산물을 친척들에게 나눠줄 땐 농부로서 뿌듯했습니다.

그렇게 살다 보니 세월은 속절없이 흘러가고 젊음은 사그라들었습니다.

최 여사네는 가히 작은 동물농장이기도 합니다. 넓은 닭장 속에서 자유로이 뛰고 노는 토종닭 80여 마리, 슬쩍 앞마당에 버리고 간 유기견까지 합하여 개와 애완견이 7마리입니다. 100년이 넘은 뒷마당 황토집에 몰래 숨어들어 새끼 낳은 고양이 가족은 아예 제집처럼 당당하고 도도하게 터를 잡았습니다. 참 까만 아기 염소 한 마리도 생겼습니다. 마을 끝자락에 사는 동구 할아버지네 흑염소가 새끼 세 마리를 낳았는데, 토종닭 두 마리와 물물교환을 했답니다. 아직 엄마가 그리워 아기 염소는 밤새도록 매애앰, 매애앰 울어댑니다.

많은 동물들 먹이 챙겨 주는 시간과 사료값이 만만치 않습니다. 최 여사 남편은 농사일, 밭일하랴 밥때를 놓쳐 허기질 때도 동물들에게 먼저 사료를 챙겨줍니다. 어서 먹어라, 많이 먹으라며 동물들과 대화합니다. 그런 환경에서 자란 가빈이의 성품을 짐작할 수 있지만 가끔 최 여사에겐 성질부리는 딸이랍니다.

가빈이는 예쁘게 생긴 게 이리 불편한지 몰랐습니다. 남자 어른들은 참 뻔뻔스러운 사람도 있습니다. 너무 웃는 게 예쁘다고, 둘이서만 만나 맛있는 거 사 주고 싶다며 낚싯줄을 들이밀 때, 가빈이는 단호하게 대처하지 못한 걸 자책합니다.

인사과장이 보낸 은밀한 문자에 기가 막혀 '헐, 대박!'이라고 보낸 게, 이 신조어가 바로 문제였을지 모릅니다. 꼰대 상사는 자기식으로 멋대로 해석해 버린 겁니다.

요즘 젊은 세대들이 헐이나 대박이란 말의 뜻은 놀랄 때나 말도 안 되는 뜻이란 걸 몰랐을까. 대박이란 말을 정말 대박으로 받아들인 걸까요.

가빈이의 두 번째 직장인 H제철에서 뾔뾔 아빠를 만났습니다. 자신보다 몇 배나 큰 크레인 기사로 일하기 위해 연수받을 때였습니다. 직장 선배였던 뵈뵈 아빠는 나이 차가 많은 가빈이를 볼 때 귀여운 꼬마로 보였답니다. 크레인을 연수하며 서로 친밀하게 되었고, 어느 날 꼬마 아가씨가 높은 크레인에 올라가 거침없이 운전 연습하는 모습에 그만 반했답니다. 꼬마 아가씨가 넓은 어깨를 쫙 펴고 거침없이 걷는 뒷모습이 국가대표 운동선수로 보이며 든든한 기분이 들었답니다.

수청지구 쪽으로 차를 몰고 가는 가빈이의 눈에 마을 어귀에 걸린 플래카드가 보입니다. 그날따라 플래카드에 쓰인 글자가 눈에 훅 들어옵니다.

축! 박두관의 자손 박재희 서울대 합격을 축하합니다!

가빈이는 이상한 기운이 부풀어 오릅니다. 이제껏 30년 동안 느끼지 못한 야릇한 기운입니다. 그건, 뵈뵈를 잘 키워 S대에 꼭 보내고 싶다는 꿈틀거림입니다.

가빈이는 생각만 해도 짜릿합니다. 뵈뵈는 엄마의 가당찮은 생각에 괜히 부끄러워 숨고 싶습니다. 하지만 양수 속에서 어디 숨을 곳이 있어야지요.

가빈이는 힘껏 승용차 페달을 밟으며 한적한 농로를 유쾌하게 달립니다. 뵈뵈는 엄마의 행동이 귀여워 까르르 웃습니다. 결코 엄마, 아빠를 무시해서가 아닙니다. 얼마 전 엄마가 휴대폰에 저장된 걸 이모할머니에게 보여주던 일이 떠오릅니다.

"이모, 울 오빠 고등학교 성적표야. 초중고 성적표를 아직도 파일에 잘 정리해 두었더라구요. 꼼꼼하게스리…. 나와는 달라도 너무 달라. 크하하핳…."

대화를 가만히 듣던 뵈뵈는 어리둥절해서 손을 들고 질문했습니다.

오빠? 그럼 외삼촌인가요? 손들고 질문하는 뵈뵈에게 아무 대답이 없습니다.

뵈뵈는 오빠는 외삼촌이 아니고 아빠라는 걸 알아챕니다. 시대에 따라 호칭의 트렌드가 변합니다. 이제 키가 26cm, 몸무게 550g, 6개월 된 뵈뵈. 이제 뵈뵈는 손가락과 발가락이 분리되고 청각과 후각이 발달하여 소리나 빛에 반응할 수 있습니다.

뵈뵈는 생각합니다. 혈육인 오빠나 애인이나 남편에게 오빠라는 호칭을 마구 쓰는 건, 이건 아니지 않나. 참 헷갈리는 표현입니다. 뵈뵈가 세상 속으로 나가면 알 수 있겠지요.

가빈이가 폰을 통해 보여준 성적을 보며 이모는 잠시 당황합니다.

"다른 과목들은 60~70점, 수학은 80점, 어! 국어는 90점이네…."

대학까지 나온 이모는 허어, 하며 그냥 웃습니다. 가빈이의 학교 생활을 잘 알고 있으니까요. 그런 성적을 뿌듯하게 여기는 가빈이에게 고개를 끄덕이며 그저 웃습니다. 학교 공부가 학생 시절엔 꽤 중요하지만, 인생을 살다 보면 공부보다 더 중요한 것들이 널려있기 때문입니다.

가빈이는 고등학교 때 3년 내내 왕따였습니다. 가빈이 이모 부부가 정보고등학교에 보내는 게 적성에 맞을 거라고 했을 때 가빈이 부모는 인문계를 고집했습니다. 남녀공학인 고등학교에 입학한 가빈이는 친구들에게 호감을 주었습니다. 특히 남학생들의 관심이 더 했습니다. 하얀 얼굴에 눈이 큰 빛나는 소녀였으니까요. 하지만 일학년 기말고사가 끝난 후부터 왕따로 지내야 했습니다.

10반 중에서 가빈이의 반이 꼴찌를 했답니다. 그런데 반 평균 점수를 상당히 까먹은 아이가 가빈이란 게 밝혀졌답니다. 성적보다 결정적인 건 가빈이의 거짓말이었습니다. 시골집에서 사랑만 받던 막내딸이 도시에서 친구도 없이 지내자니 심심하고 외로웠습니다.

어느 날부턴가 두꺼운 의학서적을 들고 다니는 가빈이에게 아이들은 웬 의학서적이냐 물었고, 가빈이는 아빠가 의사라고 했습니다. 대도시의 약은 아이들은 어디 병원, 어느 과에 근무하냐고 꼬치꼬치 캐물었고 가빈이의 허세는 금방 들통났습니다. 거짓말 사건으로 자존심이 상한 가빈이는 이제부터 열심히 공부해 의사의 꿈을 꼭 이루겠다고 선포했습니다. 그때 이모는 웃으며 쓴소리를 할 수밖에 없었습니다.

"가빈아, 노력한다고 꿈이 다 이루어지는 게 아니란다. 수학 30점이면 죽었다 깨어나도 의대 가기는 어려워. 초등학교 4학년부터 의대 가는 아이들은 이미 길이 달라. 수학 문제 1개만 틀려도 의대 가기는 어려운 걸…. 우리 가빈이 얼굴은 예쁘니 차라리 의사 부인 되는 게 더 빠른 길이다. 아이고! 가빈아, 후후후."

그러자 옆에 있던 최 여사는 애는, 사람이 노력해서 안 될 게 뭐가 있어, 청운의 꿈에 애초에 초를 뿌리냐, 하며 입주름이 실룩였습니다.

어쨌든 간신히 출석 일수만 채워 가빈이는 고등학교를 졸업한 뒤 당진으로 돌아갔습니다. 당진에 있는 전문대학에 입학했고, 다행히 홍일점이던 가빈이는 대학 2년 내내 과 대표로 씩씩하게 지내다 졸업했습니다.

왜목마을은 서해에서 일출과 일몰을 모두 볼 수 있는 유일한 곳입니다. 바닷가를 함께 거닐던 이모는 최 여사에게 바짝 다가왔습니다.

"언니, 2년 내내 임신이라니! 대체 어찌 된 일이래?"

최 여사는 한숨부터 쉽니다.

"글쎄, 너무 속상해 죽을 뻔했다. 입덧을 해도 그런 입덧은 세상 천지에 처음 보네. 119에 몇 번이나 실려 갔는지…. 나중엔 피까지 토하니, 조금만 참아내자고 해도 지가 죽을 것 같다고 발버둥을 치니, 어휴… 참지를 못하더라. 가빈이가 참을성이 없는 건지 도대체 희귀 체질이라서 그런지. 위가 찢어지는 고통에 두 번씩이나 그만…. 너무 속상하더라."

예전보다 서해 물빛이 맑아졌습니다. 요즘 바다 빛깔이 파랗게 살아나니 해안가를 산책하면 더 푸릇한 기분을 느낍니다.

"유산됐다는 소식에 칠순 넘은 안사돈이 식음을 전폐하고 며칠 울었다더라. 두 번이나 태아를 잃었어. 좋은 일도 아니고, 그래서 말을 못 했지. 당분간 임신하기 어렵다는 의사 말에 애들이 한동안 우울증까지 앓았지 뭐니. 다행히 또 임신했으니 이번엔 잘 지켜내야지."

앞서 걷고 있는 가빈이 발걸음은 생각보다 가볍습니다. 느리게 걷고 있는 최 여사와 이모를 돌아보며 말합니다.

"오랜만에 이모랑 바닷바람 쐬니 좋네, 후후. 형님네가 반려견 용품 공장도 하고 사업해서 돈은 엄청 잘 버는데 큰며느리가 애를 못 낳아. 이대 나온 여자라 자부심이 대단한데, 임신한 내게 은근히 시샘하네. 이제 형님은 40대 후반이라 애 낳기도 힘들 것 같아. 시누이도 애를 못 낳고. 처음 임신했을 때 집안 대를 잇게 해주는 제수씨가 복덩이라며 아주버님이 큰돈을 덥석 주시더라고. 애기야, 넌 몸조심만 잘하거래이, 그러시며 시엄마가 얼마나 손주에 대한 기대가 큰지 크흐흐흐."

가빈이는 무슨 감투라고 쓴 것처럼 우쭐합니다.

"형님은 강아지 네 마리를 키운다네. 포항까지 강아지를 안고 오는 큰며느리가 미웠나 봐. 무슨 제 새끼처럼 강아지를 그리 애지중지하냐고 시엄마가 잔소리하니까, 형님이 제 새끼나 마찬가지예요,

그러더라구 후훗…. 그러니까 시엄마가 뭐라카노? 손주새끼 낳아 달랬더니 어쩌다 개새끼를 낳았나? 그러며 혀를 쯧쯧쯧 차니 다들 한바탕 웃었는데 형님 내외는 얼굴을 푹 숙이더라구. 몇 번이나 시험관 아기를 시도했다는데 계속 실패해서 이제 포기했다나 봐."

시누이와 동서가 난임이라는 말에 가빈이는 난임에 대해 검색해 본 적이 있습니다.

한 해 난임 부부 14만 명이 시험관 아기를 시도하고 있다는 통계가 있는데 우리나라 낙태율은 OECD 1위. 낙태가 2년 연속 전 세계 사 망 원인 1위. 작년 사망 원인 중 낙태는 약 4,260만 건으로, 전염병 사망자보다 3배 이상이 많음

낙태의 심각성을 읽어보고 가빈이는 분노마저 일었습니다.
공명하는 개체끼리 만나는 고도의 세밀하고 정교한 작업으로 만 들어진 생명, 그런 귀한 생명을 일부러 죽이다니…. 어렵게 생명으 로 태어났지만 낙태를 당해 빛도 보지 못한 태아를 생각하니 마음 이 먹먹했습니다. 가빈이 눈에는 세상에 세 부류만 존재하는 듯합 니다. 기를 쓰고 아기를 낳으려는 자, 딩크족, 태아를 죽이는 자.

모녀는 오랜만에 단골 미용실에 들렀습니다.
원장은 마스크를 낀 채 큰 소리로 통화 중입니다. 스피커 폰으로

통화하는 중이라 소리가 다 들립니다.

원장은 통화하면서 잠깐만, 하며 양해를 구합니다.

"야, 이 샤키야! 도대체 왜 또 새끼를 낳아? 두 명이면 됐지. 애들이 20~30년 후에는 어떻게 살라고? 지금도 이상 기후로 세계가 난리법석인데…. 대책이 없는 놈 아녀? 차라리 니 거시기를 잘라 버려 샤키야. 예쁘다고 낳기만 하면 되는 줄 알어? 진짜 이 샤키가 미쳤나 벼."

"이모! 왜 이모가 흥분하셔? 애기는 우리가 낳아 우리가 키우는데 와하하하… 그렇게 미래를 부정적으로만 보지 마셔! 그때 가서는 다 어떻게든 또 살기 마련이여… 아유! 울 이모 지금 갱년기 히스테리를 부리는 건 아녀?"

이종 조카랑 나누는 거침없는 대화에 가빈이는 두 손으로 배를 감싸 안습니다.

원장은 조카랑 통화를 끝낸 후 최 여사 머리칼에 롯트를 말며 말합니다.

"언니, 세상 진짜 말세여! 어젯밤에 얼마나 놀랐는지 청심환 먹고 겨우 잠들었다니까요. 퇴근하려고 쓰레기봉투를 내다놓는데 옆에 찢어진 큰 쓰레기봉투가 있는데 검은 봉지가 불쑥 나와있어. 고양이가 뜯어놓았나 생각했지요. 뒤에 원룸 건물에 사는 요즘 젊은것들은 치킨 같은 것도 쓰레기봉투에 막 버리더라구요. 맨날 고양이들이 먹이 찾느라 쓰레기봉투를 찢어봐요. 나도 오지랖 떠는 년이

지 고무장갑 낀 손으로 검은 봉지를 정리하는데 팔뚝이 불쑥 나와 있는 거예요. 으아아악! 괴성을 지르며 뒤로 나자빠졌잖아요."

그 말을 듣고 있던 모녀는 어머나! 시체 토막? 동시에 말합니다.

"내 비명 소리에 지나가던 두 청년들이 급히 오더니 금방 시큰둥하게, 에이! 잘 갖고 놀았으면 처리를 잘하든가 원… 아줌마! 러브돌, 성인 인형이요. 그러잖아요."

최 여사와 원장은 계속 이야기를 주거니 받거니 합니다. 요즘 세대들은 그래서 결혼들을 안 해 출산율이 낮다는 둥, 다들 왕자나 공주로 자라서 의무는 안 하려 하고 이익만 보려 한다며 흉을 봅니다.

우리 땐 사랑하는 사람만 있으면 부엌에 딸린 방 한 칸짜리 셋방이라도 행복이라고 여기며 살았는데, 요즘은 결혼이 무슨 장사인가 너무 계산적이라며 한탄을 늘어놓습니다.

"아니, 세상에 이럴 수가 있다니? 세상에 들도 보도 못한 소리네. 당진 산부인과에서 정기적으로 검사해도 그런 소리 없었는데…. 너는 복수 임신이란 말 들어봤니? 지금 가빈이가 강남 병원에 입원해 있어."

휴게실에 나와 여동생한테 전화하는 최 여사 목소리가 떨립니다. 마스크를 쓰고 흥분한 채 얘기하는 소리가 잘 들리지 않습니다.

"복수 임신요? 언니 좀 크게 말해 봐. 속삭이니까 뭔 소리인지 잘 안 들리네. 쌍둥이 임신이 아니고? 아기가 생긴 지 몇 달 후에 또 임신이 됐다는 소리야? 어머나 세상에…. 언니가 가빈이가 피

토하고 맨날 구급차에 실려 가니 언니도 정신이 없어서 잘못 들은
건 아니고?"

가빈이는 셋째 태아 때도 심한 입덧으로 피를 토하며 혼수상태까
지 이르렀습니다. 119구급대로 급히 서울 강남 병원으로 갔습니다.
산부인과 명의로 알려진 강남 S병원에 결국 입원했습니다. 명의로 이
름난 의사가 검사하더니 개월 수가 다른 아기가 또 있다는 겁니다.

"글쎄 말이다. 아기가 또 있다네. 쌍둥이는 아니고, 복수 임신이
란다."

통화가 끝난 후 이모는 세상에 이런 일이. 이게 도대체 웬일이래.
하며 네이버에 '복수 임신'을 검색합니다.

고양이는 여러 마리 수컷의 새끼를 동시에 임신할 수 있다. 이는
중복임신, 또는 과임신으로 알려진 현상이다. 중복임신은 암컷이 여
러 마리 수컷과 교미를 해야 발생할 수 있는 일이기 때문이다.

가빈이 이모는 순간 의심합니다. 하지만 조카딸은 고양이 같은
아이는 아니잖아, 하며 고개를 흔듭니다. 전에 가빈이랑 얘기 나누
던 일이 떠오릅니다.

엄마보다 난 이모랑 잘 통한다며 비밀스러운 이야기도 터놓곤 했
습니다. 둘이 금슬이 너무 좋다는 말에

"가빈아, 옛날부터 임신 기간에는 부부 관계를 안 하는 게 좋다

더라. 태교에만 신경 쓰면 좋겠어. 10개월 태교가 정말 중요하거던. 나중에 태어나서 사교육비 쏟아부어도 별 소용없다."

"이모, 그건 옛말이여. 요즘은 산부인과 의사들이 임신 중에도 섹스를 권유하는 추세거든. 그래야 남자가 바람도 안 피우고 산모가 심리적으로도 더 안정된대."

"아무리 의사가 그런 말을 해도 4500년 역사적 경험도 중요하지 않니? 어른들의 말이 과학을 뛰어넘기도 하더라. 이모도 60대 할머니여서인가. 옛말이 크게 틀린 게 없더라…. 아무튼 조심해라."

가빈이 이모는 혹시 임신 중에 관계를 해서 복수 임신이 된 건 아닐까, 생각하며 가슴이 답답해집니다.

뾔뾔는 이제 손발을 움직이며 눈썹과 속눈썹까지 났습니다. 눈을 떴다 감기도 합니다. 콧구멍까지 생겼고, 로댕의 생각하는 사람처럼 포즈를 잡고 생각하기도 합니다. 그런데 뾔뾔가 생긴 후 3개월 뒤 동생이 또 생겼다니….

"언니, 임신 중에 또 임신 되는 중복임신은 0.3% 확률이라네. 중국과 영국에서 그런 사례가 있었대. 임신 12주가 되기 전까지 한 명이었는데 초음파 검사하니 태아가 더 생겼다는 게 확인됐다네. 세상에…."

그러자 최 여사는 놀라며 목소리가 커집니다.

"아이고! 세상에…. 그럼 가빈이가 진짜 중복임신이 맞는 건가. 대학원생이라면서 박사 논문 쓴다고 취재해도 되냐고 하더라. 지금 임산부가 생사를 헤매는데 집어치우라고 성질냈잖니."

가빈이 이모는 특종이긴 하네, 방송이 알면 빅뉴스감인데, 하며 뵈뵈의 건강을 걱정합니다.

영국에서는 임신 중에 또 임신한 예가 있다. 태내에서 각기 발육해 함께 낳아 동생은 3개월 인큐베이터에서 성장했다. 중복임신한 중국 샤먼시 거주하는 한 산모는 한 아이는 불륜으로 임신된 사실이 들통 나기도 했다.

이모는 이런 뉴스 기사를 찾아 읽다 다른 글을 이어 읽습니다.

어떤 동물은 자기 새끼를 잡아먹는다. 암컷들은 약한 새끼가 생존 할 가능성이 없다는 무의식에 생명을 없애기도 한다.

혹시, 요즘 한국인들이 초저출산율인 이유도 이런 무의식에 있 는 걸까, 가빈이 이모는 불안한 미래 세대를 생각하니 암담하기만 합니다.

뵈뵈는 상상합니다. 어쩌면 자신은 세상의 빛을 보지 못할지 모 릅니다. 엄마가 제발 고통을 이겨내기를 앙증스러운 두 손을 모아 기도합니다. 뵈뵈가 동생에게 흡수되어 사라질 수도 있다는 이야기 를 들었습니다. 그러면 하늘에서 예쁜 아기별로 살아가는 걸까 뵈뵈는 턱을 괴고 생각합니다.

만약 동생이라도 산다면 뵈뵈는 자신은 아기별이 되어도 괜찮다고 생각합니다. 엄마, 아빠와 내 동생 그리고 친척들이 도란도란 살아가는 모습을 바라보며 행복하길 기도하면 되니까요. 또 어려운 사람이나 불쌍한 사람들을 바라보며 기도하는 아기별이길 꿈을 꿔봅니다. 뵈뵈는 작은 두 손을 모읍니다. 하지만 하나님이 아름답게 창조한 초록별 지구가 뵈뵈는 참 궁금하답니다. 이 땅에는 얼마나 신비롭고 재미있는 일이 많을까요.

6개월 동안 엄마 배 속에서 들은 이야기지만, 철마다 피어나는 향기로운 꽃들과 풀, 다양한 새들의 청아하게 지즐대는 소리, 초록빛 나무들과 산, 그리고 파도치는 파란 바다 등 뵈뵈는 궁금한 게 참 많습니다. 엄마, 아빠가 맛집을 다니며 먹던 음식 맛도 보고 싶고, 겨울이면 온 세상이 하얗게 눈으로 덮여 아름다운 설국이 된다는 태백산도 꼭 보고 싶습니다.

그런데 어른들은 미래를 암담하다고만 말합니다. 앞으로 20~30년 후 미래 세대는 과연 어떻게 살아갈까요. 이상 기후로 인한 많은 자연재해들, 계속 변이되는 코로나와 각종 바이러스 출현, 언제 끝날지 모르는 러시아-우크라이나 전쟁, 이스라엘-하마스 전쟁, 그리고 핵 위협 등. 뵈뵈는 세상 밖이 두렵기도 합니다.

지금 가빈이는 서울 강남 병원에 입원 중입니다. 가족들은 출산할 때까지 안전하게 입원해 있기를 바랍니다. 하지만 폐쇄공포증 때문에 견딜 수 없다며 가빈이는 퇴원하고 맙니다.

집으로 돌아온 다음 날, 가빈이는 피를 토하며 혼절까지 합니다. 급히 구급차를 타고 산모는 강남 병원에 재입원합니다. 여러 검사가 다시 진행되고 위에 붉은 혹이 4개나 생긴 게 발견됩니다. 협진 결과 위암일 수 있다는 말에 가족들은 아연실색합니다.

가빈이 친정 식구들은 우선 임산부를 살려야 하지 않냐 하고, 시댁은 어떠하든 태아를 지켜내야 한다며 아수라장입니다. 가빈이 남편도 마음이 착잡합니다.

어찌할 바를 모르는 혼비백산 중에 우레 같은 천둥소리가 들립니다.

"지금! 위급한 내 동생 생명을 우선 살려야지요! 내 동생부터! 태아는 나중에, 나중에요."

늘 조용하던 가빈이 오빠의 날벼락 같은 외침입니다. 뵈뵈가 놀라 움찔하며 두 손을 모읍니다.

계속 웩웩거리며 토해내는 임산부의 붉은 피가 사방으로 튑니다. 흰 시트에 붉은 꽃들이 점점 피어납니다.

병원 밖은 벚꽃이 만발한 한낮입니다. 봄바람에 화르르 떨어지는 꽃잎이 꽃비가 되어 허공에 휘날립니다. 꽃비 사이로 심장을 날카롭게 찢을 듯한 사이렌 소리가 요란스레 울립니다.

밥의 노래

차 안에서 튼 라디오에서 노래가 들려온다. 시월이면 어김없이 흘러나오는 시월의 어느 멋진 날에…. 침잠해 있던 마음에 평안한 노래가 잠시 위안을 준다.

차창을 통해 하늘을 보니 전형적인 투명한 가을 햇살이다. 대전의 하늘만 하더라도 뿌연 서울 하늘과는 다르다는 걸 새삼 느낀다.

"참 좋은 날에 가셨구나. 우리 작은어머니. 참 어진 분이었지…. 근데 너무 고생을 하셨어."

조수석에 앉아있던 누나는 한숨을 토해내며 내 말을 거든다.

"작은아버지 돌아가신 후 24년을 더 사셨네…."

대전역에 마중 나온 누나와 매형이랑 장례식장으로 가고 있다. 이제 갈 날이 가까워져서인가. 내 젊은 시절의 그때의 상흔이 이물스럽게 남아있다.

80세가 다 된 노인이 차를 몰고 와 나를 기다리고 있었다니. 잠시 감동의 파문이 일어나려다 이내 서늘하게 가라앉아 버린다. 그날의 비참했던 장면이 선명히 떠오른다. 앞에서 운전하는 매형 사이에 철벽같은 공기가 서늘하다.

대학병원 장례식장 안으로 들어선다.

영안실 입구에는 몇 안 되는 조화가 놓여있다. 가시는 길에도 뭔가 쓸쓸한 공기를 느끼는 건 내 선입견인지도 모른다. 건너편 특실 영안실 입구에는 조화 놓을 자리가 부족해 좁게 겹쳐놓였다. 조화의 행렬이 일개 군대를 방불케 할 정도로 양 벽에 빽빽하다. 영면한 분의 집안을 가늠해 본다.

두 초상집이 대비되는 풍경에 마음이 씁쓰레하다. 우리는 영안실로 들어선다.

작은어머니의 영정 사진 앞에서 누나는 털퍼덕 주저앉는다.

"아이고! 작은어머니! 내가 나쁜 년 이유. 내가 정말 몹쓸 년 이유. 으헝으헝….

대전에 살면서도 찾아뵙지도 못하고, 맨날 가 뵈어야지 하다 이렇게 가신 다음에야 왔시유."

누나는 가슴까지 퍽퍽 치며 대성통곡을 한다. 누나의 통곡 소리가 쩌렁쩌렁하다. 생전에 좀 자주 찾아뵙지, 늘 뒷북치며 후회하는 게 우리네 인생인가 싶다. 내 가슴에 눈물이 몇 방울 흐르다 멈춘다. 43년생인 나. 눈물샘이 다 말라버린 건가. 눈물도 마음대로 나오지 않는다. 이럴 땐 눈물이라도 흘려야 하는데….

잔잔히 미소 짓는 영정 사진. 그 앞에 찬송가가 펼쳐져 있다. 한량이신 작은아버지 때문에 작은어머니가 숱한 고생을 하셨다. 어려움 속에서도 늘 주님께 의지하며 사셔서인지 변하지 않는 고운 모습이다. 영정 사진 속 작은어머니는 92세가 아니라 조카인 내 모습보다 젊다.

한바탕 누나의 통곡이 천국 가는 길에도 울려 퍼졌으리라 생각하니 아이러니하다. 진정한 안식이 될 천국 가시는 길에 집사라는 누나가 통곡이라니.

조문을 마치자 작은집 여동생들이 와서 오빠, 하고 부르며 내 손을 다정히 잡는다. 그리 예뻤던 사촌 동생들도 이제 이순의 나이를 넘긴 모습이다. 여동생들이 누나를 덥썩 끌어안는다.

"에고, 이런 날에나 다 만나는구나."

누나는 화들짝 웃는다. 통곡하는 한 장면을 끝낸 배우처럼 얼굴이 금방 말짱하다.

"어서들 식사하세요. 형부와 언니는 이쪽에 앉으시고, 오빠는 이쪽으로…."

큰여동생이 음식을 여분으로 더 가져와 상 위에 정갈하게 놓는다. 초상집이 음울한 분위기가 아니다. 전국 각지에 흩어져 있던 일가친척들을 오랜만에 만난 다소 달뜬 분위기다.

작은어머니는 요양원에서 10여 년을 지내시다가 92세로 소천하셨다. 옛날 같으며 호상이라 할 수 있어 그리 애통할 것도 없다.

옆자리에서 당질 되는 젊은 아이들이 컵라면을 먹고 있다. 후루룩 소리를 내며 맛깔스럽게 먹는 청춘들의 모습에 생기가 넘친다. 뭐가 그리 즐거운지 가끔 웃음소리가 터진다. 그래도 초상집인데 조심하지 않는 요즘 젊은것들을 보니 한심한 생각이 든다. 밥 먹기 싫다며 컵라면을 먹는 애들이다. 저쯤 나이였던 내 젊은 날의 모습이 겹친다. 늘 배고프고 주눅 들었던 내 젊은 시절….

앞자리에 앉아 식사하던 매형의 얼굴이 벌써 불콰하다. 오랜만에 작은어머니 장례에서 만난 일가친척들이지만 내가 교회 장로라는 걸 다 알아서일까. 내게 술 권하는 사람이 한 명도 없다. 왜 서운한 느낌이 드는 걸까. 마른 장작처럼 메말라 버린 내 몸과 영혼을 위해 촉촉하게 젖고 싶은 심정이다.

매형이 당질들을 흘낏 쳐다보며 말한다.

"요즘 젊은 놈들은 너무 풍요로워 탈이여. 고생을 해봤어야지. 대학생이 된 손주 새끼들도 밥은 안 처먹고 맨 치킨이니 피자니 거 뭐여. 스시? 일본 유학 다녀오더니 스시와 라멘을 좋아하더라고. 이 육개장이 얼큰하니 얼마나 맛있는디…. 다들 배지들이 불렀지…."

매형 옆자리에 있던 누나는 매형 옆구리를 쿡, 치며 눈치를 준다. 민망한 얼굴로 주위를 살피며 목소리를 낮춰 말한다.

"이 양반이 술을 몇 잔 자셨나 부네. 요즘 애들이 당신처럼 매운 걸 좋아하는 줄 알우? 왜 그 지지리도 못살던 때랑 지금 애들을 비교한댜…. 세상이 바뀐 지가 언제인데 참 내…."

평생 매형 말에 찍소리 못 하던 누나였는데, 이제 대놓고 매형 말에 들이댄다. 어쩌면 친정 동생들이 있어 기가 났는지도 모른다.

"요즘 젊은이들 참 밝고 자유롭지요."

내 한마디가 끝나자마자 매형이 숟가락을 탁, 내려놓는다. 여전히 불같이 성질부리는 매형을 보니 오히려 안심이다. 사람이 변하면 예측을 가늠하기 어렵다.

"매형, 식사나 마저 하시고 함께 일어나지요."

차분한 내 서울 말씨가 더 고까운가.

"싹 바가지 없는 새끼들이! 이제 지들이 배웠다고 거지 같던 것들이… 쳇!"

아물었던 상처가 다시 터지려는 통증이 꿈틀한다. 무릎은 아직도 성한 모양이다. 노인네가 자리에서 벌떡 일어나 긴 다리로 성큼성큼 바깥으로 나가버린다. 매형의 뒷모습을 흘낏거리며 보던 누나는 내 귀에 바짝 대고 말한다.

"택시 타고 집에 갈겨. 차 키는 미리 여기 가방에 넣어뒀어, 걱정하지 마. 에고, 그 성질머리는 늙어서도 불끈불끈이다."

민망해하던 누나는 매형이 가자 오히려 표정이 더 밝아진다. 누나의 입주름이 자글자글하다. 얘들 결혼식 때도 왔었고, 서울에 지인의 장례에 왔을 때 우리 집에 다녀가긴 했다. 하지만 대전서 누나를 만난 건 오랜만이다. 누나는 나를 뿌듯한 눈길로 자꾸 바라본다.

밤 10시가 되니 조문객들이 썰물처럼 빠진다. 요즘은 밤늦게 조문하는 것도 결례라고 한다. 상주들도 밤에는 쉬도록 배려하는 추세다. 다음 날이 발인이니 이제 더 이상 조문객은 없을 터이다.

영안실 옆에는 2개의 방이 딸려있다. 옛이야기를 나누는 무리도 있고, 멀리서 온 친지들은 이미 잠든 이도 있다. 젊은이들은 식탁 사이, 사이에 눕기도 하고, 엎드려 폰을 들여다보고 있다. 나는 머리가 좀 아픈 듯해 영안실 바깥으로 나온다. 시월 하순의 밤바람이 뼛속을 예리하게 친다. 하늘을 올려 본다. 보랏빛 하늘에 하현달이 떠 있다. 어릴 때 보았던 단아했던 작은어머니 눈썹 같다. 무수한 별들이 제각각 빛을 발하는 가을 하늘. 내가 태어날 때부터 노인이 된 지금도 별들은 생성되고 소멸되고 있을 터이다. 75세란 세월이 찰나처럼 느껴지는 밤이다.

16살이던 작은어머니는 한 송이 함박꽃 같은 모습이었다고 한다. 둘째 며느리로 사뿐히 경주 김씨네 문턱을 넘은 후 76년이란 세월을 사셨다. 작은어머니가 이고 진 인생길을 생각하면 가슴이 탁 막히며 먹먹해진다.

92세에 하늘나라 가실 때까지 아무것도 해드린 게 없다. 팍팍하고 메마른 노구의 마음이 젖어드는 것은 인생무상 탓만은 아닐 터이다.

언제 왔는지 나를 찾았다면서 작은집 여동생들이 팔짱을 끼며 방으로 이끈다.

"장례식에 오셨다가 감기 드시면, 저희들이 서울 언니 뵐 면목이 없지요."

동생들의 말에 그러잖아도 감기가 심해 함께 내려오지 못한 아내를 잠시 생각한다. 근처 사는 딸아이가 와서 시중드니 걱정하지 마시라는 전화를 저녁나절에 받았다. 하지만 딸아이도 고3인 손자를 픽업하러 밤 10시면 갈 텐데…. 환자가 밤새도록 혼자 있을 생각을 하니 염려가 되지만, 설마 감기 때문에 당장 죽지는 않겠지, 하며 염려를 내려놓는다.

장례식장에 딸린 방으로 들어서자 작은집 제수씨가 따뜻한 쌍화차를 내온다.

"서울서 오시느라 많이 노곤하시지요. 따뜻한 쌍화차 드시고 푹 좀 주무세요."

쌍화차가 온몸에 따끈하게 퍼진다. 나는 노곤한 몸을 누인다. 방이 따뜻하다. 노곤하지만 오히려 정신은 맑아진다. 이 시간이 지나면 어쩌면 영원히 말할 기회가 없을지 모른다는 생각이 든다. 나는 동생들을 다시 불렀다.

작은어머니를 닮아 성품이 온유한 동생들과 마주 앉으니 작은어머니와의 추억이 더 새록새록 떠오른다.

"어여, 이쁜 동생들아. 오늘 지나면 이 오빠가 영영 말할 기회가 없을지도 모르겠다. 우리 작은어머니가 얼마나 인자하신 분이었는지…. 작은집도 애들이 셋인데. 서른도 안 돼 술고래로 돌아가신 울 아버지 생각하면 아무리해도 이해가 안 되는구나."

나는 동생들에게 내 얘기를 들어보라며 작정하고 말한다.

"상환이 오빠는 완전히 서울 사람이여. 말소리가 사근사근하시고 다정하시잖아요. 상환이 오빠는 그 시절에 고등학교도 졸업하고 또 좋은 직장 다니셨잖아요."

옅은 코를 골던 누나가 옆으로 돌아누우며 말참견을 한다.

"그려, 나는 겨우 초등학교 졸업하고 방직공장 다녔었지. 작은어머니가 억지로 중매해서 그리 잘난 매형 만난 거지."

그 말에 나는 비긋이 웃는다.

"누나! 가진 거라곤 그거 하나 달랑 달린 군인하고 연애했었잖우. 작은어머니가 알고 강제로 떼어놓은 거지. 매형이 그 시절에 번듯한 집도 있고, 그래도 밥은 안 굶기는 집이었잖우⋯."

"그려. 이제껏 이리 사는 것도 작은어머니 덕이지 뭐⋯. 근데 청상과부로 사신 홀시어머니 때문에 내가 얼마나 매운 시집살이를 했냐. 고아나 다름없는 우리를 더 구박했던 겨."

나는 아직도 어린 삼 남매를 팽개치고 부잣집으로 개가한 내 어머니를 이해할 수 없다. 이제는 한 줌 흙으로 가신 분이지만⋯. 나중에 어머니의 해명이랄까 변명은 밥 때문이었다고 했다. 그놈의 밥⋯.

어린 것들을 굶겨 줄일 수 없다고 했다. 20대 초반인 어머니가 스무 살이나 많은 홀아비에게 개가한 이유는 밥 때문이었다. 아니, 부잣집 안주인이 되려는 여인의 탐욕도 없진 않았을 터이다. 우리 삼 남매를 굶기지 않고, 공부까지 시켜주겠다는 전략적 결혼이었다고 했다. 거기에 애를 셋이나 낳고 살던 젊은 여인의 욕정도 억누르기 쉽지 않았을 것이다. 어쩜 내가 전략적인 어머니의 피를 가장 많이 닮은 인간이지도 모른다.

사업을 부도낸 작은아버지가 수감되었을 때였다. 작은집 생계는 더 어려워졌다. 작은집 세 아이 중 똘똘한 막내를 입양 보내는 게 어떠냐고 서울 사는 친척의 권유가 있었다. 서울 명문가 집안이라고 했다. 아이를 잘 길러서 책임지고 명문대학을 보내고 유학까지 시키겠다는 거였다. 작은어머니는 단칼에 거절했다.

"내 자식 굶겨 죽이더라도 내 품에서 내가 기르겠시유. 그게 부모 아녀유? 그런 말 다시 꺼내지 마시우."

내 어머니와 작은어머니는 그렇게 달랐다.

결혼 후 내 새끼를 낳고 기르다 보니 내 어머니를 조금이나마 이해할 수 있었다. 그러나 고아 아닌 고아로 자라며 갖은 수모를 당하며 자랐다. 내 뼛속 마디마디에 한이 스민 구멍은 무엇으로 메울 것인가. 나보다 더 어렸던 내 동생은 얼마나 더 험난한 세상을 살았을까. 나는 얘기하다 말고 누나에게 물어본다.

"상철이는 조문만 하고 왜 빨리 간 거지요? 아무리 사업이 바빠도 작은어머니 장례인데."

"사업 때문에 어쩔 수 없다고 하더라. 내일 새벽에 다시 온다고 했어."

나는 사업에 바쁜 동생에 대해 서운한 마음을 토로한다. 누나가 막내를 감싼다.

"동생이 이해해 줘. 막내는 어릴 때부터 욕심이 남다르게 많았지. 고아원에서 고등학교 다니다 말았지만 말여. 몇 번이나 사업에 실패하다가 결국 40대 초반에 성공해서 이젠 천안 부자여. 누나는 울 막내가 대견하다."

역시 누나의 품은 다르다. 옆에서 작은집 큰동생이 나를 위로하는 말을 한다.

"상환 오빠도 지적공사 지사장(한국국토정보공사)으로 퇴임하고 장로님까지 되셨잖아요. 어려운 환경에서 정말 성공하신 거지요."

나는 동생의 말에 웃고 만다. 벽에 베개를 받치고 기대니 한결 편하다. 나는 작정하고 지난 얘기를 하기 시작한다.

어머니는 우리 삼 남매를 대전에 사시는 둘째 작은집에 맡겼다. 막내인 셋째 작은아버지는 괴산에서 농사꾼이었다. 물론 대전이 생활하기도 편하고 교육 여건이 좋은 이유도 있지만 가장 중요한 건 작은어머니 성품을 믿었기 때문이었다.

작은어머니는 천성이 고우시고 교회 예배에 정성을 다하시는 분이었다. 그런 이유였다. 어린 삼 남매를 맡기며 작은아버지께 수월찮은 돈을 주었다.

작은집에서 사는 2년 동안 무탈했다. 작은어머니는 당신이 낳은 삼 남매와 얹혀사는 우리 삼 남매를 조금도 편애하지 않으셨다.

집안 행사로 온 친인척들이 모일 때였다.

부엌에서 작은어머니가 큰집, 작은집 순으로 아이들 밥을 퍼 담고 있었다. 작은어머니는 우리의 밥을 소복하게 담으셨다. 그러자 옆에서 부엌일을 거들던 막내 작은어머니가 우리 밥에서 숟가락으로 폭폭 밥을 덜어냈다.

"이그, 형님! 지들 엄마도 버리고 간 애들인데 밥을 뭐 하러 그리 많이 주시유."

그러자 작은어머니는 눈을 치켜뜨며 맵차게 말했다.

"그러면 못 써 동서! 한참 크는 아이들인데, 그리고 얻어먹는 밥은 더 배고픈 뵙여. 애들이 불쌍하지도 않아? 쯧쯧…."

부엌 틈으로 몰래 그 광경을 보고 있던 내 심장에서 핏방울이 새어 나왔다.

그 후 작은아버지가 펼친 사업이 망하자 우리를 고아원으로 보냈다.

그 시절에는 고아원에서도 하루에 밥 한 끼만 주었다. 어느 땐 옥수수죽을 주기도 했다. 한창 자랄 나이였던 나와 동생은 늘 배가 고팠다.

어느 날이었던가. 중학교 2학년 때였다. 학교에서 고아원으로 가는 길이었다. 골목에 참외 껍질 몇 개가 널브러져 있었다. 나는 누가 볼까 얼른 윗도리 안에 참외 껍질을 숨겼다. 우물에 가서 껍데기를 물에 씻었다. 참외 껍질을 허겁지겁 씹어 먹었다. 딱 달라붙은 창자에 차가운 참외가 들어가자 배가 사르르 아팠다. 먹은 것도 없이 뒷간에 가서 설사를 했다. 하늘이 노랬다. 길이 뱅뱅 돌았다.

학교에 가지 않는 날로 기억된다. 고아원에서 나와 우리는 작은 집으로 갔다. 작은어머니는 우리를 보고 반가와 하셨다. 머리를 쓰다듬고 폭 안아주시며 아, 이를 어쩐다냐, 하시며 눈물을 글썽거렸다. 작은어머니가 난감해하시는 얼굴을 보니 작은집에도 요기할 게 없는 거였다. 나는 눈치채고 누나한테 그만 고아원으로 돌아가자고 채근했다. 누나는 아기 좀 보고 가자며 방으로 들어갔다. 누워있는 아기가 우리를 보고 방싯거렸다. 우리는 잠시 아기를 보며 얼래고 웃는, 평화로운 시간을 보냈다.

작은어머니는 아, 애들아 조금 기다려라, 하시며 우리를 붙잡았다. 아기의 베개를 끄집어냈다. 베갯잇을 뜯었다. 베개 속에는 노란 조가 한 되는 됨직하게 들어있었다. 작은어머니는 우물에 가서 조를 벅벅 문지르며 닦고 또 닦았다. 우물 옆 감나무에서 노란 감꽃이 툭툭, 떨어지고 있는 저녁 무렵이었다. 작은어머니의 쪽진 까만 머리 위에서도 노란 감꽃이 피었다.

둥그런 양은 밥상 앞에 앉았다. 김이 모락모락 퍼지고 있는 조밥. 반찬은 김치와 간장 종기뿐. 누나가 밥상머리로 바짝 다가앉았다.

"먹어야 해 상환야. 어쨌든 먹어야 살아."

따뜻한 조밥을 아귀같이 퍼먹는 누나 말에 나는 조밥 한 숟가락을 퍼 입안에 넣었다. 아까 몇 번씩 깨끗이 씻는 걸 보았는데도 도저히 밥을 넘길 수 없었다. 아기 땀과 눈물, 콧물이 배인 특유의 냄새가 입안에서 맴도는 듯해 목구멍으로 도저히 넘길 수 없었다. 밥을 못 넘기는 내가 안타까운지 누나는 악착같이 먹으며 말했다.

"상환아, 씹지 말고 그냥 꿀떡 넘겨. 먹어야 산다니께."

그러나 나는 굶어 죽으면 죽었지 조밥을 넘길 수 없었다.

작은아버지 사업이 폭삭 망했다. 작은아버지는 갈포벽지를 만드
는 공장을 차렸다. 지금 같으면 성공할지 모르는 사업이었다. 친환
경적인 사업이었다. 칡덩굴을 삶아 인피(靭皮)를 뽑고 직조하여 종
이에 붙인 벽지이다. 너무 앞선 상품은 대중적인 이해가 부족해 결
국 실패하고 만다. 딱 반 박자 정도만 앞서야 효율성이 있다고 생각
한다. 세계에서 가장 독창적이고 과학적인 한글도 그렇지 않은가.
창제 후 대중이 실용화할 때까지 400년이란 세월이 걸렸다.

입담이 좋고 포부가 컸던 작은아버지는 너무 시대를 앞서갔다.
몇 번의 사업을 벌이다 실패했다. 개가하면서 어머니가 주고 간 돈
은 없어지고 말았다. 작은아버지는 배낭을 메고 산속으로 들어간
후 가족들과 소식을 끊었다.

나중에 우리가 커서 알게 된 사실이다. 20대 초반이던 어머니가
개가(改嫁)할 때 작은아버지한테 적지 않은 돈을 주었다.

우리 삼 남매를 먹이고 고등학교까지는 공부시켜달라는 돈이었
다. 그 당시 40살이면 노인 축에 속했다. 노인에게 팔려 간 어머니
의 몸값이었다. 그런 돈을 사업한다고 다 탕진했다니.

작은아버지의 해명은 당당했다. 아니 뻔뻔스러웠다. 너희들만이

라도 굶기지 않으려고 고아원에 보낸 거였다고 했다. 고아원은 정부에서 지원하는 곳이니 절대 밥은 굶기지 않을 거라 생각했단다. 그리고 약속대로 고등학교까지는 나왔잖니? 뜻대로 안 되어 너희들에게 면목은 없지만 네 엄마와의 약속을 나는 나름대로 지켰다. 참으로 기가 막힐 노릇이었다. 세상일은 어떻게 해석하냐에 따라 이해가 달라진다. 우리가 고아원에서 갖은 학대와 매를 맞으며 허구헌 날 굶기를 밥 먹듯 하지 않았던가. 나는 작은아버지 앞에서 말을 꾹 삼켰다. 더 이상 아무 소리 하지 않았다.

20세가 되자 누나가 먼저 고아원에서 나갔다. 고아원에서 푼푼히 모아 둔 돈과 자립정착금을 보태 보증금이 딸린 월세방을 얻었다. 누나는 바로 방직공장에 취직했다.

나는 고등학교를 졸업한 후 누나 집에서 얹혀살았다. 대학에 가고 싶었지만 우리 형편에 언감생심이었다. 나는 누나와 몇 개월을 지내다가 서울로 갔다.

아무래도 우리나라 수도인 서울에서 취직이든 공부든 하겠다는 각오였다. 나는 사대문 안에 들어가 살겠다는 꿈을 가졌다.

서울 생활 몇 달은 내겐 생지옥과 같았다.

나는 누나네 집으로 다시 내려갔다. 청상과부로 늙은 홀시어머니를 모시고 누나는 호된 시집살이를 하고 있었다. 그래도 그 시절에 번듯한 기와집에서 사는 누나가 좋아 보였다. 처남들을 보는 매형의 눈빛이 싸늘했지만 나는 누나네로 가야 했다. 서울 살면서 처음으로 얻은 셋방 월세가 몇 달째 밀렸다. 월세 한 달 치만이라도 사정해 볼 요량이었다.

누나네 집 대문을 조심스레 열었다. 혹시 사돈 할머니나 매형이 있는 건 아닐까. 조마조마한 마음이 들었다. 파란색 대문에서 삐걱 소리가 마당 안으로 크게 울렸다.

쪽마루에 앉아 푸성귀를 다듬던 누나가 반색을 했다. 쪽마루에서 황급히 내려와 내 손을 잡았다.

"왜 이리 손이 차냐 상환아. 배고프지? 우리 잘생긴 상환이 얼굴이 이게 뭐여. 잠깐 기다려…."

누나가 종종걸음치며 부엌으로 갔다. 누나의 몸놀림에 내 눈길이 따라갔다. 쌀독을 기울여 쌀을 닥닥 긁어 노란 바가지에 폈다. 쌀이 아니라 두 줌 정도 되는 보리쌀이었다. 누나는 바가지 속의 보리쌀을 바라보며 잠시 이마를 찡그렸다. 나는 누나를 따라갔던 눈길을 거두고 쪽마루에 앉았다. 마당에 있는 나무들을 보았다. 대추나무에는 큼지막한 대추가 가을 햇살에 영글어가고 있었다. 주황색 감들이 주렁주렁 매달린 감나무 가지는 휘어질 듯했다. 나무들은 이파리에 엽록소가 박혀있어 씨 뿌리지 않고 거두지도 않으면서 햇빛과 물을 합쳐서 밥을 지어내는데…. 나는 왜 이리 밥 먹고 살기가 힘든가. 누나네 쪽마루에서 바라본 시월의 파란 하늘이 내 눈을 시리게 쏘아댔다.

군대에 다녀왔더니 내 나이 24살이 되었다. 공무원이 되는 꿈을 안고 서울로 갔다. 새벽에는 조간신문을 배달했다. 낮에는 동대문

시장에서 무거운 천들을 지게에 지고 수십 개의 봉제공장으로 배달했다. 몸은 고달팠지만 그런대로 살아갈 만했다. 배달료만 몇 달 밀리지만 않았어도 누나한테 손을 벌리는 일은 없었을 텐데….

녹초가 된 몸으로 밤에는 공부에 열중했다. 그야말로 주경야독이었다. 공부하다 깜빡 졸다가 나는 새벽까지 공부했다. 정 잠이 쏟아질 땐 마당으로 나와 두레박으로 퍼 올린 찬물에 세수를 했다. 새벽에 바라본 검푸른 하늘엔 무수한 별이 총총히 빛났다. 1960년대 후반, 서울의 공기는 맑았다. 평상에 누워 하늘을 빤히 바라보고 있으면 별무리가 내게로 쏟아져 내렸다. 그야말로 환상적이었다.

"상환아, 어서 와. 어서 밥 먹어 야."

누나의 목소리는 다급했다. 나는 쪽마루에 앉아 수저를 들었다. 꽁보리밥에서 김이 모락모락 났다. 한 숟가락을 입에 넣었다. 구수한 냄새가 혀에 감겼다. 깍두기를 입안에 넣자 볼이 터질 것 같았다. 그때 매형이 파란 대문을 열고 마당 안으로 들어섰다.

"에구머니! 웬일로 이리 일찍 퇴근하신대유?"

누나는 당황하며 쪽마루에서 벌떡 일어났다. 혼이 빠진 듯 매형을 보는 얼굴이 하얗게 변해 있었다.

"뭐여! 엄니 주려고 간신히 남겨뒀던 건데, 이 년이 시어머니 밥을 지 동생에게 쳐 멕여!"

매형은 벌레 보는 듯 나를 쏘아보았다. 나는 자동적으로 두 손으로 얼굴을 가렸다. 고아원에서 자주 맞아서인지 몸이 먼저 방어 자세가 되어있었다.

밥상이 마당에 나동그라졌다. 매형은 대문을 쾅 닫으며 도로 나가
버렸다. 골목길을 빠져나가며 내뱉는 욕지거리가 담 너머로 들려왔다.

"아이고! 이 아까운 밥을…왜 이런디야."

누나는 울면서 반쯤 쏟아진 밥을 주워 담았다. 흙이 묻은 곳을
손으로 털어내며 말했다.

"상환아, 이쪽으로는 흙 안 묻었응께 어서 먹고 가!"

나는 쪽마루에서 내려왔다. 누나도 이렇게 살 줄 몰랐다. 내 위에
서 보리밥 낟알이 올라오며 욕지기가 올라왔다.

"누나, 미안해. 내가 오는 게 아니었는데…. 나, 갈게."

누나는 엎어진 밥상 옆에 두 다리를 뻗고 앉아 엉엉 울었다.

바람이 불었다. 누나네 집 대추나무와 감나무가 바람에 휘청거
렸다. 나는 비어져 나오는 눈물을 훔치며 골목길을 뛰었다. 누나가
불쌍해서 울었다. 보리밥도 마음껏 먹지 못하는 내 처지가 서러워
울었다. 다시는, 다시는 이 집에 발길을 들여놓지 않겠다. 나는 꼭
성공해서 서울특별시민으로 사대문 안에서 살겠다고 이를 악물었
다. 입안에서 비리한 피 냄새가 번졌다.

작은집 동생들이 내 이야기를 듣다가 휴지를 뜯어 눈가를 훔친다.

"아, 그 정도인 줄은 몰랐어요, 오빠. 그 시절 다들 가난하고 배
고팠다지만…."

누나는 으흐흑 소리를 내며 내 등을 쓸어내리며 토닥인다.

"작은어머니는 참 착하고 어진 분이었어."

누나는 작은어머니 덕에 시집도 갈 수 있었다며 말한다. 사람들은 그 사람이 죽은 후에야 그 사람을 추억하며 고마웠던 일, 미안했던 일을 끄집어내어 후회의 눈물을 쏟아낸다.

"오빠는 어떻게 귀부인 같은 서울 언니랑 결혼하게 된 거예요?"

작은집 막내 여동생이 호기심 가득한 눈빛으로 묻는다. 그 시절 작은집 동생들은 너무 어려 사정을 잘 모를 것이다. 어쩌면 오늘이 내 젊은 날을 이야기할 마지막 기회인지도 모른다. 나는 물 한 잔을 마신 후 이야기를 들려주기 시작한다.

"오빠는 서울 삼청동에 두 번째 월세방을 얻게 되었지. 솟을대문이 있는 큰 기와집만을 찾아다니다가 간신히 문간방을 얻었단다. 왜냐면 오빠는 많은 독서를 읽으면서 터득했단다. 개인의 노력도 물론 중요하지. 하지만 인맥이 중요하다는 걸 깨우쳤지. 부자들 속에 부대끼며 살아야 비슷하게라도 된다는 생각이었어.

조금이라도 월세를 깎아보려고 주인집 마당을 쓸고 잡일을 거들었지. 처음 봤을 때부터 인상이 좋았던 주인은 나를 신뢰하기 시작하면서 밥 초대를 했어. 안집 식구들과 자주 식사하며 친해졌지. 그 집에서 자취할 때 한국지적공사(현 한국국토정보공사)에 합격했단다. 그 집 딸과 자연스레 친해졌고, 결국 그 집의 맏사위가 되었지

뭐니. 무엇 하나 내세울 게 없는 오빠가 서울 언니와 혼인한 건 내
겐 횡재였단다, 하하하….”

“아유, 오빠 정도면 그 시대에 키도 훤칠한 데다 미남이지 또 자
상한 성품이잖아요. 더구나 직장도 좋지. 아가씨들이 다들 눈독 들
일 만한 인물이지요.”

“맞아. 지금도 어쩜 그리 품위 있고 멋진 노인이셔! 더구나 장로
님이라서 영적인 매력까지….”

동생들이 한바탕 웃었다. 나는 소년처럼 따라서 웃었다. 하지만
결혼 전까지 나는 콤플렉스가 심한 젊은이였다.

다음 날 연산에 있는 교회 공동묘지에 도착했다. 작은어머니는
24년 전 묻힌 작은아버지와 합장하기로 했다. 인부들이 미리 파놓
은 묘지를 향해 오른다. 산은 적요하다. 홀로 살아있는 듯 우뚝우
뚝 선 묘비들. 구름 한 점 없는 파란 하늘에 진녹색 나무숲이 에
두른 묘지는 한 폭의 그림처럼 평화롭다. 어디선가 날아온 까치 한
마리가 움직이지 않는 흰빛의 공간을 가르며 자유롭게 날다가 어디
론가 사라진다.

모두 울음 대신 묵상으로 작은어머니와 마지막 인사를 나눈다.
망자와의 이별의 시간이다. 목사님의 기도와 위로의 말씀에 슬픔보
다 평안이 흐른다.

이 세상의 모든 슬픔과 짐을 내려놓고 참된 안식에 들어선 작은어

머니. 죽음이 이리 편안할 수 있구나. 작은어머니의 영면에서 나는 천국에 있는 듯 평안이 깃들었다. 그때 누군가 울음을 터트리고 만다.

"아이고, 작은어머니! 으헝으헝 지가 잘못했어유, 정말…."

누나의 마지막 통곡 소리가 공동묘지를 감싸고 있는 숲속으로 울린다. 나는 누나의 작은 노구의 등을 쓰담는다. 부모님의 한 세대가 다 떠났다. 이제 우리 차례라는 생각이 든다.

장례를 마친 후 나는 지적공사에 함께 근무하던 절친한 동료를 잠시 만나기로 선약을 했다. 퇴직 후 고향인 대전으로 내려와 사는 동료다. 동료를 만난 후 서울로 곧바로 올라가겠노라고 누나에게 전한다.

"꼭 우리 집으로 와야 혀. 이제 우리 노인 아니냐. 이제 과로하면 큰일 난다."

나는 그러마, 하고 대답했다. 누나는 집으로 꼭 오라며 몇 번의 다짐을 받는다.

하긴 50여 년이란 세월이 흘렀다. 이제 팔순이 다 되어가는 나이에 용서 못 할 일이 뭐가 있겠나 싶다. 동료를 만난 곳은 60년이 넘도록 역사를 품고 있는 빵집이었다. 대흥동 성당 맞은편에 있는 성심당. 호화로운 외곽과 현대식 인테리어로 변했지만 '성심당'이란 글자를 보니 감회가 새롭다. 동료와 나는 소보로빵과 따뜻한 케모마일을 시켰다.

동료와 해후한 후 나는 좀 망설이다 택시를 탔다. 누나가 하룻밤

자고 가길 간절히 당부했으니 외면할 수 없다.

누나네 동네에 내려 택시를 보낸 후 골목길로 들어섰다. 누나네 집은 크게 변하지 않았다. 대문과 담은 현대식으로 바뀌었다.

넓은 마당 안에 있는 나무들은 흐른 세월만큼 더 울창했다. 대추와 감나무는 더 굵어졌고 가지는 더 무성하게 뻗쳤다. 감나무는 100년 넘게 열매를 수확하기도 한다더니, 올해 감이 풍년인가 보다. 주황색 감들이 탐스럽게 주렁주렁하다.

매형을 용서해야 한다는 마음과 절대 용서할 수 없다는 비수가 내 안에서 씨름 중이다. 그래. 나는 장로다. 아무렴 용서해야만 한다. 다 오랜 이야기이고 허물없는 사람이 하늘 아래 어디 있단 말인가. 늙은이가 과거에 얽매어 마음을 지옥으로 만들 필요가 없다. 살인죄도 공소시효가 있는 법인데 그 시대에 밥 때문에 생긴 서글픈 추억일 뿐이다.

나는 은색 대문을 밀어 조심스레 발을 뗀다. 마당 안으로 들어서자 내 몸이 갑자기 부들부들 떨린다. 속이 메슥거리며 구토가 올라온다. 나는 휘청거리며 황급히 누나네 집에서 빠져나온다. 나는 그날을 용서하고 싶다. 하지만 내 몸은 그날을 또렷이 기억하고 있었다. 골목길을 허둥지둥 빠져나와 택시를 기다린다.

골목길 어느 집에서인가 시월 바람을 타고 구수한 밥 냄새가 풍긴다. 갑자기 허기가 느껴지는 저녁나절이다.

호박고구마

바람이 점점 거세지는 저녁이다. 올여름처럼 제발 태풍이라도 왔으면, 하며 간절히 바란 적이 있을까.

관측 이래 우리나라는 살인적인 폭염이 한 달 넘게 이어졌다. 한반도는 펄펄 끓는 중이다. TV 화면에서 남쪽 지방의 저수지 바닥이 쩍쩍 갈라진 모습을 보니 내 마음도 타들어 간다.

연이은 열대야로 잠 못 이루는 날들이 쌓이자 심신이 까무룩하다. 다행인지, 위험 예고일지 모를 태풍이 느리게 북상 중이다. 며칠 후면 솔릭이 중부권을 강타한다는 예보 때문일까. 폭풍전야의 고요함이다. 으스스하다. 이런 날씨에 외출하려니 물을 잔뜩 넣어 금세 터질 듯한 빵빵하게 부푼 풍선을 안은 느낌이다.

모임 날짜를 변경하는 일은 녹록지 않다. 모임 날짜를 짝수 달 두 번째 토요일로 정했다. 모임 날짜를 변경하면 누구에겐 혼란을 줄 수 있어서 그냥 정한 날짜에 모이기로 했다.

시간이 되자 회원들이 거의 식당에 도착했다. 상차림이 차려지고 회원들은 식사하면서 여담이 오갔다.

바람이 점점 세지니 이번 모임은 2차는 생략하고 일찍 귀가하자고 회장이 말한다. 우리 모임에서 2차라야 멋진 카페에 가서 커피를 마시며 잡담을 나누는 정도이다.

카톡, 소리가 울린다. 내 폰에서 울리는 소리였다.

아무래도 안 되겠어. 호박고구마 값 받고 보통 고구마로 팔았으니 그 차액을 계산해야겠지.

뜬금없는 문자에 으스스한 기운이 맴돈다. 며칠 전에 홍 언니랑 만났을 때 물 흐르듯 소소한 일상을 보내지 않았는가. 날카로운 얼음조각이 내 목덜미에서 꼬리뼈로 흘러내린다. 오싹하다.

자기, 무슨 일이야? 옆에 있던 경희가 묻자 다른 회원들도 일제히 내게로 눈길이 쏠린다.

아니, 5년 전에 판 호박고구마를 이게 뭐지? 나는 잠시 말문이 막힌다. 정신을 가다듬는다. 언니랑 해결하라고 미루고 싶지 않다. 뭔가 내게 물고 늘어지는 이유가 도대체 뭔지⋯. 나는 톡을 보낸다.

오래된 일이라 아득하네요. 계산이 어떻게 되는지, 차액이 얼마이지요?

손해라고 생각하는 금액이 뇌리에 깊이 박힌 아픔을 우선 빼주고 싶다. 또 내 하찮은 측은지심의 발동이다.

그 당시 호박고구마 값은 얼마이고 그냥 고구마 값은 얼마라는 내용이 왔다.

당진서 농사짓는 친정 언니가 5년 전, 호박고구마를 팔았다. 남편이 생으로 호박고구마 먹는 걸 좋아한다면서 홍 언니는 3박스를 주문했다. 고구마를 배송받은 홍 언니는 호박고구마가 아니라고 내게 전화했다. 홍 언니는 내가 사는 동네서 좀 떨어진 동네에 살고 있다. 나는 당장 가게 문을 닫고, 호박고구마인지 아닌지 확인하러 갈 상황이 아니었다.

친정 언니에게 그런 사실을 전했더니 언니는 깜짝 놀랐다.

농산물 품질 검사가 까다로운 농협에서도 수매했는데, 호박고구마가 아니면 그럼 뭐라니? 세상 별일이네. 호박고구마가 아니라니, 지나가던 개미가 웃을 일이다, 정말.

친정 언니가 게거품 정도는 아니지만 홍 언니와 오랜 세월 친하게 지내왔던 나로선 난감했다. 두 언니들이 매사에 성실하고 너무도 분명한 성품인지라 혼란스러웠다. 더구나 두 분이 신앙심이 남달리 깊은 사람들 아닌가.

당진서 보내온 고구마를 쪄 남편과 먹어보았다. 이거 호박고구마 맞지? 후후 불어가며 고구마를 먹던 남편이 그럼, 호박고구마 중에도 이거 상품이구만. 그 집이랑 그 전에 부산 여행 때 겪어봤으면서…. 엔간한 사람들이어야지 원….

나는 더 이상 말하지 않았다.

고구마 속이 황금색에 말캉하고 달콤했다. 이게 진짜 호박고구마 맛인데, 홍 언니가 일부러 트집 잡는 사람도 아니고, 호박고구마가 아니라니. 깐깐한 친정 언니가 잘못 보낼 리 없지만 확인차 나는 언니에게 다시 전화했다.

호박고구마가 너무 좋아 농협에서 최고 상품으로 수매해 갔는데, 그 여자 참 이상하네⋯.

언니는 홍 언니와 직접 통화하겠다고 했다. 그 후 서로 충분히 얘기하고 합의했다며 내게 전했다.

하나뿐인 내 동생과 절친한 사람인데 서로 옳다고 자꾸 우겨서야 될 일이니? 호응이 너무 좋아 올해 호박고구마가 다 팔렸으니 어쩌냐. 내년에 호박고구마 한 박스 더 주기로 하고 호박고구마 사건을 그리 끝냈다. 아무튼 구입한 쪽에서 영 불만이니 어떡하냐. 호박고구마네, 아니네 계속 따진들 서로 마음만 상하지. 그렇게 해결하기로 했으니 그리 알고 너는 너무 신경 쓰지 마. 너도 너무 예민한 성격이니 그러다가 또 병난다.

친정 언니는 자초지종을 설명한 후 호박고구마 사건 종결을 그렇게 전했다.

아니, 남 여사! 농사가 잘될 때도 있고 좀 안될 때도 있는 거지. 우리가 몇십 년씩 밥을 해봐도 그렇잖아? 어려운 농촌 도와주는 셈 치지, 뭘 그리 따지고 그러지?

OO에서 봉사하다가 다른 OO 봉사단체로 간 그 홍 여사 맞지?

음식이 목에서 자꾸 걸리며 영 입맛이 쓰다.

그 여자 사이코여. 우리 OO 봉사단체서 나가기 전에 자기주장을 내세우며 난리를 친 적 있었어. 그때 모두 사이코인 줄 눈치챘다니까. 앞장서서 봉사하며 설치는 사람이 본색 드러나면 진짜 무섭더라.

식사하는 분위기가 싸하다. 명치끝이 뻐근하다. 억지로 먹다간 체할 것 같다.

자기랑 친하게 지내는 것 같아 그동안 말 안 했지만, 함께 봉사하면서 얼마나 불편했는데, 한마디로 그 여자 또라이라니까.

맞은편에 앉아있는 이 여사가 내게 슬쩍 눈을 흘기며 혀를 찬다.

이그, 자기가 다 들어주고 너무 이해해 줘서 개기는 거여. 요즘 봉사하면서도 갑질한다니까. 그 홍 여사 지금은 어느 봉사단체에 다녀? 우리 봉사단체서 나간 후 몇 군데 옮겨 다녔다던데….

소식통에 능통한 박 여사가 내게 묻는다.

으음, 홍 언니 퇴직 후 사회복지사 자격 따서 장애인 그룹홈에서 일한다고 했어.

홍 언니를 만난 건 1996년도였다.

뉴 밀레니엄 시대를 몇 년 앞두고 세계는 술렁거렸다. 새 천 년 새 시대적 희망과 기대도 나왔지만, 인류의 종말(終末)과 종말을 소재로 한 출판물과 영화, 음악이 더 쏟아져 나왔다. 종말론에 대해 뭔 터무니없는 예언이냐며 개무시하면서도 혹시, 하며 순간 흔들렸던 마음을 부인할 수 없다.

우리는 OO 봉사단체 교육 세미나에서 만났다.

그녀는 통통한 몸매에 둥그런 얼굴로 내게 먼저 웃으며 인사를 건네왔다. 나보다 5살이나 위였고 6급 공무원이었다. 대전에서 자라 여고까지 대전에서 나왔다는 공통점 때문에 더 반가워했다. 언니는 내가 명문 여고 출신이라는 걸 안 후에 더 살갑게 대했다. 자신도 공부를 잘했으며 무진장 노력했어도 두 번째 여고에 갔는데, 너는 세상에 얼마나 공부를 잘했으면 그 당시 전국 수재들이 모인 그런 명문 여고에 입학할 수 있었냐며 감탄했다. 나는 그 까마득한 옛날 일이 지금 외서 뭔 대수로운 일인가 생각했다.

우리는 통하는 게 많았고 쉽게 친밀해졌다.

홍 언니는 홀로되신 친정어머니 살림이며 생활비를 떠맡고 있었다. 맏딸인 데다 신앙인으로서 당연한 일처럼 생활하는 효녀인 홍 언니에게 감동이 밀려왔다.

세월이 갈수록 오직 하나님 말씀대로 살려는 몸부림을 옆에서 지켜보았다.

달콤하고 화려한 세상 속에 한 발을 담근 채 무늬만 신앙인이었던 나는 홍 언니의 신앙적인 삶을 바라보면서 흔들리던 자신을 추스르기도 했다.

어느 주일 예배 시간이었다.

목사님의 설교 말씀을 들으면서 홍 언니가 훌쩍거렸다. 옆에 앉아있던 나도 전이되어 흐르는 눈물, 콧물을 닦느라 민망했다.

예배가 끝난 후 말했다.

언니가 우니까 은혜가 전염되어 눈물이 나서 혼났네.

나 콧물 나서 그랬는데, 비염이거든….

그 말에 감정의 선 하나가 툭 끊어지는 소리가 아득히 들렸다.

홍 언니는 요즘 장애인 그룹홈에서 전도사로 일한다. 그룹홈에 들어 온 식품이 넘쳐나 남은 식품은 집으로 가져와 식품비가 안 든다고 했다. 사회 전반적으로 요즘 기부문화가 많이 나아졌다. 식품일 경우 유통기한이 임박하거나 날짜가 막 지난 것도 있었다. 그런 식품에 거부감이 없는 지인에게 선심을 베풀었다. 식품을 받으면 뭔가 홍 언니에게 선물하는 품앗이가 이어졌다. 나는 친정 언니가 보내준 콩, 찹쌀, 꿀 같은 농산물을 홍 언니에게 나눠주며 이웃끼리 정을 주고받는 일이라 생각했다.

회원들은 식사를 서둘러 끝내고 식당을 나왔다. 각자 집으로 흩어졌다. 아파트까지는 20여 분 걸리는 거리다. 바람이 심상치 않지만 걷고 싶다. 북상 중인 태풍이 오늘 밤이나 내일쯤 지나갈 것이라는 예보였지만 거리에는 거의 사람들이 보이지 않는다.

홍 언니가 왜 그런 혼란스러운 행동을 하는지 내가 어떤 오해할 행동이 있었나, 곰곰이 생각하며 걸었다. 혹시 해리성 정체성 장애가 있는 걸까. 5년 전 호박고구마 때문에 아직도 피해망상에 빠져 있는지 이해할 수 없다.

달빛이 희미했다. 바람은 후덥지근한 열기를 내뿜었다. 금세 등줄기에 땀이 흥건했다.

호박고구마 사건 이후 몇 년간 홍 언니와 관계를 조심하며 지냈다. 근데 다시 5년 전 호박고구마 얘기를 꺼내는 의도는 도대체 무얼까. 그 마음에 깔린 무의식의 피해는 도대체 뭐지…. 아무리 생각해도 난 이해할 수 없다.

폰이 울렸다. 마침 친정 언니였다.

어디니? 뭐? 빨리 집으로 들어가라! 길거리에 돌아다니다 나무나 간판이라도 떨어지면 어쩌려고. 이런 날 무슨 모임이야 위험하게….

언니의 잔소리에 홍 언니 얘기를 꺼낼까 하다가 나는 침을 삼켰다. 지금 집에 다 왔어, 하며 폰을 껐다. 다시 호박고구마 얘기를 꺼낸들 언니 마음만 상할 게 뻔했다. 호박고구마 일을 당장 해결해야 했다. 그러고 보니 호박고구마 때문에 난리를 피운 다음 해에 감자 사건이 터졌다.

호박고구마 한 박스 보낸다더니, 왜 소식이 없어?

호박고구마 사건 일 년이 지났을 때였다.

인숙이가 중간에서 심부름을 잘못했으니 일 처리를 책임져야겠지.

톡에 보낸 홍 언니의 말에 나는 아차, 싶었다. 호박고구마 사건 이후 무난하게 서로 지내는 중이라 여겼는데 다시 뒤통수를 후려 맞는 기분이었다.

　나는 친정 언니에게 홍 언니네 호박고구마 한 박스 준다더니 어찌 됐냐고 물었다.

　아이구! 일 년 전의 일이라 내가 깜빡했다 야. 너무 바빠서 호박고구마를 다 팔아버렸으니 어쩐다니? 할 수 없이 수미감자라도 보내야겠네.

　나는 중간에 휘말리고 싶지 않았다. 그래서 친정 언니가 직접 홍 언니와 통화하고 해결하는 게 좋겠다고 말했다.

　친정 언니는 홍 언니와 직접 통화해 수미감자를 보내며 사과하고 해결했다고 전했다.

　인숙이도 옷 가게 운영하느라 정신없이 바쁜데 내 동생에게 더 이상 신경 쓰게 하고 싶지 않군요. 호박고구마 호응이 좋아 정신없이 다 팔아버렸네요. 우리 먹을 것도 없이…. 정말 미안해요. 대신 수미감자 한 박스 보낼 테니 이렇게 마무리 짓는 게 서로 좋지 않겠어요?

　언니의 말에 홍 언니도 그렇게 마무리하자며 호응했다고 했다. 이제 호박고구마 사건은 다 해결됐어. 너도 더 이상 신경 쓰지 마라. 아이구 질려라!

　호박고구마 때문에 그동안 심란하고 꺼림칙했던 일이 드디어 끝났다고 언니는 사건 종결을 외쳤다. 그러나 끝날 때까지 끝난 게 아니었다.

　다음 날이었다.

인숙아, 감자 도로 가져가. 이건 수미감자가 아니야. 우리는 이런 감자 안 먹어.

톡으로 보낸 내용을 읽고 나자 내 뇌가 우주로 발사되는 줄 알았다.

둘이 해결했다더니, 내가 왜 감자를 가져와야 하는 거지.

누가 기가 센지 주고받는 듯한 놀음에, 새우 등 터지는 사건에 휘말리는 기분이었다.

전날 친정 언니가 보낸 감자를 쪘다. 속이 뽀얗고 포삭하니 분명 수미감자였다. 홍 언니네 동네까지 쫓아가서 확인해 볼 필요조차 없었다. 나는 화가 치밀어 올랐다. 홍 언니에게 전화를 걸었다.

언니 입맛에 수미감자가 아니면 아래층서 식당 하는 동생을 주든지, 지나가는 개에게 던져 주든지 알아서 처분하세요!

내가 농사지은 것도 아니고 판매한 당진 언니랑 직접 해결하라며 폰을 탁 닫았다. 그리고 친정 언니에게 전화하는 내 목소리는 폭발하고 말았다.

언니! 다시는 우리한테 농산물 팔아달라는 얘기하지 마! 내가 왜 농산물 소개하고 이리 스트레스받아야 하냐구!

그리고 5년이란 세월이 흐른 것이다.

5년 전이라 호박고구마 값이 까무룩 하네요. 아직도 또렷이 기억하는 홍 언니가 계산해서 알려주세요.

나는 심사가 꼬일 대로 꼬인 채 톡으로 전했다.

그냥 고구마 값은 15,000원인데, 호박고구마 값으로 25,000원 받았잖아. 언니가 나를 속였지.

'속였지, 속였지?'라는 말이 메아리 되어 내 심장에 날카로이 박혔다. 홍 언니가 이런 사람이 아니었는데 아찔했다.

일 년 전, 유방암 수술을 하며 한쪽을 아예 없앴어. 우리 나이에 모양은 상관없잖아. 전이만 안 된다면 뭔 짓을 못 하겠어.

홍 언니는 태연스레 말했다. 근데 듣는 나는 내 가슴을 도려내듯 쓰리고 허했다. 마음 한구석까지 도려낸 것일까. 마음의 구멍…. 그 아픈 구멍을 무엇으로든 채우려는 안간힘일까. 마음이 저려왔다.

의사가 검사 결과를 말하며 유감스럽게도 유방암 3기입니다, 하더라. 하늘이 무너져 내리더라. 나는 분노하며 하필 내가 왜 암이냐며 책상을 쾅 내리쳤어. 의사가 놀라며 회전의자에서 미끄러져 엉덩방아를 찧더라.

홍 언니는 그 상황을 얘길 하며 후훗 웃었다. 그 얘기를 할 때는 부정의 단계를 넘어 현실에 직면하고 순응하는 단계로 보였다.

평균수명까지 암에 걸릴 확률은 3명 중 1명이라고 해. 근데 하필이면 내가 왜 암에 걸렸을까. 물도 가장 좋은 정수기 물을 마시고, 좀 비싸도 유기농 식품만 먹었는데…. 몇 년 서울로 심리 공부하러 다니며 지나친 과로와 스트레스가 원인 것 같아. 일에 너무 욕심을 부렸던 거야. 피로가 겹치면 안 되겠더라. 인숙아, 너도 정말 과로 조심해.

홍 언니는 지난날을 떠올리며 암에 걸린 이유를 샅샅이 검증해 갔다. 참고 넘어갔던 일이나 억울했던 일을 다시 소환해 곱씹었다. 억울한 자신을 치유하는 시간으로 보내는 듯했다. 갱년기 우울증에다 암 투병 시기가 겹치며 캄캄한 삶의 터널을 통과하고 있었다.

결혼 후에도 가장 아닌 가장으로 평생토록 직장 생활한 세월이 분하고 억울하다며 하소연했다.

대학 때 만난 6살 연하 남편보다 늙지 않으려 건강에 엄청 신경 쓰고 살았어. 우리 남편 허우대는 얼마나 멋지니? 나는 우리 남편보다 잘생긴 사람을 본 적이 없어. 근데 하는 사업마다 족족 말아먹고 빚만 지니…. 너는 아들이 일찍 결혼해 벌써 기반 잡고 잘 살잖아. 노후 대책도 다 해놨으니 얼마나 좋으니? 난 늦게 결혼해 남매가 아직 대학 재학 중이니, 할머니가 되도록 뒷바라지하려니 힘에 겨워 죽겠다. 다행히 매달 연금이 꽤 나오지만, 애들 교육비 때문에 이백만 원은 더 벌어야 하는데…. 결혼까지 뒷바라지하려면 아직 멀었어.

홍 언니는 낙담하는 눈빛으로 허공에 긴 숨을 그었다.

나는 분위기 전환을 위해 말했다.

언니 남편보다 잘생긴 사람 못 봤다고? 제 눈에 안경이지. 아무리 봐도 울 남편이 더 잘생긴 것 같은데….

오호! 그러니?

둘은 깔깔거리며 웃었다.

한참 후배인 내게 쉽지 않은 속내를 털던 사람이었다. 그런 언니가 5년 전 호박고구마 값을 다시 계산하라니, 도대체 뭐가 문제일까.

나는 더 이상 호박고구마 때문에 엮이고 싶지 않다. 고구마 값 피해의식에 꽂혀있는 걸 어찌해야 할까 고민했다. 3만 원으로 상처를 메꿀 수 있다면. 세상에서 그나마 수월한 방법은 돈으로 해결하는 일이다. 5년이 지나도록 호박고구마 3만 원 때문에 맺혀있다면 돈으로 해결하면 될 일이다. 친정 언니에게 알릴 필요도 없다. 나는 바로 폰으로 이체했다. 후련하다. 그리고 홍 언니에게 톡으로 알렸다.

신앙인이 세상의 인심보다 야박한 모습에 주님은 어떻게 생각하실까요? 호박고구마 값은 이제 다 끝난 거지요? 저는 더 이상 언니를 감당하기 부담스럽고 참 힘드네요. 잘 지내시기 바라요.

톡을 보내자마자 나는 아차, 하며 후회했다. 나는 내 심장을 후벼팠던 송곳 같은 그 어투로 그대로 홍 언니에게 되돌려준 셈이었다. 그러나 한 번 보낸 톡의 내용은 삭제 기능이 없다. 이미 엎질러진 물이다. 톡의 삭제 기능은 한 달 후 2018년 9월 17일부터 가능해졌다. 21년간의 정이 툭, 끊어지는 소리가 심장을 예리하게 그었다. 그러나 은근히 괴롭히던 괴물과의 거래가 이제 끝났다는 생각이 들자 한편 후련했다. 하지만 세상사 끝날 때까지 끝난 게 아니었다.

인숙아 너, 나한테 지금 설교하니? 정말 웃긴다. 정말 혼자 잘난척, 착한 신앙인인 척하더니 이젠 내게 설교까지 하시고! 아주 잘나셨네. 그래서 매번 농산물을 속여서 팔아먹냐?

역시 호락호락한 인간이 아니었다. 후련했던 내 등줄기에 다시 소름이 오소소 일어섰다.

지금 갈등이 진짜 호박고구마와 가짜 호박고구마 때문에 비롯된 건가. 나는 진짜 호박고구마 맛을 정확히 알기 위해 검색했다. 검색하면서 내 마음은 점점 더 깊이 패이며 수치스러움이 밀려왔다.

조선통신사였던 문익공 조엄이 대마도에 들렀을 때 고구마를 처음 발견했다. 많은 통신사들이 대마도를 거쳐 갔다. 조선에 없는 고구마를 통신사들이 맛을 봤지만 굶주리는 조선 백성을 생각한 건 조엄뿐이었다. 백성들의 굶주림을 보며 긍휼이 여겼던 조엄은 대마도에 다시 들렀다. 고구마의 보관법과 재배법을 익혀 최초로 고구마 종자를 조선에 전파했다. 고구마는 조선 시대의 가난한 백성들의 구황작물로서 굶주림을 해결하는 초석이 되었다.

백성의 굶주림을 생각해 고구마를 들여온 조엄 같은 인물이 있는가 하면, 호박고구마 맛 때문에 5년 전부터 잇속을 따지며 갈등하는 우리. 20여 년간의 관계를 묵사발 내는 하찮은 관계였던 게 슬펐다.

홍 언니가 그리 정확한 사람이라면 손해라 생각한 3만 원을 받았으니 그럼 감자 한 박스는?

잇속을 따지는 나도 홍 언니와 다를 게 없다는 생각이 미치자 부끄러움이 밀물처럼 뼛속으로 스며들었다.

고구마는 겉으로 봐서는 호박고구마인지, 물고구마인지, 밤고구마인지 정확하지 않다. 쪄서 속을 먹어봐야 진짜 호박고구마 구별이 가능하다. 인간도, 신앙도 마찬가지일 것이다.

25여 년 전 귀농한 언니네는 조상에게 물려받은 땅에서 농사를 짓기 시작했다. 형부는 7남매 중 둘째 아들이지만 도시 생활을 접고 고향으로 내려왔다. 친척들은 주말이면 당진으로 몰려갔다. 바쁜 농사일 때마다 일손을 도왔다.

형부와 언니는 마음이 넉넉하고 푸근한 사람들이다. 100년이 넘은 뒤란의 황토집에 몰래 숨어들어 온 고양이들이 무전 숙식을 해도 예뻐하고 사랑했다.

ㄷ자인 본 집 중앙에는 둥그런 장독대가 있다. 장독대에는 사람이 들어갈 만한 커다란 항아리와 중간 크기, 조막만 한 항아리들이 어우러져 있다. 장독대 둘레엔 옹기종기 핀 봉숭아꽃과 맨드라미, 채송화가 앙증맞게 서로 어깨동무한 모습이다.

언니가 푸짐하게 챙겨 준 고구마, 감자, 콩 등 여러 토종 농산물을 싣고 오는 기분은 쏠쏠했다. 오만 가지 농산물을 정리하고 나면 육체는 널브러졌다. 한동안 농산물을 볼 때마다 어떤 값으로도 매길 수 없는 힘과 숙연함이 느껴졌다.

10여 년 전부터 참마가 건강식품, 다이어트 식품으로 방송을 타면서 인기가 치솟았다. 언니네는 송산면 가곡리 넓은 땅에 참마를 심고 수확 철이 되자 쩔쩔맸다.

판로를 미처 뚫지 못했으니, 일가친척들도 판로에 나섰다. 나도 동생으로서 나 몰라라 할 수 없었다. 지인들에게 참마 좀 사겠냐고 일일이 전화했다. 남에게 부담을 주지 않나 하는 남세스러운 마음보다 혈육을 떠나 어려운 농촌을 돕는 마음이 더 컸다.

참마가 지인들에게 배송되었다. 지인들은 한두 박스 사며 이리 싸게 팔아 씨 값이나 건지겠냐며 오히려 잘 먹겠다며 인사했다.

홍 언니도 선뜻 6박스를 주문했다. 농촌을 도와주려는 마음 씀씀이가 고마워 뭉클했다. 그러나 고마웠던 마음은 다음 날 썰물처럼 빠져나갔다. 참마를 모두 가져가라고 통고했다.

선물하려고 샀는데 참마 크기가 고르지 못해 선물하기가 좀 그러네….

10킬로 한 박스에 만 원이면 그럴만한 이유가 있는 거 아니었나. 그럼 날로 먹겠다는 거였어? 나는 화가 치밀었지만, 꾹 참았다. 요즘 일손 구하기가 너무 힘들다며 언니가 투덜거리던 말이 떠올랐다. 선별하는 인건비를 줄여 참마를 마구잡이로 담아 만 원에 판 거라 했다.

덥석 지인들에게 소개한 자신의 불찰이 한심스러웠다.

할 수 없이 남편에게 부탁해 6박스의 마를 회수해 옷 가게 입구에 쌓아놓았다. 한 시간이 채 지났을까. 단골손님과 가게 앞을 지나가던 사람들이 참마냐며 물었다. 박스에 쓰인 당진 참마, 라는 글자를 보며 참마가 참 좋다던데, 하며 가격을 물었다.

일손이 모자라 선별하지 않고 마구잡이로 박스에 넣었대요. 그래서 만 원에 판대요.

여기저기서 한 박스씩 들고 갔다. 만 원이면 거저지요, 농사짓기가 얼마나 힘든데, 하며 2박스 사가는 단골손님도 있었다. 참마는 금세 동이 났다. 다 팔리자 나는 더 허탈한 기분이었다.

전부 반품해 버린 홍 언니 행동에 대해 서운함이 새록새록 밀려왔다. 크기가 고르지 못하면 선별해서 선물하고 나머지는 집에서 먹으면 되지, 어쩜 자신들의 잇속만 챙기려는지….

평소 반듯한 신앙생활을 하며 새벽기도도 열심인 사람들이라 나는 더 이해할 수 없었다. 아니다. 야속한 마음이 드는 건 어쩌면 혈육의 정에 치우친 편견일 수 있다. 나는 스스로 마음을 다독였다. 고된 농사일에 삭아진 언니가 안쓰러워 남을 탓한다면 내 마음만 녹아내릴 뿐이다.

호박고구마 사건보다 더 오래전, 참마 반품했을 때의 일이 새삼 떠올리며 나는 자책한다. 그때 겪어봤으면서 홍 언니를 제대로 파악하지 못했을까. 나는 예민하지만 지난 일을 돌아보며 곱씹는 편은 아니다. 아둔한 내가 제 발등을 찍으며 비명을 지르는 꼴이라니….

그러고 보니 여행 사건도 떠올랐다. 호박고구마 사건이 있기 전이었다.

홍 언니의 남편이 더 이상 숨 막혀 못 살겠다며 이혼을 요구했다.

나를 평생 우려먹다가 퇴직하고 나니 이제 쓸모가 없어졌나 봐.

홍 언니는 서러운 마음으로 분개하며 내게 흉금을 털어놓았다.

인숙아, 나는 어떻게 아이들이 태어났는지도 모르겠어. 남편이

아예 옆에 오지 않는다. 아마 운동하는 사람이라 그럴 거야. 에너

지를 운동하는 쪽으로 다 쏟아서겠지.

홍 언니는 쓴웃음을 지었다. 나는 홍 언니의 하소연을 들으며 생

각했다. 어쩌면 남편도 이 언니에게 오싹하게 하는 그런 감정에 질

린 것일까.

이혼 요구에 시달리던 홍 언니가 어느 날 말했다.

딸이랑 부산으로 여행을 떠나려고 해. 뭔가 정리가 필요해. 차를

없애 고속버스로 여행가야 하는데….

홍 언니의 말에 나는 우리랑 함께 갈까? 툭 던지며 말했다.

그래, 여행은 여럿이 가면 더 즐겁지. 홍 언니의 외로워 보이는

눈이 내 눈에 담겨 왔다.

남해와 동해가 만나는 지점, 해운대. 한류와 난류가 교차하는 바

다에서 홍 언니 부부가 어쩌면 달라지지 않을까. 동백섬을 돌며 동

백 꽃길을 자분자분 밟다 보면, 상처와 원망으로 갈라진 사막 같

은 마음에 꽃향기가 스며들지 않을까.

나는 남편에게 우리도 홍 언니네와 함께 여행 가면 좋겠어요. 아

마 애원이 담긴 말이었을 것이다. 두 부부가 몇 번 식사를 한 적도 있을뿐더러 홍 언니네 남편은 소탈하고 둥글둥글한 우리 남편을 좋아했다.

원, 고지식한 사람들이라 재미나 있겠어. 괜히 나만 운전기사 노릇만 하는 거지. 남편은 시큰둥한 표정으로 신문을 들척이며 말했다.

홍 언니 부부와 친정 언니네도 아는 사이였다. 당진 땅을 구매하고 싶다고 해서 우리 부부와 함께 언니네를 방문한 적이 있다. 세 집 부부가 함께 저녁 식사도 했었다. 홍 언니는 활달하고 유쾌한 친정 언니에게 호감이 컸다. 언니들이 나이도 비슷하고 함께 여행 가는 걸 흔쾌히 합의했다. 그렇게 세 가족이 부산 해운대로 여행을 갔다.

안타깝게 홍 언니의 남편은 끝내 여행에 합류하지 않았다.

남편의 예감대로 2박 3일 여정에 기사 노릇을 혼자서 해냈다. 우리 부부와 친정 언니네는 그런대로 즐거운 여행이었다. 근데 홍 언니는 여럿이 있을 때는 함께 웃었지만, 우울한 그림자를 자주 드러냈다.

사달이 난 건 여행에서 돌아온 후였다. 남은 경비로 불화가 일어났다. 1인당 경비를 걷어 함께 쓰기로 했다. 하지만 홍 언니의 남편이 빠진 이유를 눈치채고 형부가 자비로 횟값을 지불했다.

남은 여행 경비는 식사를 함께해서 털어버리려 했다. 하지만 여행 뒤끝이 장난이 아니었다. 유치하게 일일이 풀어놓을 수 없는 소소한 일들을 따졌다.

나는 그날을 영원히 잊을 수 없을 것이다.

1월 1일, 새해 첫날이었다.

섣달그믐날부터 시작해 축복과 덕담들이 문자나 톡으로 오고 갔다. 좀 늦은 인사가 새해 첫날에도 연이어 쏟아졌다. 그런데 그런 날, 홍 언니는 여행 경비를 정확히 계산하자고 메시지를 보낸 것이다. 기가 막혔다.

언니, 새해 첫날인데 다음에 계산해요.

더구나 나는 장례식에서 막 돌아오는 길이었다.

절친한 교우의 남편이 새해 첫날 소천했다. 췌장암 선고를 받은 지 꼭 석 달 만에 50대 초반의 나이였다. 홍 언니도 잘 알던 교우였다.

황망한 이별에 친했던 교우들은 미성년자인 두 딸을 보며 함께 울었다. 오래도록 우는 것이 얼마나 기를 뺏는 일인지 오후가 되자 다들 기진맥진했다.

홍 언니는 장례고 뭐고, 자신과는 상관없다는 듯, 여행 경비만을 따졌다. 나는 다시 한번 오늘은 새해 첫날이니 내일 만나 해결해요, 하며 폰을 아예 꺼버렸다. 그런데 홍 언니는 내가 사는 아파트 근처까지 달려왔다. 새해부터 몰상식한 행동에 섬뜩했다. 나는 홍 언니를 데리고 아파트 근처 공원으로 갔다.

홍 언니는 여행하면서 불만이었던 일들을 조목조목 따졌다. 나는 오해하는 부분을 세세히 설명했다. 여행 경비까지 따지는데 나는 질려버렸다. 홍 언니는 더 이상 따질 게 없자 왜 우리한테는 그런 방을 준 거냐며 소리쳤다. 뜬금없는 소리였다. 콘도에서 방을 고를 때 홍 언니에게 먼저 선택권을 주었다. 사무관으로 퇴직한 홍 언니 명의로 얻은 콘도여서 당연한 일이었다.

중학생이던 홍 언니의 딸은 난 침대 있는 방이 좋아, 하며 침대에 발랑 누웠다. 홍 언니는 바다가 보이는 방이 더 좋지, 하며 딸을 설득했다. 딸은 난 침대 있는 방에서 잘래, 하며 단호히 말했다. 그러자 홍 언니는 할 수 없이 웃으며 캐리어를 끌고 침대방으로 들어갔다. 근데 지금 무슨 뜬금없는 소리인가.

애가 그런 방을 골랐으면 바다가 보이는 방이 더 좋다고 더 설득했어야지, 너는 어른이 돼서 애가 그런다고 그걸 이용해 먹니? 그 좁아터진 방에 우리 처박아 놓고 너네 식구들은 아주 신났더라.

그 장소에 자신은 없었던 듯 말했다. 천사로 보이던 가면을 벗어 던진 저 모습은 도대체 뭐란 말인가. 난 아연실색했다.

나도 마침내 용서하고 이해하려던 가면을 집어 내동댕이쳤다.

언니, 제발! 여러 사람 괴롭히지 말고, 정신 치료부터 받아요! 모진 말을 하며 쌩 돌아섰다.

미친년, 진짜 미쳤잖아. 내 입에서 나도 모르게 모진 말이 튀어나왔다.

조금도 손해 보지 않으려는 인간의 본성이 드러날 때마다 나는 마음이 쓰라렸다. 문득 홍 언니의 이기심이 금빛으로 타오르는 것을 본 것 같았다. 뜬금없이 호박고구마 속 황금색이 떠올랐다.

선악과를 따먹어서일까. 가끔 율법적인 신앙인은 남을 판단하려 하며 자신의 의를 내세우며 잘 타협하려 들지 않는다. 입은 은혜로 섰다가 행위로 넘어지고 마는 것이다. 나는 어떤 신앙인인가. 신앙인에 대해 부끄러움과 회의가 밀려왔다.

새해 첫날, 공원에는 발가벗겨진 나무들이 차가운 바람에 매질을 당하며 웅웅, 울부짖었다.

존 비비어가 쓴『관계』라는 책이 떠올랐다. 자유함과 영적 성장으로 이끄시는 하나님의 계획이 무엇인지 자세하게 써놓은 책이다.

많은 사람이 이 책을 읽으면서 자유하며 치유 받고 회복되길 원한다는 내용이다. 신앙인이라면 실족하게 한 사람과 관계를 회복하기 위해서 기꺼이 자기방어적인 태도를 포기하고 자존심을 버려야 한다는 내용이었다. 성령님의 격려와 조언에 우리는 순종할 것이라는 얘기였다.

나는『관계』를 읽으면서 가슴이 뻐근해지는 걸 느꼈다.

복잡한 인생을 살다 보면 누구든 마음이 병들 때가 있다. 홍 언니가 가장 아픈 시기에 죽을 것 같아 내게 살려달라는 투정이었을까. 그 상처를 보듬지 못하고, 형편없이 나약한 존재였던 나는 좌절하고 말았다. 마음이 병든 언니에게 정신 치료하라며 상처에 소금까지 뿌렸던 일. 나는 죄책감에 마음이 아렸다. 예수님은 원수도 사랑하라 하셨거늘…. 사랑은커녕 그런 모진 말을 내던지다니. 오랜 세월 친동생처럼 여기며 내게 아낌없이 대했었다.

인숙아, 너는 내 절친한 친구들을 순위를 매기자면 두 번째야. 나는 너를 위해 목숨을 바칠 수도 있을 것 같아. 촉촉해진 눈빛으로 나를 바라보며 얘기한 적도 있잖은가. 자존심을 강철로 두른 홍 언니가 나이 차이에도 불구하고 자신의 마음을 열어 보인 사람이다.

나는 홍 언니를 정말 용서할 수 없는 건가. 그 후 홍 언니와 2년간 냉담했다. 홍 언니와 가까이하면 내 마음이 베일 것 같아 두려웠다.

해운대 여행 사건 2년 후에 나는 먼저 손을 내밀었다. 잘 지내시냐며 안부 문자를 했고, 홍 언니는 기다렸다는 듯 반가워했다. 우리는 다시 관계를 회복해 나갔다. 2년간의 냉담이 언제 있었냐는 듯 다시 친자매처럼 지냈다. 서로 식품이나 선물을 주고받으며 마음속에 깊은 우물을 퍼 올리는 얘기도 나누었다. 하지만 내 마음 한 자락에는 홍 언니에 대한 조심스러움이 차갑게 깔려있었다. 그렇게 2년 정도 잘 지내다가 또 고구마 사건이 터진 것이다.

나는 곧 닥칠 태풍 솔릭보다 두려운 홍 언니와의 역사를 소환해 반추했다. 21년간의 세월…. 첫 만남에서부터 이제까지의 일을, 테이프 재생하듯 천천히 생각했다.

그 언니가 직장 다닐 때는 어떤 작은 갈등이나 충돌이 없었던 거로 기억해 냈다. 퇴직 후부터 이상하게 꽈배기처럼 꼬여갔다.

퇴직 후 남편의 이혼 요구, 해운대 여행, 호박고구마, 감자 사건, 그리고 5년 전 다시 되돌린 호박고구마 사태.

홍 언니가 점점 부담스럽고 두렵다. 그녀의 정체성에 대해 혼란스럽다.

초등학교 때부터 절친했던 친구가 청주로 출장을 왔다. 지난달부터 하이닉스 반도체 직원들 종합검진일로 왔다고 한다. 청주로 출장을 오니 너를 만나 참 좋다며 수선스럽다.

우리는 점심을 먹으며 그동안 밀린 말들을 풀어낸다. 그래도 못내 아쉬워 예쁜 카페로 자리를 옮긴다. 친구는 프리랜서 병리 검사로 일하고 있다. 50대 초반에 대학원에 가서 서사화위를 따더니 모교 겸임교수가 되었다.

나는 아메리카노가 가득 담긴 머그잔을 만지작거리며 묻는다.

태풍 솔릭이 북상 중이라 난리인데도 출장 다니니?

몇 달 전에 예약해 놓은 거라 미룰 수도 없어. 태풍이 들이닥쳐도 밥 먹고 살려면 별수 있냐.

나는 웃다가 홍 언니 일로 뇌리에 꽉 찬 불가해한 사건에 대해 조언을 듣고 싶었다.

그 언니 참 이해할 수 없는 사람이야. 내가 너무 내 중심적으로만 생각하는 건 아닐까 하는 생각도 들어. 교수님인 네가 조언 좀 해주라.

나는 친구에게 21년간 홍 언니와 지내온 이야기를 들려준다. 어제 있었던 5년 전 호박고구마 값을 계산하라는 얘기까지.

친구의 눈이 휘둥그렇게 커진다.

어머! 그 사람 소셜 패스야. 네 말 들으니까 오싹하다 야. 직장 다닐 때는 잘 나타나지 않아. 요즘 이상한 증후군인 사람들 정말 많아. 소셜 패스도 정신병적으로 분류되는 증후군이야.

뇌리를 바늘로 찌르는 듯하다.

뭐, 소셜 패스? 사이코패스, 소시오패스는 들어봤지만, 소셜 패스는 처음 들어보네…. 나는 테이블에 바투 다가앉는다.

소셜 패스라는 명칭이 정신병적인 분류로 밝혀진 건 얼마 되지 않아. 그런 사람들 결코 사과하지 않아. 자기를 합리화하는 성향이 강하고 전혀 죄책감을 느끼지 않거든. 자기 생각만 옳다고 생각해. 영리하고 똑똑한 편이고 그러니까 여자가 그런 직급까지 승진했던 거지. 소셜 패스는 타고나는 게 아니라 사회적 환경에서 비롯된다고 해.

홍 언니가 소셜 패스라는 말에 쎄하다. 환경이 원인이라는 말에 예전에 자신의 신세를 한탄하듯 들려주던 가족 이야기가 선명히 떠오른다.

아버지는 집에 잘 들어오지 않았어. 어머니가 딸만 줄줄이 낳은 이유만은 아니었어. 아버지는 호인인 데다 일반 공무원보다 직급이 좀 높았어. 쟁쟁거리는 어머니를 시간이 지날수록 멀리하더니 점점 바깥으로 돌았어. 큰딸인 내게는 자상한 아버지였는데… 엄마가 셋째까지 딸을 낳자 어느 날부터 아예 집에 들어오지 않더라.

아버지가 딴 살림을 차린 눈치였어. 아버지 부재 후 엄마는 내게 더 의지하며 집착했어. 초등학교 시절부터 고등학생 때까지 아, 말도 마.

시험 보는 날이면, 엄마는 꽃단장을 한 모습으로 학교에 왔어. 아예 교실 복도에서 내내 서있었어. 한 과목의 시험이 끝날 때마다 어떤 문제를 틀렸냐고 일일이 시험지를 체크했어. 그때부터 나는 숨이 턱턱 막혀왔어.

아마 그때부터 내 가슴에 멍울이 생기고 암세포가 서서히 자랐을 거야. 바로 아래 여동생은 이혼해서 골목식당 하며 근근이 살아가고, 셋째 여동생은 외국에 나간 후 소식이 뚝 끊기더라. 근데 몇 년 전에 연락이 와서 하는 말이, 언니 빚 좀 갚아 줘. 그래야 나 한국에 들어갈 수 있어. 기가 막히더라. 나 혼자 친정엄마를 평생 책임지며 사는 것도 힘겨워 죽겠는데…. 또 오랜 장서 간의 갈등으로 따로 엄마 집 얻어 드리고 혼자 살게 되었지.

얘기를 듣던 나는 친정엄마는 돈을 벌지 않고 왜 언니한테만 의지하며 사냐고 물었다.

젊어서부터 금식기도를 많이 해 위염을 심하게 앓았거든. 돈 벌기는커녕 병원비와 약값만 안 들어가도 내가 살겠어. 홍 언니는 깊이 숨을 몰아쉬며 쓸쓸한 웃음을 보였다. 그 얘기를 들었을 때 가슴이 먹먹했다. 질병의 원인은 대부분 어릴 적 환경에서 비롯된다고 한다. 어릴 적부터 어머니의 강박증과 완벽주의 때문에 홍 언니가 소셜 패스가 된 걸까.

참마부터 시작해 부산 여행, 호박고구마, 수미감자의 진실을 다 따지고 밝히고 싶다. 그러면 나는 속이 후련해질까. 하지만 자신이 옳다는 것을 증명하는 것보다 넘어진 형제를 도와주는 것이 더 중요하다고 존 비비어는 말했다. 사랑이 정의보다 중요하다고…. 다행히, 나는 이제 홍 언니를 사랑하지 않는다. 사랑이고 뭐고 조목조목 따지며 옳고 그름을 확실하게 정의하고 싶은 마음이 가득하다. 그러나 그런 과정을 거치면서 또 스트레스를 받고 싶지 않다. 찝찝한 기분과 울분이 가라앉지 않는다.

진실을 덮고 오해를 받은 채 홍 언니와 관계를 끊는 게 상책이다. 영적인 시선으로 홍 언니를 바라본다. 히틀러도 자신의 생각과 행동이 진정성이 있다고 믿어서 역사에 그런 잔혹한 짓을 저질렀을 것이다.

홍 언니의 어깨를 잡고 외치고 싶다. 제발 착각과 피해망상에서 벗어나라고. 기도만 하지 말고 정신 치료받아야 한다고….

너는 홍 언니라는 그런 사람 감당 못 해. 아예 관계를 끊는 게 상책이여. 그런 사람 고지능으로 은근히 괴롭히는 괴물이야. 이제 우리 나이에 사는 것도 버거운데 그런 사람 위해 십자가 지려다가 네가 먼저 무거운 십자가에 깔려 죽는다.

그 무게에 깔려 죽는다는 친구의 말에 우리는 까르르 아이처럼 폭소를 터트렸다.

친구의 말이 귓전에서 뱅뱅 맴돈다.

그래, 나는 존 비비어가 아니다. 참 다행이다. 몇 번이고 홍 언니를 용서하고 이해하려던 나. 선한 사람이라는 교만이었다. 착각의 한계는 여기까지다.

태풍이 중부권을 강타한다는 예보로 초긴장했던 밤이 지났다.

열어놓은 창문 사이로 넘실대는 새벽바람이 모처럼 시원하다. 한 달 넘게 지속된 폭염과 열대야로 스멀스멀 소멸해 가던 심신에 생기가 차오른다. 다행히 태풍 솔릭은 중부권을 조용히 지나쳐 동해로 빠져나갔다.

그러나 여름은 아직도 끝나지 않았다.

한낮, 아파트 숲속에서는 매미의 떼창이 줄기차게 소란스럽다.

빨간 구두 에드나

네브레스카주에 있는 세인트폴에 도착했다. 한적한 시골 마을이었다. 하얀 이층집은 나직한 언덕 위에 있었다. 진초록의 숲으로 에둘러 있는 이층집은 흰색이라 더 눈에 띄었다.

조명환은 언덕을 터벅터벅 올라갔다. 초록 잔디가 깔린 넓은 마당이 있는 제법 큰 집이었다. 그는 집 전체를 찬찬히 둘러보았다. 오랜 시간의 흔적들을 곳곳에서 느낄 수 있었다. 페인트 색이 군데군데 벗겨지고 벽 귀퉁이에 미세한 균열이 몇 군데 보였다.

멀리서 봤을 때 그림 같던 아름다운 정원이, 가까이 와 살펴보니 무성하게 자란 잡초와 꽃들이 자연스레 어우러진 모습이었다.

조명환은 미리 적어 온 주소가 문패의 주소와 맞는지 확인한 후 안도의 숨을 쉬었다. 이 집에서 45년을 사셨구나.

현관 벨을 누르는 손길이 미세하게 떨렸다. 몇 번 벨을 눌러도 인기적이 없었다. 지난달에도 변함없이 편지를 주고받았건만, 그사이에 설마…. 심장 박동이 빨라졌다.

조명환이 태어날 때부터 에드나와 편지로만 연락을 주고받았다. 명환이 글을 알기 전까지는 그의 부모님이 쓴 서신을 주고받았다. 그가 글을 깨친 후부터 조막만한 손으로 쓴 삐뚤빼뚤한 편지를 보고 에드나는 감동하며 환호했다.

미국 유학 시절, 그녀를 몇 번 만나려고 했지만 에드나는 극구 사양했었다. 편지로 안부가 오가는 것만으로도 행복하다고 했다. 머나먼 한국에서 아들이 자라는 과정의 소식을 듣고 기뻐하고 유학 시절엔 공부하기도 바쁜데 나중에 만나자고 자꾸 미루었다.

조명환이 박사 학위를 받느라 오래도록 공부하다 보니 세월이 많이 흘러갔다. 파란 눈의 어머니 에드나 넬슨은 이제 98세다. 조명환이 태어날 때부터 45세가 되도록 후원하시며 편지를 보냈던 어머니. 이제 너무 연로하신 에드나 어머니를 더 늦기 전에 만나야 한다는 생각이 간절했다. 더 이상 지체해선 안 된다는 생각에 그는 방문을 알리지 않은 채 기습적으로 에드나 집을 찾아갔던 것이다.

드디어 방문객을 확인하는 인터폰 소리가 들렸다. 현관문이 천천히 열렸다.

"누구신지?"

"저, 조명환입니다."

"네가 조명환이란 말이지?"

아래턱을 약간 흔들며 노인은 환하게 웃었다.

"에드나 어머니? 저 한국에서 온 아들 조명환입니다."

"오호! 정말, 명환이란 말이지? 난 에드나와 함께 사는 동생 닐리 안이라우. 언니는 지금 이 층에 있다우."

처음 보는 닐리안 모습이 낯설지 않았다. 그동안 보내준 가족사진 속에서 여러 번 본 익숙한 얼굴이다. 사진 속 닐리안은 언제나 에드나 옆에서 함빡 웃고 있었다. 조명환은 다감한 닐리안의 목소리에 마음이 푸근해졌다. 닐리안은 그를 와락 껴안았다.

세인트폴 하늘의 솜사탕 같은 흰 구름이 뭉글뭉글 부풀어 올랐다.

✳

명환은 어릴 적부터 형광등이란 별명을 달고 살았다. 국민학교 시절의 성적은 거의 꼴찌를 맴돌았다. 남들이 한 시간 만에 이해한다면 그는 4시간이 지나야 겨우 이해하는 편이었다.

두 여동생이 그를 즐겨 부르는 별명은 형광등 오빠였다.

이북 출신인 외할머니는 서울 금호동 천막 교회에서 반사(주일학교 교사)일을 하며 어릴 때부터 손주들에게 신앙 교육을 철저히 가르쳤다. 외할머니가 들려주던 성경 구절 중에서도 잠언 6장 9절 ~11절 말씀을 마음에 아로새겼다. 게으른 자는 가난하고 궁핍하게 된다, 부지런하고 성실만 해도 어느 정도는 잘 살아간다는 가르침이었다. 어릴 적부터 책상에 오래 앉아있는 습관을 들였다. 간신히 고등학교까지는 갈 수 있었다. 하지만 대학 입학이 문제였다.

어느 날, 지인이 명환의 집을 방문을 했다. 명환의 아버지는 거실에서 지인과 담소를 나누었다. 지인은 이북에서 피난 와서 모 대학의 정치 외교학과 교수라고 했다.

"우리 명환이가 아무래도 대학에 들어가기는 어려울 것 같으이. 참 걱정이네. 아이가 몇 시간씩 열심히 공부는 하는 것 같은데 성적은 영 오르지 않네. 아이 성적으로 지원할 곳이 없네."

얘기를 듣던 지인은 명환이를 바라보며 물었다.

"그래, 자네는 뭐가 되고 싶나?"

아버지 곁에 앉아있던 명환은 선뜻 대답할 수 없있다. 세상에 어떤 직업들이 있는지조차 무지한 고등학생이었다. 고등학교에서도 맨날 꼴찌 근처에서 뱅뱅 돌고 있으니 뭐가 되고 싶다는 꿈도 꾸지 않았다. 지인에게서 풍기는 지적인 분위기와 저음으로 울리는 중후한 목소리가 근사했다. 명환은 불쑥 대답했다.

"교수가 되고 싶습니다."

갑자기 아버지는 민망한 표정으로 입술을 지그시 누른 채 천장을 바라보았다. 지인은 명환의 얼굴은 빤히 바라보다가 허허 웃었다.

"그래? 그럼 자네가 들어갈 학과는 이과 미생물학과다. 해마다 미달이다. 지금은 인기 없는 학과지만 10년이나 20년이 지나면 분명히 비전이 있는 학문이라네. 머지않아 미생물학과에 수재들이 몰려들 것일세."

명환은 문과였지만 미달이라는 지인의 정보에 미생물학과에 무난하게 합격할 수 있었다. 나중에 미생물학과는 인기과인 생명공학과로 바뀌었다.

명환은 인생에서 어떤 결정을 스스로 한 적이 없었다. 워낙 아둔한 편이라 그저 부모님의 말씀만 잘 따르기로 했다. 순종하는 것이 기차가 선로를 벗어나지 않고 목적지에 안전하게 도달할 것이라는 믿음이 있었기 때문이었다. 명환은 대학에 들어가서 지독하게 공부했다. 조선의 김득신처럼 이해가 될 때까지 읽고 또 읽으며 암기했다. 1년 정도 졸업이 늦추어졌지만 다행히 좋은 학점을 따 놓았다.

운 좋게도 그에게 유학의 길이 열렸다.

*

명환은 오하이오 주립대에 입학했다. 일단 입학은 했지만 영어도 제대로 못 하는 수준이니 학습 능력이 더 떨어졌다. 아무리 노력해도 학과를 따라갈 수 없었다. 결국 모든 과목의 학점은 거의 D, D, D였다. 평점 B 학점이 안되자 2학기 때 대학에서 제적을 당했다.

이미 한국에서 일찍 결혼해 아내와 함께 미국에 왔다. 하지만 아내도 영어에 능숙한 편이 못 되었다. 아내는 한인이 경영하는 마트에서 4시간씩 일하며 살림을 간신히 간당간당 꾸려나갔다. 한국에서 부모님이 보내주는 돈은 아파트 월세와 학비를 겨우 낼 정도였다.

제적을 당했으니 학생증이 없어 학교 도서관에도 출입할 수 없었다. 명환이 갈 수 있는 곳은 공원뿐이었다. 공원은 오하이오 주립대학교와 그가 살고 있는 아파트 중간쯤에 있었다.

아침에 집에서 나오면 온종일 공원 벤치에 앉아 토플과 GRE 공부를 했다. 미국 햄버거는 싼 편인 데다 양도 많아 한 개를 둘로 나눠 점심과 저녁으로 먹었다.

미국 공원은 정말 드넓었다. 낮부터 벤치에서 잠을 자는 사람도 있고, 피크닉을 오는 사람도 있었다. 오래도록 공원 벤치에서 공부하다가 피곤하면 잠시 벤치 위에 누워 책으로 얼굴을 가렸다. 눈이 피로해 잠시 휴식을 취하는 정도였다. 무채색으로 무겁게 내리누르는 삶이 심장을 점점 조여 왔다. 아무리 피곤해도 잠은 오지 않았다.

어느새 나무들은 초록 잎들로 무성해지고, 잔망스러운 꽃들이 피고 졌다. 세월이 숭덩숭덩 흘러갔다.

명환은 이제까지 자신의 삶을 인도한 하나님께 따졌다. 애초에 학습 능력이 없는 나를 왜 대학에 합격시키고 유학까지 넘보게 하셨습니까. 그렇게 내 삶을 인도하셨다면 순조롭게 해주셔야지 미국까지 왔는데 비참하게 대학에서 쫓겨나는 건 뭡니까. 내가 왜 외국에서 이런 수모를 당해야 합니까. 내가 언제 유학하고 싶었나요. 명환의 기도는 간구라기보다 하나님에 대한 원망과 분노가 일어났다.

사람은 참으로 간사한 동물이다. 꼴찌가 유학까지 온 걸 감사하며 찬양과 영광을 드렸던 입술에서 이제 원망과 저주가 터져 나오다니….

내가 언제 교수가 되겠다고 했습니까. 그냥 대답 한 번 잘못한 걸, 역시 나는 꼴찌 인생입니다. 몇 대학에 다시 입학원서를 내도 다 불합격이란 말입니다. 영어도 알아듣지 못하는 내가, 이제, 이제 나는 어떡해야 합니까.

가장으로서 미래에 대한 불안과 공포까지 겹쳐 컴컴한 먹구름이 덮쳐 왔다. 명환은 자살하는 사람들의 심정을 비로소 알 것 같았다. 죽음보다 못한 삶이라면 차라리… 차라리.

예민하게 더 우울했던 날, 그는 자신도 모르게 두 주먹으로 나무 기둥을 힘껏 쳐댔다. 손등이 터져 붉은 피가 흘렀다. 손등이 찢어지는 아픔보다 심장이 찢기는 고통이 더 컸다.

원망을 쏟아내며 바라본 파란 하늘에 흰 뭉게구름이 같은 방향으로 유유히 흘렀다. 벌써 초여름의 햇살이 공원에 잘게 부서지며 빛났다. 풀잎 위에 맺혔던 이슬이 태양 빛에 홀연히 사라지는 모습이 부러웠다. 자신도 햇살에 사르르 녹아들며 사라지고 싶었다.

연두색과 진녹색을 띤 숲속에서 새들의 청아한 지저귐이 들려왔다. 공원의 생명체들은 생존을 위해 먹이를 찾아 활기차게 움직였다. 종종걸음으로 풀밭 속을 헤치며 부지런히 벌레를 쪼는 새들의 모습이 보였다. 하루하루를 살아내려는 생명체들의 본능. 커피잔을 들고 도란도란 담소를 나누며 초록빛 숲길을 천천히 산책하는 사람들의 여유로움이 부러웠다. 그들의 표정은 밝고 평온해 보였다.

조명환은 하늘을 바라보니 흘러가는 흰 구름 사이로 햇살이 쏘아 내렸다. 참담했던 명환의 마음에까지 빛이 스며들었다. 그래, 세상에 극도로 나쁜 삶은 없다. 이런 경험이 인생에서 지나쳐야 할 한 개의 정거장일 수 있다.

It ain't over till it's over.

인생이란 끝날 때까지 끝난 게 아니다. 그는 영어 공부를 하면서 외웠던 이 문장을 되뇌며 마음을 다잡았다. 공원에서 방황한 한 계절이 지났다. 이제 아내한테 솔직하게 털어놓자. 한국으로 그만 돌아가야 한다. 공원에서 계속 노숙자처럼 지낼 수 없지 않은가.

그 시절은 요즘처럼 유학이 쉽지 않았다. 인천공항까지 나와 중보기도 하며 환송식을 해준 교인들의 얼굴이 영화처럼 한 명 한 명 스쳐갔다. 자랑스러워하던 부모님. 형광등 오빠가 미국 유학 간다며 호들갑 떨던 동생들. 자네만 믿는다며 든든해 하시던 장인, 장모. 그리고 늘 지지하던 에드나 어머니. 명환은 고개를 흔들었다. 이대로 돌아갈 수 없다. 꼴찌가 유학 간다며 후배들에게 희망의 멘토가 됐던 나. 다시 꼴찌 인생의 나락으로 떨어질 것 같은 명환은 두려웠다. 절망의 늪에서 헤매면서도 그는 8시간 공부하는 걸 하루도 거르지 않았다.

한국으로 돌아가려 결심한 며칠 후, 몇 달 전 불합격된 아리조나 대학에서 다시 통지서가 날아왔다. 합격 통지서였다. 실로 기적 같은 일이었다. 그런데 조건이 있었다. 한 지도 교수한테서 강의를 받을 수 있다는 내용이었다.

명환의 지도교수가 된 스톨링 교수는 에이즈 전문가였다. 스톨링 교수는 그의 성품을 잘 알고 있었다. 스톨링 교수는 머리 좋고 성적이 좋은 제자보다, 연구는 끈기 있고 성실한 제자가 뒷심을 발휘한다는 걸 오랜 경험을 통해 알고 있었다.

명환은 그의 연구조교로 일하며 공부를 다시 시작하였다. 그때까지 명환은 에이즈에 대해 들어본 적이 없었다. 에이즈 바이러스가 규명된 지 2년이 막 지날 무렵이었다. 그는 스톨링 교수를 도와 에이즈 연구를 본격적으로 시작했다.

*

조명환은 스톨링 교수를 통해 블룸버그 교수를 우연히 만났다. 블룸버그 박사는 B형 간염 바이러스를 발견한 노벨 생리의학상을 받은 미국 의학자였다. 조명환은 블룸버그 박사의 인맥을 통해 당시 살아있는 노벨 수상자들을 다 만나는 행운을 누렸다.

그들과 각국의 이슈를 토의하며 조명환의 세계관은 확장이 되었고, 그의 학문은 통섭적으로 쭉쭉 뻗어 나갔다. 드디어 지도자를 배출하는 하버드대 캐네디 스쿨에 입학했다. 캐네디 스쿨은 70여 개국에서 온 외국 학생들이 미국 학생들과 뒤섞여 공부하는 '국제적 지성의 장'이다. 그는 기적처럼 캐네디 스쿨을 무난히 졸업할 수 있었다.

꼴찌를 맴돌던 조명환의 삶은 팝콘과 비유할 수 있다. 딱딱한 옥수수 알이 열에 데워지면서 어느 정도 시간을 지나 임계점에 닿았을 때 펑, 하고 터진 팝콘 같은 삶이 된 것이다. 그의 능력은 팝콘처럼 터져버린 것이다. 인생은 속도가 아니라 역시 방향이 힘이란 걸 보여주었다.

한국에 돌아오니 조명환은 아시아에서 에이즈 바이러스 연구의 선구자가 되어있었다. 드디어 아시아 대표 에이즈 학회장까지 맡았다. 꼴찌를 맴돌던 인생이 이렇게 변할 줄 누구도 생각지 못한 일이다.

*

에드나 어머니를 기다린 지 두 시간이 지났다. 도대체 무슨 일인가. 미리 연락하지 않고 들이닥쳐 당황해서일까, 아니면…. 갑작스러운 방문으로 심장에 쇼크가 온 건 아닌지, 조명환을 에드나를 기다리며 이런저런 상상을 했다.

닐리안이 준 커피와 쿠키를 먹으며 에드나를 지루하게 기다렸다. 느닷없는 방문이니 기다리는 수밖에 없다. 미련할 정도의 끈기가 그의 유일한 장점이 아니던가. 그러나 불안한 마음이 가라앉지 않았다.

한국 전쟁 후 세계 최저 빈민국이었던 대한민국에 태어난 명환. 가난한 그를 후원하기 시작했을 때 에드나 어머니는 초등학교 선생님이었다. 한국에 있는 우리 아가 명환이가 백일, 돌이 되었다고 기뻐했다. 또 초, 중, 고에 입학할 때마다 자랑스러워했다. 대학에 합격했다는 소식까지 마을 사람과 소식과 사진을 공유하며 기뻐했다. 세인트폴 마을 사람들은 명환이가 박사가 된 것도 알고 있었다. 그러나 이 마을도 젊은이들은 도시로 빠져나가고 에드나와 닐리안처럼 대부분 노인들만 남아 살고 있었다. 에드나는 여동생인 닐리안과 평생 서로 의지하며 독신으로 늙어 갔다.

드디어 이 층에서 문 여는 소리가 들려왔다. 명환은 소파에서 벌떡 일어나 이 층을 바라보았다. 롯드로 말아 컬이 풍부한 백발의 노인이 빨간 립스틱을 바른 입술로 함빡 웃고 있었다. 그가 올라가려 하자 에드나는 손사래를 쳤다. 리플이 달린 빨간 블라우스에 하얀 바지, 그리고 빨간 구두를 신은 모습이다. 스팽클로 반짝이는 긴 귀걸이를 찰랑이며 한 발 한 발 계단을 내려왔다. 98세의 노인이 저리 아름답게 빛날 수 있단 말인가. 에드나는 천사의 모습이었다.

계단을 디딜 때마다 빨간 구두는 반짝반짝 빛이 났다. 특별한 날이면 빨간 구두를 신었던 아내의 모습이 에드나의 빨간 구두와 오버랩되었다. 자신을 가장 빛내고 싶은 날이나 특별한 날에 빨간 구두를 신는 아내와 에드나. 저 눈부신 빨간색이 조명환의 무채색 삶에 스며들었다. 계단을 천천히 내려오는 시간 속으로 45년이란 세월이 파도처럼 따라 내려왔다. 조명환의 눈에 고이던 눈물이 흘러내려 와이셔츠 앞섶을 적셨다.

*

세인트폴 마을 이웃들이 에드나 마당으로 모여있다. 에드나와 닐 리안처럼 함께 늙어 간 이웃들이다. 마을 노인들의 옷차림새는 주로 울긋불긋한 밝은 색이었다. 몇 명은 기타와 드럼을 치며 정원 마당에 흥겨움이 흥건했다. 가난한 나라에서 태어난 아이를 45년 간 후원한 일도 기적이지만, 그 아이가 교수가 되고 바이러스 연구의 아시아 선구자라니….

지구 반 바퀴를 돌아 에드나를 찾은 그를 마을 사람들은 자신의 아들이 금의환향한 듯 함께 들뜨고 환호했다. 어느새 집집마다 준비해 온 각종 음식이 정원 식탁 위에 푸짐하게 차려졌다. 세인트폴 마을 사람들은 서로 포옹하고 와인 잔을 부딪치며 환호성을 질렀다. 한 무리는 음악에 맞춰 흥겹게 춤을 추었다. 즉흥적으로 열린 파티는 전통적으로 내려왔던 모습으로 자연스러웠다.

조명환은 일주일간 에드나 어머니 집에서 머물렀다.

"세상에서 기가 막힌 발명품이 뭔지 아니? 그건 팩스기란다!"

에드나는 컴퓨터가 세상에 나와 사용되고 있다는 걸 아직 모르는 듯했다. 조명환은 여권이 없는 미국인을 본 건 에드나가 처음이었다. 초등학교 교사를 퇴직한 후 그녀의 마지막 직업은 편의점에서 청소하는 일이었다. 결코 부유한 사람이 아니었다.

"어머니, 어떻게 45년이나 저를 후원하실 수 있었나요? 더구나 그렇게 오랫동안 편지를 보낼 수 있었는지요?"

그러자 에드나는 조명환의 손등을 따뜻한 손길로 쓰다듬으며 미소 지었다.

"하나님은 나 같은 사람을 98년이나 사랑하셨는걸, 45년? 그건 반도 안 되는 시간이었다."

하나님의 사랑이었다는 나긋한 말에 명환의 가슴이 뜨거워졌다.

15달러는 누군가에게는 매일 마시는 커피 몇 잔 정도의 가격일 수 있다. 하지만 수적천석이란 말처럼, 한 방울의 물이 꾸준히 떨어져 댓돌을 뚫는 힘을 발휘했다는 걸 그는 절감했다. 에드나의 꾸준한 돌봄이 그에겐 생명의 샘물이었다. 그는 꿈이 생겼다.

에드나에게 받은 사랑을 이제 갚아야 할 때다. 그 사랑이 흘러서 아프리카 에이즈 환자를 위해 헌신하는 일이다.

대수롭지 않은 밥 한 끼가 인간의 몸과 정신에 생기를 준다. 45년 동안의 15달러 후원금과 편지의 마지막 세 문장. 그것은 그에게 생명수였던 것이다.

God loves you.

God trust you.

I pray for you!

*

에드나를 만난 그 후 여섯 번의 봄꽃들이 피고 졌다. 여섯 번째 가을을 맞이할 때 그녀는 깊은 안식에 들었다.

집 마당의 초록빛 잔디는 투명한 가을 햇살에 빛으로 반짝거린다. 조명환은 마당에 세워진 묘비 앞에 선다. 104세 잠든 에드나. 그는 검은 백팩에서 꺼낸 물티슈로 묘비 구석구석을 꼼꼼히 닦으며 읊조린다.

'파란 눈의 내 어머니, 빨간 구두의 천사여! 저도 어머니처럼 아프리카 에이즈 환자들에게 오래오래 생수를 부어주는 사람이 되겠습니다. 어머니! 참된 안식에 거하소서. 사랑합니다.'

세인트폴 파란 하늘빛이 조명환 머리에 노란빛으로 쏟아진다.

* 「빨간 구두 에드나」는 CBS방송 『새롭게 하소서』에 출연한 조명환 박사의 간증을 듣고, 각색하여 소설화하였습니다.

어느새 저녁놀

아파트 현관문을 활짝 열어놓고 바깥으로 나온다. 오늘따라 왜 이리 늦는 걸까.

뜰을 둘러봐도 녀석이 보이지 않는다. 혹시 어쩌면…. 불길한 생각에 헛기침을 몇 번 해본다. 나무숲을 바라보며 가볍게 스트레칭을 하고 있을 때 현관 앞으로 푸드득 날아오는 녀석. 옳거니 왔다. 고개를 달싹거리며 자그락자그락 발소리를 내며 당당히 현관 안으로 들어간다. 녀석은 거실과 주방을 바삐 돌아다닌다.

나는 쌀통에서 쌀 한 움큼을 덜어낸다. 녀석은 용캐 내 무릎으로 팔짝 날아오른다. 손바닥에 모이를 놓고 있으면 녀석은 냉큼 내 손목에 올라서서 모이를 쪼아 먹는다. 콕콕콕, 쪼아댈 때 손바닥이 짜릿하다.

교감이란 마음의 어느 한 면과 서로 닿는 것이다. 바삐 돌아가는 세상에서 이젠 누구에게도 주목받지 못하는 나란 존재…. 어느 날 홀연히 사라질 것 같다. 그런 생각이 들 때마다 깊은 우물 속으로 나는 점점 가라앉는다. 아마 이런 게 우울증 초기 증상일지도 모르겠다.

일상이 무료해진 나날에 변함없이 출석하여 나를 신뢰하고 따르는 이 녀석이 점점 정이 간다. 한 생명이 다가와 잠시나마 서로 온기를 주고받는 시간. 그 고요한 만남이 나락으로 점점 떨어지는 내 삶에 새로운 활력을 주고 있다.

모이를 다 먹으면 녀석은 현관 밖으로 종종걸음으로 나간다. 현관 앞에서 몇 번 두리번거리며 다니다 푸드덕 나뭇가지 위에 날아앉는다. 한동안 까만 눈동자를 반짝이며 나를 빤히 바라본다.

현관 앞에 놓아둔 의자에 앉아 커피를 마시며 신문을 읽다가도 녀석을 자주 바라본다.

알싸한 아침 바람이 나부끼는 푸른 정원이 오로지 내 집의 정원인 듯 충만해진다.

따뜻하고 향이 그윽한 카페라떼가 온몸으로 퍼지니 안온함이 밀려온다. 햇살과 마주한 시간이 조금 지나면 뇌가 말끔히 깨어난다.

달큰한 아침잠에 빠져있던 아내가 어느새 주방에서 달그락 소리를 내고 있다.

30년 넘게 공직 생활하며 날마다 술에 떡이 되다시피 살아왔다.

동료 직원에게는 물론 부하 직원들에게조차 화가 난 상황인데도 나는 점잖게 인격적으로 대했다. 내 나름대로 적이 별로 없는 사람이라 자부하며 살았다.

대학 때까지 같은 동네서 산 K는 두 살 터울인 내 남동생과 중, 고교에 함께 다닌 친구였다. K라는 친구와 우연찮게 같은 유도학원에 다니며 더욱 친해졌다. 동생 친구인지 내 친구인지 구분이 모호할 정도였지만 K랑 마음이 통했다. 아부할 줄 모르고 곧은 소리만 하는 K가 동생에게 말하더란다.

요즘 성인군자가 없는 시대인데 K는 자신이 살아있는 성인군자를 딱 두 명 만나봤다고 했단다. K는 동생한테 성인군자 두 명이 네 아버지와 네 형이라고 말하더란다. 동생한테 그 말을 들었을 때 나는 좀 머쓱했다. 하지만 세상을 잘못 살진 않았구나 하는 뿌듯한 마음이었다.

신혼 때부터 시작해서 진급할 때마다 나는 기회를 놓치지 않았다. 능력보다 성실성의 평판이 더 한몫했고, 상납도 빠지지 않고 했다. 급할 때마다 적잖은 상납금을 처가에서 잠시 융통해 쓴 덕에 H공사의 지점장까지 오를 수 있었다. 지방대학을 나온 내가, 요즘 젊은이들이 말하는 신의 직장이라 부르는 H공사 지점장까지 오른 일은 그 회사에서 유일무이한 진급이라고 수군거렸다.

H공사 지점장이 되었을 때다.

직원들과 회식을 마치고 귀가할 때 직원들은 내 앞에서 깍듯하게 머리를 조아렸다. 어떤 조직의 보스에게 하듯.

대리기사가 운전할 때 나는 조수석에 앉아 백미러를 통해 뒤에 남아있는 직원들을 살펴보았다. 배웅하던 직원들은 승용차 꽁무니가 빠져나갈 때까지 다소곳이 고개를 숙이고 있었다. 술에 취하기도 했지만 직원들의 모습에 난 잠시 세상을 다 가진 기분이었다.

나는 기억한다. 마누라는 결혼 생활 30년이 넘도록 내게 노라는 말을 한 적이 없다. 아니, 어쩌면 이 또한 '기억의 왜곡'일 수도 있다.

마누라는 순연한 성격에 부유한 처가에서 살림만 배우다가 결혼한 사람이다. 종갓집 며느리로서도, 아내로서도 흠잡을 데 없는 여자다.

어쩌다 「향수」라는 노래를 우연히 들을 때가 있다.

이무렇지도 않고 예쁠 것도 없는 사철 빌 빗은 아내가 따가운 햇살을 등에 지고 이삭 줍는 여인….

이 노랫말에서 내 아내가 딱 떠오른다. 자기만의 취미 생활이나, 친구 만나는 일조차 전혀 하지 않는 듯했다. 하긴 지방으로 몇 번 발령을 받아 15년 정도 주말 부부로 살았다. 아내에 대해 내가 다 안다고 할 수는 없다. 한 길 물속은 알아도 사람 속은 모른다는 말이 있지 않은가.

눈에 보이는 모습만 보고 대충 이해하고 가늠하는 일은 오류를 범하기 쉽다. 하지만 신발장에 있는 아내의 신발이란 낮은 구두 한 켤레와 여름샌들 딱 두 켤레다. 아들이 신던 낡은 운동화는 보통 마트나 산책하러 갈 때 신고 다닌다. 여느 집의 드레스 룸에는 남자 옷보다 여자 옷이 두세 배는 많다고 들었다. 근데 우리 집은 정반대다.

내가 부장이 되었을 때부터 공식적인 부부 모임이 잦아지기 시작했다. 아내에게 백화점에 가서 옷 좀 사 입으라고 카드를 주었다. 두 눈을 멀쩡히 뜨고 살아도 다른 여자들 옷매무새는 보이질 않는 건가. 친가나 처가에 갈 때 언제나 비슷한 꽃무늬 면티에 바지 차림새였다. 하긴 인생의 선택은 자기 자신이다. 다 내 탓이다.

34여 년 전, 딱 내 나이 30세 때였다.

어머니는 박장대소하며 벙글어진 입을 다물지 못하셨다. 에고, 이제 됐다, 하셨다. 몇 번의 중매가 깨진 후 같은 마을에 사는 아가씨와 혼사가 오갔다. 그 후 일사천리로 혼사 일이 진행되었고, 결혼 전 마누라와 데이트한 건 딱 한 번이었다. 나는 결혼식을 해치우듯 치렀다.

처갓집은 검소하고 부지런하기로 소문난 집이었다.

아내는 여고를 졸업한 후 약국을 경영하는 집안일을 거들고 있었다. 동네 사람들 말에 의하면 종갓집 며느리로서 손색이 없는 처녀라고 칭찬이 자자했다. 장인이 수십 년 연구한 야생초로 만든 약으로 불치병 환자 몇 명이 나았다는 소문이 퍼졌다. 그 소문은 날개를 달았고, 전국에서 환자들이 몰려들었다. 그 시절만 해도 도로 개발이 안 됐을 때였다.

작은 읍이라 교통이 불편했던 사람들은 민원까지 제기해 약국 근처에 역사까지 들어서도록 만들었다. 결국 장인이 운영하는 약국 근처에 기차역이 새로 들어서자 한자들은 벌떼처럼 몰렸다고 했다.

부부 모임이 있는 날이었다. 나는 옷장에서 십여 벌의 잘 다려진 와이셔츠를 훑어보다가 연한 라일락색 와이셔츠를 골랐다. 그리고 여직원이 생일 선물로 준 짙은 보라색 스트라이프 실크 넥타이를 맸다. 넥타이를 매고 보니 색깔 매치가 생각보다 근사했다. 이거 괜찮지? 하며 아내를 돌아보았다. 순간 내 입안에서 송충이들이 잘 근거렸다. 웬 양촌리 아줌마가 나를 바라보며 웃고 있었다. 울긋불긋한 꽃무늬 재킷에 검정 주름치마를 입은 뚱뚱한 아내의 모습. 서울 생활이 도대체 몇 년인데, 다른 여자들이 입고 다니는 게 진혀 보이지 않는 건가. 도대체 눈썰미가 없는 건가. 하긴 사대문 안에서 수십 년을 산들 사람의 감각이 다 세련되는 건 아니다. 내 마음은 썰물이 빠져나간 갯벌에 구멍이 숭숭 난 것처럼 들썩거렸다. 하지만 나는 깊은숨을 몇 번 몰아쉬고 마음을 곧 추슬렀다. 그래, 다 내가 선택한 인생이다. 종갓집 맏며느리로서 무난한 삶을 살 그런 여자를 내가 원했으니까.

대학 때 사귀었던 첫사랑 은경이가 불현듯 떠올랐다. 갸름하고 유난히 흰 얼굴에 목이 긴 여자였다.

어느 봄날이었던가. 하늘거리는 파란 물방울무늬가 있는 원피스를 입은 날, 한 송이 수선화가 내게 걸어오고 있었다. 뭔가 한없이 해주고 싶었던 여자. 그런 은경이와 나는 왜 결혼하지 않았을까. 갑자기 속이 뭉근하게 저려 왔다. 은경이의 미소 짓는 맑은 얼굴 위로 택시기사로 먹고사는 고달픈 그녀의 아버지 삶이 겹쳐왔다.

아니, 이 녀석이…. 현관 안으로 힘없이 걸어오는 녀석의 왼쪽 날개가 살짝 기운 듯 보인다. 기울어진 날개에 피가 묻어있다. 녀석이 내 손바닥에 놓인 현미 쌀을 정신없이 쪼아 먹을 때 다른 손으로 녀석을 덥석 잡는다. 텃세를 부리는 녀석들의 공격을 받았나 보다.

아내는 어느새 소독약과 연고를 꺼내 와 내 손에 잡혀있는 녀석의 상처 부위에 소독하고 연고를 발라준다. 녀석의 겁먹은 까만 눈동자가 더 커진다.

"요놈! 다른 녀석들이 텃세를 부리는구나. 일 년이 넘어도 혼자만 다니니…. 너 왕따냐?"

옆에서 아내는 피식, 웃으며 말한다.

"세상에, 서울 같으면 어림도 없지. 어떻게 새가 날마다 찾아와. 아예 제집처럼 드나드네. 벌써 일 년 전인데. 우리 중국으로 여행 갈 때, 이 녀석을 어떻게 할 수 없어 무심천 다리에 놓고 왔잖아요. 비둘기들이 많이 사는 다리에. 근데 얘가 새끼 때부터 어리바리했어도 비둘기들이 귀소성이 있다더니 정말 신기해. 어떻게 한 달 후에 아파트를 찾을 수 있었을까. 사람보다 낫네. 근데 아직도 친구를 못 사귀었나."

녀석이 손바닥에 놓인 모이를 쪼아 먹을 때 나는 팔목을 그녀처럼 살살 흔든다. 내 느낌일까. 녀석의 겁먹던 동공이 편해 보인다.

아기였던 녀석을 처음 만났을 때 뽀롱이라 이름을 지었다. 겁이 많던 녀석이라 느낌으로 암컷인 줄 알았다.

우리 부부와 익숙해졌을 무렵 뽀롱이는 일 층 아파트 난간에서 햇볕을 쬐며 놀고 있었다. 뽀롱이를 보고 어디선가 비둘기 두 마리가 난간으로 놀러 왔다. 같은 종족을 보자 뽀롱이는 갑자기 날개를 활짝 펴더니 제자리서 빙빙 돌며 부채춤을 추었다. 늘 소심하던 녀석의 당당한 행동에 나는 아내와 함께 웃음이 터졌다.

"인제 보니 수컷이네. 수컷 본능이 암컷 앞에서 멋있는 척 폼 잡는 거 봐, 하하."

그때부터 녀석의 이름을 뽀동이로 바꿔 불렀다.

뽀동이와 만나게 된 것은 산에 다니기 시작했을 때였다. 퇴직 후에도 한동안 골프를 치러 다녔지만 비용도 만만치 않은 데다 여러모로 시들해졌다.

산에서 서너 명의 아이들이 내게로 쪼르르 달려왔다.

"할아버지, 이 새가 떨어져 있었어요. 여기…."

아직 할아버지라는 말이 낯설지만 나는 아이들이 건네주는 새를 얼떨결에 받아들었다. 새끼 산비둘기였다. 순간 난감했다. 하지만 아이들은 새를 내게 넘기자마자 어디론가 우르르 몰려갔다. 새를 자세히 살펴보니 한쪽 날개가 다친 상태였다. 나는 손수건을 꺼내 새를 감싸서 집으로 데려왔다. 어린 새라지만 어리바리한 눈동자와 행동이 이상했다. 나무에서 떨어질 때 뇌를 다친 걸까.

마침 동네에서 멀지 않은 곳에 새를 파는 가게가 있었다. 나는 가게 주인에게 새장을 사면서 비둘기도 새니까 키우는 방법을 물었다. 녀석의 날개가 회복되면 자연으로 돌려보내리라 생각했다.

집으로 돌아와 새장 안에 부드러운 천을 깔았다. 다친 날개에 소독약으로 닦고 마데카솔을 발라주었다. 새장 안으로 녀석을 조심스럽게 넣어주었다.

어린 비둘기는 물과 모이를 조금씩 먹으며 회복이 되어갔다.

이 주쯤 되었을 때 날개가 완전히 회복된 것 같았다. 새장을 들고 바깥으로 나갔다. 새장 문을 열었다. 야생성이 있는 새라 날아갈 줄 알았다. 그런데 녀석은 새장 밖으로 나갈 생각을 하지 않았다. 나는 녀석을 새장에서 꺼내려 손을 집어넣었다. 그러자 녀석은 날개로 내 손을 탁탁 치며 꾸르륵 꾹꾹, 꾸르르 꾹꾹 소리 내며 울었다. 제 몸집까지 크게 부풀려 내 손을 공격하며 계속 울었다. 녀석의 영역을 침범한다고 생각한 모양이었다. 새장에서 나오지 않으려는 녀석을 손으로 다치지 않도록 간신히 잡아 마당에 내려놓았다. 근데 녀석은 날지 못하고 아장거리며 돌아다녔다. 며칠이 지나도 녀석이 날 생각을 하지 않았다. 한쪽 날개가 아직도 아픈 건가 걱정스러웠다.

다음 날부터 날기 교육을 시작했다. 낮은 데부터 시작해서 점점 놓은 곳에서 녀석의 엉덩이 부위를 밀었다. 녀석은 본능적으로 날개를 파득파득거리며 잠시 날다가 다시 땅에 내려앉았다. 아장아장 걸어 다니며 놀았다. 하지만 교육이란 불가능을 가능하게 하지 않던가.

　녀석이 드디어 날기 시작했다. 그러나 현관 앞뜰에서 벗어나지 않았다. 뜰에서 놀다가 멀리 가지도 않고 날지도 않았다. 조금 놀았다 싶으면 계단을 폴짝폴짝 뛰어 올라왔다. 한 계단씩 뛰어 올라오는 모습이 앙증맞았다. 녀석은 복도식인 아파트 현관문 앞에서 잠시 다른 집 현관 앞으로 갔다가 두리번거리더니 용케 우리 집 현관 앞으로 아장거리며 온다. 기특한 녀석이다. 손주를 키우는 재미가 아마 이런 기분일까.

　퇴직 후에도 공을 치러 다녔다. 부장이 되었을 때부터 골프를 치기 시작했으니 10여 년이 되는가 보다. 그땐 법인카드를 사용해 비용이 수월찮게 들어가는 걸 느끼지 못했다. 퇴직을 하고 보니 품위 유지비가 만만치 않다는 걸 금세 피부로 느껴졌다. 때론 무서울 정도였다. 자주 만나던 친구들이나 퇴직 동료들끼리도 식사비나 술값에 부담이 느껴졌다. 만남이 자연히 점점 뜸해졌다. 요즘 젊은 사람들처럼 더치페이하면 부담이 없을 텐데, 어느 누구도 먼저 그런 말을 꺼내지 못했다. 다들 사회에서 한자리씩 했었으니 그런 말을 누군가 먼저 꺼내주길 바랄 뿐이었다. 이런저런 모임이 거의 줄다시피 되었다. 저녁만 먹으면 2차 모임도 없이 바로 집으로 종종걸음 쳐 달아나기 일쑤였다. 하긴 희끗한 머리에 환갑 넘은 노인들이 밤늦게 술집을 전전하는 것도 모양새도 그렇고 식사를 마치면 그저 누워 쉬고 싶은 생각이 들었다.

"당신 어제도 울고 난리 친 거 기억나요? 정말 이웃 창피해서 못 살겠네…. 요즘 주사가 너무 심해요. 자꾸 우는 것도 버릇이여."

아내는 투덜대더니 말꼬리 끝에 에이, 지겨워! 자기도 모르게 툭 튀어나온 말에 얼른 입을 자기 손으로 막았다. 나는 큼큼거리며 못 들은 척 TV 리모컨을 이리저리 돌렸다.

대학 졸업하자마자 시험을 거쳐 회사에 입사했다. 수십 년 세월을 오로지 회사에 충성하며 새벽부터 밤늦도록 일했다. 처자식 부양하며 아이들 유학에, 대학원까지 보내느라 내 인생은 어느새 통째로 날아가 버린 느낌이다. 이제 퇴직해 자유와 평화를 누리고자 했던 내 발상은 금방 산산조각이 났다.

저번 퇴직자 모임에서 박 상무는 말했다. 마누라 폰에 자신의 이름이 '삼식이'로 되어있는 걸 보고 충격이었다며 분노했다. 박 상무는 퇴직 후 삼식이란 놈으로 추락한 자신의 인생이 서글프다면서 평소보다 술을 더 들이켰다. 그 후 그는 무조건 아침을 먹으면 집을 나선다며 한숨을 쉬었다. 이것저것 해보니 그래도 산행이 가장 좋더라고 했다. 돈도 많이 안 들고 자연과 자주 접하니 심신이 안정되고 치유되는 느낌이라고 했다.

나도 퇴직 후 몇 달은 계속 공 치러 다녔다. 그러나 골프는 한 번

멤버들이 정해지면 빠질 수 없게 된다. 수월찮게 제주도며 해외로 까지 가서 골프를 치게 되자 정신이 번쩍 들었다.

그때부터 골프를 끊고 산에 다니기 시작했다.

서울의 오래된 50평 아파트를 15억 팔았다. 근데 손에 쥐어진 건 2억 남짓뿐이었다. 주식으로 5억이 휴지처럼 순식간에 사라지고 말았다. 아들, 딸 결혼을 치르고, 여러 가지를 정리하고 나니 남는 건 몇 억뿐이었다. 그 돈으로 서울에서 집 장만이 쉽지 않았다.

아들도 직장 따라 울산으로 내려갔고, 딸은 평택에 신혼 둥지를 틀었다. 직장 다닐 때 빨리 결혼하라 다그쳤지만 인생 절대 뜻대로 되지 않는다는 걸 다시금 뼈저리게 느꼈다. 지점장일 때 결혼했더라면 꽤 많은 축의금을 받았을 텐데…. 민망스럽게도 그런 생각마저 들었다. 현직에 있을 때 경조금을 후하게 해버린 게 아쉬운 생각이 들었다.

이런저런 고민 끝에 30세에 떠났던 고향으로 다시 내려왔다. 그나마 중형 아파트를 사고 연금으로 노후 생활을 그럭저럭 지낼 수 있을 거라 생각했다.

집안 살림이 많지 않아서 그런지 14층이었던 50평 아파트는 휑할 정도로 너무 넓었다. 자식들이 떠나서였을까. 살던 공간이 더 휑한 느낌이었다. 주방에서 거실로 가는 거리도 멀고 60세가 넘자 청소마저도 아내는 힘겹다고 했다. 나이 탓인지 그리 부지런하던 아내가 넓은 집을 이고 사는 것 같다며 투덜거리는 일이 잦아졌다.

고층에만 살다시피 하다 1층은 답답할 것 같았다. 처음 이 아파트를 둘러볼 때 아내도 썩 마음 내키지 않아 했다. 그런데 두 번째 둘러보았을 때 느낌이 달랐다. 현관 앞 푸르른 나무가 우거진 모습에 마음이 끌렸다. 녹색 나뭇잎들이 바람에 흔들리며 싱그럽게 느껴졌다. 내 집 정원 같은 평안한 느낌이었다. 어쩌면 30여 년 세월을 회색 고층만 빽빽한 서울살이에 우리는 어지간히 지쳐있었나 보다.

1층 현관 앞뜰은 사람들이 잘 다니지 않는 구조였다. 단지 내 집 정원처럼 누릴 수 있다는 생각에 덜컥 이 집을 사버렸다.

뽀동이가 어제 오지 않았다. 새들의 청아한 노랫소리가 우거진 나무숲에서 들려온다. 나는 현관문을 활짝 열어놓는다. 현관문만 열면 반갑다는 듯 푸드덕 날아와 잘그락잘그락 걸어 들어오던 녀석. 이 녀석의 등장은 집 안에 생기를 준다. 적막이 흐르는 공간에 움직이는 생명체가 반갑기만 하다.

무심천 다리 밑에서 자는 걸까.

뽀동이를 완전히 야생으로 돌려보내기 전이었다. 외출할 때면 뽀동이를 바깥으로 날려 보냈다. 야생의 세계에 자생력을 키워야 살지 않겠나 싶었다. 하지만 나가서 일을 볼 때 녀석이 은근히 신경 쓰였다.

어느 날, 아내와 시골 작은 집에 다녀오다 밤이 되어서야 귀가했다. 난간을 살펴보니 녀석이 보이지 않았다. 평소 하염없이 난간에서 기다리며 앉아있던 녀석.

아…어디로 갔지?

밤이면 녀석은 움직이지 못한다. 나는 뜰로 내려가 아파트 위층을 살펴보았다. 3층 난간에서 웅크리고 앉아있는 녀석이 보였다. 다행이다. 이제 3층까지 날아 올라가다니. 나는 엘리베이터 전원을 누를 새도 없이 계단을 뛰어 올라갔다. 계단을 오르면서 대견한 생각까지 들었다. 녀석은 잔뜩 위축되어 움직이지도 않고 있다. 두 손으로 뽀동이를 안았다. 따뜻한 온기가 가슴께로 전해진다. 자식을 몇 시간 내팽개친 듯한 안쓰러운 마음이 내 좁은 마음의 수로를 따라 흐른다.

일 년이란 세월은 빠르게 흘러갔다.

꼭 일 년 만이다. 난간에 세 마리 비둘기가 앉아있다. 뽀동이는 흰 비둘기와 검정 비둘기 친구들과 앉아있다. 흰 비둘기는 마르고 털도 부스스하다. 검정 비둘기는 두 쪽 다 발가락 하나씩이 없는 장애가 된 새이다. 그 무리 중에 늘 혼자였던 뽀동이가 보스 역할을 하나 보다. 제법이다. 다른 비둘기에 비해 날마다 현미와 쌀을 먹는 뽀동이는 윤기가 반지르르하고 목줄기 쪽 털은 무지개 색깔이 돈다.

마당에 쌀을 한 움큼 뿌린다. 비둘기들이 평화롭게 모이를 쫀다. 참새 몇 마리가 총총거리며 비둘기들이 먹는 거리 근처까지 다가간다. 그 앙증맞은 작은 몸으로 콕콕 뛰며 한 톨을 잽싸게 물고 포르르 다급히 달아난다. 참새들의 행동을 보면 그래서 새가슴이란 말이 있구나 싶다.

약육강식의 세계에서 비둘기들은 참새가 다가와 한 톨씩 물어가도 전혀 개의치 않는다.

이래서 비둘기를 평화의 상징으로 부르는 걸까. 몇 달을 지켜봐도 비둘기들은 먹이로 다투지 않는다. 참 순한 새들이다.

9마리의 새들이 난간에 앉아있다. 참 난감하다. 훠이! 훠이! 쫓아내면 아파트 위층으로 날아오른다. 이놈의 뽀동이 자식 눈치가 없다. 혼자 와서 슬쩍 먹고 가면 좀 좋아, 옆에서 아내도 한마디 거든다.

이젠 한 무리씩 비둘기들이 떼 지어 돌아다니니 여간 성가신 게 아니다. 난간에다 복도에다 똥을 싸놓질 않나. 뽀동이 똥을 치울 때는 더럽다는 생각이 들지 않았다. 근데 다른 새들의 똥은 역겨워 내가 대체 지금 무슨 짓을 하는 건가, 한심한 생각마저 든다. 아파트 복도에 새털이 몇 개씩 날아다니기도 한다.

간혹 청소하는 아줌마와 마주치게 될 때가 있다. 청소하는 아줌마가 내 뒤통수에 대고 쏘아대는 레이저로 뜨거워진다. 아파트 주민에게 차마 대놓고 뭐라고 하지는 못한 채 온몸에서 불만이 터지는 듯한 기운이 전해진다.

뜰에서 우르르 몰려다니는 비둘기 떼들. 덩달아 까치 몇 마리가 더 늘었다. 새가슴인 참새들은 나뭇가지 위에 앉아 먹이를 기다리고 있다. 내가 주는 먹이에 길들여진 새들의 군대를 이제 와서 외면할 수도 없는 노릇이다. 참 난감하다.

현관 방충망에 주먹보다 작은 뭔가 매달려 있었다. 나는 저게 뭐지, 하며 안경을 찾아 살핀다. 세상에…. 왜 이리 모이를 늦게 주냐며 항의하듯 매달려 있다. 가까이 다가가자 참새였다. 참새는 포르르 나뭇가지 위로 날아간다. 어느새 참새들에게도 소문이 났나 보다. 세상의 모든 존재가 서로에게 의미로 이어진 울림을 가지고 있다. 가슴이 찡하다.

퇴직하고 나면 좀 더 행복하게 살 줄 알았다. 퇴직하고 보니 명절이나 생일에 더 우울해지곤 했다. 부장 때부터 명절이면 작은 동산처럼 쌓였던 가지각색의 선물들, 생일이면 카카오스토리에 수십 개의 축하 댓글과 이모티콘이 달려 답글하기도 벅찼었는데….

이번 생일엔 달랑 2개의 축하 댓글이 달려있다.

지난 주말에 손주들을 데리고 딸과 사위가 미리 다녀갔다. 생일 당일에 어김없이 딸이 보낸 케이크 이모티콘과 꽃다발, 변함없는 김 과장의 생신 축하한다는 말.

격세지감이 느껴지며 쓸쓸함이 밀려온다. 퇴직 후 3년 정도 우울감에 빠진다더니…. 하긴 세상사 화무십일홍이란 걸 진작 알고 있었음에도 직접 겪으니 어깨는 움츠러들고 발걸음도 헛헛하다.

요즘 아내의 잔소리가 은근히 많아진 걸 실감한다.

술만 먹으면 운다고 하던데, 솔직히 나는 전혀 생각나지 않는다.

내가 운다고? 몇십 년 애주가이다 보니 혹시 알코올성 치매인가. 은근히 걱정이긴 하다.

뽀동이 이 녀석이 쌀보다 현미만 골라 먹었다. 근데 이제 과자 맛에 푹 빠져있다. 맥주 안주로 남아있던 맛동산을 먹더니 이제 좋아하던 현미는 무시해 버린다. 며칠 전부터는 새우깡에 꽂혀있다. 다른 모이를 주면 무시하며 심란하게 종종걸음으로 돌아다닌다. 뭔가를 찾는 것이다.

나는 신문지 위에 쌀, 현미, 새우깡이 놓아 만찬을 차린다. 녀석이 새우깡만 골라 먹고 자꾸 나를 쳐다본다. 더 달라는 눈치이다. 새 머리인 주제에 뽀동이 녀석이 제법 머리를 쓴다. 아내는 깔아놓은 신문지 옆으로 튀어 나간 과자 부스러기와 쌀들을 치우며 지저분하다고 투덜거린다.

오늘도 예닐곱 마리의 비둘기들이 어김없이 난간에 앉아있다. 나는 쌀 한 컵을 뜨락에 퍼지게 뿌린다. 예닐곱 마리의 새들이 뜰로 날아가 분주히 쪼아 먹는다. 생명들의 움직임에 고요한 숲에 생기가 돈다. 근데 무리 속에 섞여있는 뽀동이 움직임이 수상하다. 다른 한 마리 비둘기도 앞발이 끈으로 묶여있어 절뚝거리며 다닌다. 뜰에 있던 모이가 없어지자 뽀동이는 날아서 거실로 들어온다.

"아유! 비듬 떨어져. 이제 집 안에서도 날아다니네. 근데 얘, 다리를 다쳤나?"

아내는 성가신 표정으로 말한다.

나는 새우깡을 잘게 부셔 손바닥에 놓는다. 녀석은 냉큼 내 손목으로 날아올라 앉는다. 요즘 새우깡 맛에 빠져 다른 먹이는 쳐다보지도 않는다. 새우깡을 부지런히 쪼아 먹는 녀석을 나는 냉큼 왼손으로 붙잡는다. 아내한테 묶인 다리를 잘 살펴보라 말한다.

"이를 어째! 머리카락이 몇 겹으로 엉켜있네. 몸부림치면서 더 깊숙이 파고 들어간 것 같은데."

자세히 살펴보니 정말 뒷발이 머리카락에 의해 서로 엉겨 묶여있다. 머리카락이 살 깊숙이 파고 들어가 발가락 하나는 완전히 새까맣게 죽어있다.

아내는 작은 손가위를 내와 머리카락 한 올 한 올을 조심스레 잘라낸다. 겁쟁이 뽀동이의 까만 눈동자가 오히려 편안하게 보이는 건 내 착각일까. 올가미에서 벗어나고자 발버둥 칠수록 머리카락은 살 속 깊이 패어들어 간 것 같다. 말 못하는 새가 얼마나 두렵고 아팠을까.

심장이 뻐근해 온다. 까만 발가락 하나는 아무래도 떨어져 나갈 듯싶다.

"아, 이제 다 풀렸다, 뽀동아. 너는 살았는데 다른 친구는 어쩌면 좋니? 붙잡을 수 있어야 풀어주지."

아내는 올가미에 묶여있던 뽀동이의 발가락들을 하나하나 살살 문지른다. 새까맣게 죽어있던 발가락들이 이제 피가 통하는지 붉은색으로 돌아왔다. 그러나 발가락 하나는 그대로 까맣다.

뽀동이를 손에서 놓아주자 날갯짓을 하며 바깥으로 날아간다. 방금 무슨 일이 일어났는지, 새 머리로는 더 이상 무리일까, 싶다. 무심천 쪽으로 멀리멀리 날아가는 녀석의 모습을 보니 내 마음이 다 후련하다. 이젠 너에게 자유를 주노라, 나는 선포한다.

"계세요? 혹시, 선생님 댁에서 비둘기 모이 주시는 겁니까? 민원이 들어왔어요. 비둘기들이 6층까지 올라와 난간에 똥을 싸서 성가시답니다. 절대 모이 주시면 안 됩니다."

아파트 관리사무소에서 나온 직원의 말에 나는 무안해진다.

"아, 예, 예, 앞으로 조심하겠습니다. 허허…"

나는 조심, 이라는 말을 하면서 불현듯 그날을 떠올렸다.

이곳으로 이사 오기 전, 서울 아파트에 살 때였다. 아내가 제발 술 좀 조심하라고, 망신스러워 이 아파트에서 더는 못 살겠다며 바가지를 벅벅 긁었다. 평소답지 않게 얼굴까지 벌게지며 화난 말투에 도대체 뭔 일이냐며 오히려 나는 아내에게 퉁명스럽게 말했다.

"엘리베이터에서 소변 본 일, 정말 생각 안 나요? 에그, 개망신…. 이건 알코올성 치매여. 그 친구가 당신과 다시는 술 먹지 않겠대요. 당신 부축해 끌고 오느라 진이 다 빠졌대요. 이젠 다들 노인인데, 고개를 절레절레 흔들며 갔어요."

고교 동창들과 식사 후 2차로 술을 마신 일은 어렴풋이 기억이 났다. 근데 집으로 어떻게 돌아왔는지, 그건 까마득했다.

아내는 그런대로 꽃길만 걸어온 팔자 좋은 여자다. 지점장으로 퇴직하기 전까지 식사도 거의 바깥에서 해결했다. 그런데 술 취해 실수 좀 했기로서니 폐인 취급을 하다니, 그런 아내가 오히려 괘씸한 생각이 들었다.

그런데 본의 아니게 새들에게 모이를 주다가 이런 실수를 하게 되다니….

뽀동이에게 모이를 주기 시작한 일이 이렇게까지 일이 커질 줄 몰랐다. 내 평생에 남에게 민폐를 끼친 기억이 없는데, 실로 낭패감마저 든다.

관리소 직원은 당분간 복도 난간에 은박테이프를 쳐놓겠다며 돌아갔다.

6층까지 쳐놓은 알루미늄 은박테이프는 햇빛을 받아 눈이 부시도록 번쩍거린다.

테이프를 쳐놓은 후부터 비둘기들은 난간에 앉지 않는다. 몇 마리만 뜰에서 아장아장 다니는 걸 간간이 보일 뿐이다. 점점 새들의 모습이 보이지 않는다. 어쩌다 찾아온 새들이 난간에서 우물쭈물하다 바로 푸드득 날아간다. 햇빛에 반사된 번쩍거림에 확실히 두려움을 느끼나 보다.

전날의 과음은 어김없이 아침 기상이 늦어진다. 아내는 일어나자마자 현관문을 활짝 열어놓고 방충망만 친다. 방충망에 매미처럼 매달려 기다리던 참새. 작은 그 아이는 빨리 모이 먹기를 바라며 방충망에 매달려 있곤 했다. 뽀동이를 따라다니는 건지, 숲에서 기다리다 식사 때를 맞추는 건지 자주 눈에 띄었다. 그 새도 보이지 않는다.

2년 동안 하루도 빠짐없이 들락거리던 뽀동이를 이제 볼 수 없다.

생명체들이 사라진 마당에 적막이 흐른다. 해는 이울고 가슴이 뻐근하며 답답하다. 나는 엘리베이터 18층 버튼을 누른다.

18층에서 유유히 흐르는 무심천을 바라보니 숨이 좀 트인다. 하늘을 올려다본다. 새 떼들이 남쪽 방향으로 훨훨 날고 있다. 활짝 펼친 날개로 자유롭게 비행하는 모습이 멋있다. 나는 반대편 쪽으로 걸어가 계단 창을 통해 서쪽 하늘을 본다.

어느새 서쪽 하늘엔 붉은 노을이 너울너울 번지고 있다. 365일 일출이 다 다르듯, 일몰의 형상과 빛깔도 다 다르다. 붉게 물든 저녁놀에 내 시선이 멈춘다.

순간 찬란했던 낙조는 어느새 사라지고, 사방이 어둠에 잠긴다.

술도 먹지 않았는데 나는 운다.

대전 블루스, 그날

흐린 날이다. 신문을 읽다 한 광고가 눈에 꽂힌
다. 관절에 탁월하다는 내용이 신문 반면이나 채웠다.

광고는 광고일 뿐, 어디 한두 번 속으랴. 나는 대수롭지 않게 신
문 한 장을 넘겼다. 근데 뭔가 끈적이며 달라붙는다. 신문을 도로
앞면으로 넘겨 스쳤던 광고를 꼼꼼히 살펴본다.

과학적 임상실험 결과를 나타낸 그래프와 약재의 효능이 세세히
설명되어 있다. 한 번 더 속는 셈 치고 딱 6개월만…. 나는 한의원
전화번호를 누르고 만다. 궁금한 점을 질문한 뒤 예약 날짜를 정한
다. 근데 통화가 끝나자마자 갑자기 귀찮은 마음이 스멀거린다.

대중교통으로 청주와 대전을 오갈 생각을 하자 미리 피로가 몰려
온다. 더구나 최소한 여섯 번은 치료를 받아야 효과를 볼 수 있다
고 했다.

12년 전, 40대 초반의 나이에 스틱으로 운전면허를 땄었다. 기계치인 내가 생각보다 쉽게 운전면허를 취득하자 남편은 연수를 해주겠다며 대청 댐으로 갔다. 남편은 친구들 몇 명과 와이프들까지 노련한 솜씨로 연수를 잘해 줘 소문난 사람이다.

남편은 대청 댐 한가한 도로에 주차한 후 조수석으로 옮겨 앉았다. 나는 긴장한 채 운전대를 잡았다. 차 위에 매달린 보조 손잡이를 꽉 잡은 남편은 표정이 잔뜩 굳어있었다. 손잡이를 잡은 남편의 손이 바들바들 떨리는 게 보였다. 내 심장은 더 쿵쾅거렸다.

자동차 운전학원서는 소형차인 베르나로 연습했었다. 그런데 중형차 운전대를 잡으니 생각보다 차가 크고 육중하게 느껴졌다. 잔뜩 긴장한 나는 액셀과 브레이크마저 헷갈려 버벅거렸다. 그는 참지 못하고 버럭 호통을 쳤다.

"이런 여자에게 운전면허를 줘! 이~런 엉터리 새끼들!"

"…"

간신히 매달려 있던 내 약한 심장은 투가리 깨지는 호통에 덜컥 떨어지고 말았다. 그날 이후 나는 핸들을 잡지 못했다.

아침 8시에 집을 나서 대전행 버스를 탔다. 대전이 친정이라 일 년에 네댓 번은 가는 편이다. 친정 행사가 있을 때는 주로 남편과 함께 승용차로 다녔다. 동창 모임이나 지인들의 경조사 때는 직행버스를 이용했다.

대전 복합터미널로 가는 나는 약간 마음이 설렌다. 가까운 곳이지만 고향인 데다 학창 시절의 추억이 깃든 곳이기 때문이다.

폐경 후 몸이 무겁고 여기저기서 진통이 일어났다. 청주에서 이름난 여러 병원서 치료해도 효과가 없었다. 점점 늘어나는 약 때문에 부작용이 더 심해질 것 같았다. 나는 충남대학병원을 거쳐 서울 한양대학병원까지 가서 정밀검사를 받았다.

명의로 알려진 의사는 검사에서 류머티즘 인자가 안 나와 다행이라고 했다. 서울까지 올 필요 없이 동네 병원서 꾸준히 물리치료나 잘하라고 처방을 내렸다.

그 후 동네 정형외과와 한의원을 다녔다. 치료받고 나면 잠시 열감이 떨이지며 진통이 낫는 듯하다기 시간이 기면 진통은 점점 심해졌다.

어느 날 이름이 좀 알려진 동네 정형외과 의사에게 한의원의 침 치료도 받고 있다는 말을 했다.

"아줌마, 풀이나 풀뿌리 먹어서 무슨 병을 고쳐요? 여기서 꾸준히 물리 치료하며 관절 약 먹으면 괜찮아져요. 매일 와서 물리치료 받으세요."

원장은 눈도 마주치지 않은 채 위압적인 어조로 말한 후 차트에 몇 자 끄적거렸다.

한 시간 기다린 후 진료 시간은 단 2분이나 될까. 왠지 아줌마란 소리마저 비하하는 듯해 기분이 언짢았다. 권위적인 원장이라 소문 났건만 이상하게 병원은 환자들로 북적거렸다.

시청역 5번 출구로 나와 미리 위치를 검색한 대로 직진으로 조금 걸어가니 한의원 간판이 바로 보인다.

한의원 안으로 들어서자 의외로 한산하다. 세 명이 순번을 기다리고 있다. 나는 벽면에 걸린 의사 면허증을 보고 벽면에 걸린 글과 그림들을 훑어본다. 지루할 새도 없이 바로 내 이름을 부르는 소리에 원장실로 들어선다.

한의사는 정형외과 의사와 자세부터 달라 보인다. 언제부터 손가락이 아프기 시작했냐고 묻는다. 한의원은 양의와 달리 병이 생긴 근본적인 원인을 연구한다며 환자의 말을 오래도록 경청했다.

아프기 시작한 그 무렵의 이야기를 했을 때 한의사는 고개를 크게 주억거리며 아, 하며 공감의 표정을 지었다.

"선생님께서 그런 극심한 스트레스를 받았군요. 그럴 때 신체 중 가장 약한 부분이 상하는 겁니다. 뇌출혈로 안 쓰러진 게 천만다행입니다."

나보다 한참 젊어 보이는 한의사의 공감 어린 말에 나는 하마터면 눈물을 쏟을 뻔했다. 요즘 사소한 일에 감격하고 또 서운한 마음이 드는 건 갱년기 때문인가. 아무튼 초면인 의사에게 신뢰가 생긴다.

의사와 면담을 끝낸 후 물리치료와 침을 맞았다. 진료비를 내려할 때 말갛게 생긴 실장이란 여자가 상담실로 안내한 후 한약에 대해 조근조근 설명한다. 한약은 정성껏 다려 2, 3일 후면 택배로 보내겠다고 한다. 특수치료이기 때문에 일반 한약값보다 10배는 비싼 금액이다.

"3개월 할부로 해주세요."

나는 카드를 내민다.

둔산동에서 전철을 타고 대전역에 도착한다. 여러 출구 앞에서 터미널로 가는 출구가 어딘지 헷갈린다. 나는 3번 출구로 빠져나온다. 근데 엉뚱하게 대전역 앞이다.

대전역 앞에 오니 기분이 묘해진다. 기차역은 그 옛날 만남과 이별의 상징이었다. 누군가를 만나는 설렘, 이별에서 오는 슬픔 등 감정을 아우르는 상징, 그 자리에 대전역이 있다. 대전역 시계탑은 곧 약속을 의미했다. 초침처럼 누군가의 추억 속에 아직도 심장이 째깍거릴 것이다. 만남과 이별의 상징이었던 대전역.

마침 하늘에서 뭔가 흩날리고 있다. 눈이다. 올해 내리는 첫눈이다. 첫눈 내리는 날 대전역 시계탑 앞에 서 있는 게 실감이 나지 않는다. 아쉽게도 시계탑은 오래전 철거되고 사랑열차 꽃시계탑으로 바뀌어 있다. 시계탑에 첫눈이 푸짐하게 내리고 있다. 꽃시계탑 위로 하얀 눈이 서리서리 내려앉는다.

결혼식을 치르던 그날도 첫눈이 내렸다. 평년보다 한 달이나 일찍 첫눈이 찾아왔다고 기상 캐스터가 알렸다.

시월 하순답지 않게 하늘이 흐리더니 쌀쌀한 바람이 불며 첫눈이 흩날렸다. 평소 첫눈은 눈인 듯, 눈이 아닌 듯 희미했다. 그래도 사람들은 시답지 않게 내려도 그해 처음 내리는 눈이면 첫눈이라고 말한다.

결혼하는 날, 눈이 내리면 잘 산다더라. 근데 시월에 무슨 바람이 이리 맵차고 눈까지 내려? 신부가 한 성질 하나 보네.

교회 성전에서 예식을 마치고 근처 연회 식당으로 가는 길에 하객들은 갑자기 추워진 날씨에 궁시렁거렸다. 하객들이 잿빛 하늘을 올려보며 "어이, 추워!" 하며 옷매무새를 여몄다.

나는 30년 전 내 결혼식 때 내리던 눈발을 떠올린다. 꽃시계탑 주변을 거닐며 갓 빻은 햅쌀 가루처럼 날리는 눈을 바라본다.

대전역, 이 현장에 스며있었던 아스라한 추억이 아슴아슴 피어오른다. 젊은이는 미래를 말하고 늙으면 과거를 얘기한다더니…. 그런 생각이 들자 마음이 허허롭다.

지금 초로의 시간을 지난다는 생각이 들자 바람마저 싸늘하다. 시계탑의 시각은 오후 4시 30분을 지나고 있다.

아까부터 어떤 남자가 시계탑 근처를 서성거린다. 검정 뿔테 안경을 쓰고 버버리 코트를 입은 50대로 보이는 중년 신사다. 희끗희끗한 웨이브 진 머리에 체크 머플러를 둘렀다. 그 옛날 그의 모습과 겹쳐진다. 나는 곧 피식 웃고 만다. 눈이 더 침침해졌나 보다. 중년 남자들이 보편적으로 입는 버버리 코트에 체크 머플러는 흔한 패션 스타일이다. 지금 누구를 기다리는 듯한 서성이는 남자는 키가 더 훤칠하다. 우연이란 영화나 드라마에서나 있는 일이지, 나는 혼자 웃고 만다. 눈은 점점 수담스레 쏟아지고 있다.

그가 있는 곳에서도 지금 첫눈이 올까? 첫눈은 어설프게 내리는 편인데 지금 내리는 첫눈은 함박눈처럼 퍼붓고 있다. 이런 현상도 이상기후 탓인가.

요즈음 기상이변으로 날씨를 예측하기가 어렵다는 얘기를 들었다. 날씨를 예측하는데 보통 최신의 슈퍼컴퓨터가 사용된다고 한다. 하지만 가장 발전된 최신의 장비로도 일기예보는 예측이 자주 빗나간다. 그럴 수밖에 없는 것이 여러 가지 요소가 복합적으로 작용하는 날씨를 정확히 예측하기가 보통 힘든 일이 아니라고 한다.

삶도 마찬가지 아닐까. 청년 시절에는 삶의 미래를 전혀 예측하지 못하듯….

오랜 가뭄에 갈라진 논바닥이 된 마음을 첫눈이 적셔준다.

그날, 첫눈이 흩날렸다.

우리는 저녁을 먹고 커피를 마신 후 인파가 휩쓰는 거리를 나란히 걸었다. 시계탑 아래에 섰을 때 동굴 목소리로 그가 말했다.

항상 첫눈이 내리는 날이면 대전역 시계탑 앞에서 만나는 거야, 우리가 부부가 됐어도. 오후 4시부터, 7시까지 기다리자. 그럴 리 없겠지만… 만약, 만약에 우리가 헤어져도, 어느 지역에 살든 대전을 기준으로 첫눈 내리는 날에 여기서 만나는 거야. 꼭! 아무리 세월이 가도 대전역 시계탑이 설마 없어지겠어?

그의 목소리가 아직도 생생하다.

그 말에 나는 흐흥, 하며 웃었다. 만약에 남남이 됐어도? 할머니, 할아버지가 되더라도 첫눈이 오면 여기서 만나는 거야?

그는 대답 대신 20대 초반이던 매끄러운 내 손을 잡아 그의 주머니 안에 넣었다. 주머니 속에서 포개진 그의 왼손은 따뜻했다.

그 시절, 한참 인기 있는 노래들을 크게 틀어놓아 거리엔 카세트 테이프에 담긴 노래가 넘쳐 흘렀다

그런 슬픈 눈으로 나를 보지 말아요. 가버린 날들이지만 잊혀지지 않을 거예요.

오늘처럼 비가 내리면은 창문 너머 어렴풋이 옛 생각이 나겠지요.

생각나면 들려봐요. 조그만 길모퉁이 찻집. 아직도 흘러나오는 노래는 옛 향기겠지요. …

그는 흘러나오는 노래를 흥얼거리다 말고 나를 빤히 보았다.

우리 기차여행 가자.

내 대답을 듣기도 전에 그는 내 손을 꼭 잡고 역 안으로 뛰어갔다.

차표 2장을 끊었다. 첫눈이 내리는 날, 20대의 들뜬 청춘은 목포행 완행열차에 몸을 실었다.

대전발 0시 50분 발차, 소요 시간 7시간.

「대전 블루스」란 애달픈 노래에 실린 바로 0시 50분 발차 목포행 완행열차였다.

호남선을 달리는 완행열차는 대전을 벗어나 공주를 지나 이리역에 잠시 멈췄다. 지금은 익산역으로 명칭이 바뀌었다.

3년 전, 이리역에서 발생한 대형 열차 폭발 사고 소식을 접했을 때 나는 여고생이었다. TV를 통해 본 당시 이리역 철도 사고 현장은 그야말로 참담한 지옥의 모습이었다. '이리'라는 이름과 잔혹한 사고를 연관 짓는 쓸데없는 생각이 들자 나는 고개를 가볍게 털었다.

홍익회는 손수레를 끌며 대바구니에 삶은 달걀, 귤, 주홍색 나일론 망에 든 국광 사과, 음료 등 간식을 팔고 있었다. 그는 삶은 달걀과 사이다를 샀다. 달리는 기차 안에서 둘이서 바깥 풍경을 보며 나눠 먹던 달걀과 사이다의 맛이 아직도 생생하다.

광주역에 도착했을 때 사람들이 물밀듯 들어섰다. 그동안 텅텅 비었던 기차 안이 사람들로 꽉 찼다. 좌석을 예매한 사람이 우리에게 기차표를 보여주었다. 우리는 자리에서 일어났다.

차 바닥에 신문을 깔고 앉을 수밖에 없었다. 떠들썩한 광주 사투리가 생소하고 거칠게 들렸다. 6개월 전의 광주 사태를 떠올렸다. 신군부 세력이 장악한 혼란기에 민주주의 운동을 하다 죽고, 어처구니없는 죽음을 당한 영혼들이 차창 가에 매달려 윙윙거렸다.

기차는 목포를 향해 기적 소리를 울리며 지루하도록 달리고 달렸다.

드디어 목포역에 도착했다.

아침 8시 전이었다. 우리는 화장실에 들어가 손을 씻었다. 시커먼 땟물이 흘렀다. 화장실 거울에 비친 얼굴은 꼬질꼬질했다. 7시간 기차 매연에 그을린 모습이라니, 웃음이 나왔다.

할 수 없이 세면대에서 세수를 하는데 코피가 흘렀다. 급히 손수건으로 코를 막았다. 그땐 티슈도 흔하지 않을 때였다.

화장실 밖에서 기다리던 그는 내 모습을 보자 안절부절하지 못했다. 20대 열정으로 갑자기 떠난 기차 여행이 아무래도 무리였나, 하며 염려스러워했다.

목포역 근처에서 아침 식사로 콩나물해장국을 먹었다. 계획은 유달산 등반이었다. 그는 핼쑥한 내 모습을 살피며 도저히 등반은 무리라고 단정했다. 근처 다방에 들어가 좋아하는 커피 대신 따뜻한 쌍화차를 두 잔 시켰다. 다방에서 잠시 쉬었다가 다시 대전행 기차를 타고 되돌아갔다.

그런 날이 있었다. 20대는 열정이 앞섰으나 많이 실수하고 어설펐다.

대전역을 지나치면서 생각지 못했던 시계탑이 왜 이제사 생각나는 걸까. 아마도 앞으로 살아갈 날이 어쩌면 갑자기 끝날 수도 있다는 생각이 들었다. 때문이다. 첫눈 내리는 날, 대전역 시계탑 약속 때문인가. 그와 만났던 추억이 펑펑 쏟아지는 눈과 함께 한꺼번에 몰려온다.

20대 초반이었던 나는 버스를 기다리며 손목시계를 자주 들여다

보았다. 아까부터 옆에서 서성거리던 청년이 여자를 흉내 내듯 자신의 손목시계를 반복해서 들여다보았다. 11월 끝자락에 부는 바람이 매섭게 몰아쳤다. 낙엽비가 되어 쏟아지는 갈색 잎들이 바람이 부는 대로 땅 위에 나뒹굴었다.

버스는 오지 않았다.

버스는 오지 않는다.

버스는 오지 않을 것이다.

여자는 초초해졌다.

형사 콜롬보처럼 트렌치코트를 차려입은 청년이 내 앞에서 자꾸 서성거렸다. 그의 모습은 눈에 익은 듯했다. 검은 뿔테 안경 속에서 빛나는 눈빛이 내 앞으로 성큼 다가왔다.

시내에 나가십니까?

나는 대답 대신 고개를 끄덕였다. 버스를 기다렸던 사람들이 택시를 잡으러 이리저리 뛰어다니기 시작했다. 그도 택시를 잡으려 여기저기 방향을 봐가며 서두르더니 간신히 차를 세웠다. 청년은 차 문을 열며 함께 합승하자고 했다. 캠퍼스 안에서 본 듯도 했고 선량한 눈매 때문이었을까. 나는 의심하지 않고 스스럼없이 택시에 탔다. 그 시절만 해도 택시가 흔치 않아 합승하는 경우가 많았다.

친구 만나러 갑니까?

나는 미소로 대답했다. 택시 안에 한동안 어색한 침묵이 흘렀다.

공부하다가 너무 답답해서…. 그림이나 구경할까 하고 화랑에 가요.

택시는 시청을 지나 은행동 시내 중심가로 들어서며 홍명상가 앞
에서 멈췄다. 합승했던 요금을 나누어 내려 하자 그는 손사래를 쳤
다. 어차피 혼자 타도 내는 요금인데요.

나는 감사하다는 인사를 하며 돌아서 약속 장소로 갔다. 친구와
만나기로 한 찻집이 가까워질 때 그는 개구쟁이 소년처럼 짠, 하며
내 앞에서 멈춰 섰다. 나는 당황하며 그를 쳐다보았다. 그는 머쓱
한 표정이었지만 당당한 어조였다.

"나도 함께 가고 싶은데…. 뭐 남자친구면 한 방 맞는 거고, 여자
친구면 다행이구요."

참 넉살도 좋네, 생각하며 차가운 표정으로 얼굴을 획 돌렸다.

계단으로 내려가는데 청년이 뒤에서 갑자기 으악! 하며 소리쳤다.
나는 또 뭐야 하며 뒤돌아보았다.

"에이, 아직도 철부지잖아? 모모는 철부지, 모모는 무지개. 모모
는 생을 쫓아가는 시곗바늘이다……."

그는 노래를 흥얼거리며 계단을 따라 내려왔다.

찻집 이름이 '모모'였다. 요즘 시내버스 안이나 길거리 음악으로
자주 듣던 노래였다.

찻집 안으로 들어서자 큰 고무나무 옆에 경희가 앉아있었다. 나
는 경희의 앞자리에 앉았다.

"처음 뵙겠습니다. 실례합니다."

그의 우렁찬 소리에 찻집 안에 있던 사람들이 그들 쪽을 힐끔 쳐

다보았다. 그는 거침없이 내 옆에 털썩 앉았다.

"계집애, 너 언제 남자친구까지…."

살짝 눈을 흘기며 경희는 배실배실 입귀를 올리며 말했다.

"아니야, 아니야…. 진짜 모르는 사람이야, 정말."

"에, 저는 C대학 회계학과 복학생 3학년 김성철입니다."

어째 본 듯한 얼굴인 듯하더니 학교 선배였다. 학과는 다르지만 같은 대학 선배인 그를 더 야멸차게 대할 수 없었다. 나는 영문학과 1학년이었고, 경희는 간호학과였다. 천성이 능글맞은 건지 후배라 편해서 그런지 참 넉살도 좋았다.

그날은 커피만 마시고 그는 화랑으로 갔고, 나는 경희랑 백화점 쇼핑을 했다.

며칠 후 경희와 나는 그 선배를 만났다. 대흥동 성심당 근처인 지금도 맛집으로 유명한 진로집으로 향했다. 대흥동 성당을 돌아가는 길에 가로등 불빛이 찬란했다. 거리에는 만추 계절을 실감케 하는 무수한 낙엽들이 도로 위를 나뒹굴고 있었다.

식당 안으로 들어서자 공기가 후덥지근했다. 청춘들의 왁자지껄한 분위기에 건배를 외치는 열정이 뜨거웠다.

진로집의 두부두루치기, 백금녀집의 오징어무침은 그 시절 대전의 유명한 맛집이었다. 대부분 젊은 직장인과 대학생들이 즐겨 찾던 식당이었다. 시골에서 유학 온 학생들이 많았던 국립대생들은 주머니 사정이 늘 아슬아슬했다. 진로집의 푸짐한 안주에 소주 서너 병 정도면 즐거운 시간을 보낼 수 있었다.

우리는 진로집을 나와 대전역 앞 은행동 거리를 걸었다. 거리는 한결 조용해졌다. 싸늘한 공기마저 신선하게 느껴졌다.

이렇게 헤어지긴 좀 서운한데, 우리도 한 번 다른 세계에 쳐들어 갑시다!

그가 이끈 새로운 세계는 디스코텍이었다.

어, 이거 진도 막 나가는 거 아냐?

경희의 말에 우리는 서로 키득거렸다.

디스코텍에 들어서자 고막이 터질 듯한 음악 소리와 현란한 조명에 블랙홀에 빠진 느낌이었다. 스테이지에는 발 디딜 틈 없이 사람들로 북적였다. 오늘 세상을 끝장내려는 듯한 열기와 몸부림에 나는 영혼이 빠져나가는 느낌이 들었다.

성철은 먼저 경희와 블루스를 추었다. 배짱이 있어 당당한 것인지, 복학생이 되면 저리 노글노글해지는 건지 나는 마음이 어수선했다.

음악이 끝나자 경희가 자리에 앉으며 너도 그만 빼지만 말고 춰봐, 하며 부추겼다. 막춤은 춰도 블루스는 죽어도 못 춘다며 거푸 손사래를 쳤다. 그리고 의자에 더 깊숙이 엉덩이를 꾹 눌렀다. 성철은 오빠 같은데 뭘 그래, 하며 내 손을 잡아끌었다.

더 거부했다간 촌스러운 민망함이 더 어색해질 것 같았다. 어쩔 도리가 없었다. 음악에 맞추어 천천히 따라서 하면 된다고 했지만 나는 자꾸 그의 발을 밟았다. 처음으로 남자와 몸을 밀착해 춤을 추니 쑥스럽고 난처했다. 심장은 눈치 없이 더 콩콩거렸다. 그는 아예 내 구두를 벗기고 자기 발등 위에 내 발을 올려놓았다.

그대 그림자에 싸여 긴 세월 그대와 함께 가나니. 그대의 가슴에
나는 꽃처럼 영롱한, 별처럼 찬란한 진주가 되리라…….

허스키한 여가수의 목소리에 파묻혀 스테이지를 빙글빙글 돌았다.
세상이 돌고 있다.
지구가 돌고 있다.
TV나 라디오에서 이 노래가 더러 나올 때가 있다. 이 노래가 들릴 때면 30여 년이란 세월이 훌쩍 흘렀어도 그 장면이 신연히 떠오르며 가슴이 두근거렸다. 그의 발등에 올라간 채 춤을 추던 그때 그 모습.
어느 순간의 이미지가 비슷한 한 조각의 삶에 닿으면 그 이미지가 뇌리 속에 질기도록 떠돌아다녔다.
주영 씨, 울 엄마, 아버지도 집에서 가끔 이렇게 춤을 추시곤 해요. 둘 다 의사세요. 밤에 촛불 켜놓고 레드와인 마시다가 이렇게 춤을 추시곤 해요. 그런 모습 보면 나도 빨랑 장가가서 저리 살아야지, 그런 생각하거든요.
그가 귀에 바짝 대고 속삭였다. 그의 뜨거운 입김이 목덜미까지 와닿아 후끈거렸다.
나는 그의 말을 들으며 생각했다. 가정환경이 편안해서 사람이

그리 밝고 당당하구나.

경희를 집에 먼저 바래다준 후, 내가 사는 달동네 어귀까지 걸었다.

구멍가게인 옥천 상회를 지나며 대동 이발관을 돌아 오르막길을 올라갔다.

밤은 적막 속에 깊어만 갔다.

성철은 골목 가게에 잠시 들렀다 나오더니 내게 노란 종이봉투를 안겨주었다. 종이봉투 안에는 과자와 귤이 들어있었다. 조카들 생각하며 샀다고 했다.

집 앞에 이르자 그는 손을 흔들며 말했다.

주영 씨, 오늘 즐거웠어요. 내 꿈 좀 꿔줘요.

성철의 모습이 어둠 속으로 사라지고 전봇대만 덩그러니 서있었다.

대학생이 되었다고 멋대로 밤늦게 돌아다니냐며 어머니의 꾸지람이 길었다. 나는 조심하겠다는 약속을 하고 씻은 후 자리에 누웠다. 천장의 사각무늬를 바라보자 아직도 귓전에서 음악 소리가 들려왔다. 그와 스테이지에서 춤추는 듯 어지럼증이 일었다. 책장 위에 놓아둔 종이봉투를 바라보았다. 조카들이 자고 있으니 내일 봉투를 전해 주어야겠다고 생각했다.

김성철, 그는 어떤 사람일까.

대학 입학 후 세 번 정도 미팅에 나갔었다. 같은 학과인 미영이가 미팅에 낄 때는 남자들의 시선은 대부분 미영에게 쏠렸다. 키는 작지만 오똑한 콧날과 큰 눈이, 넙데데한 다른 여학생보다 단연 돋보였다. 역시 남자들이란 어쩔 수가 없구나. 호기심으로 시작한 미팅 자리에서 스무 살 남자들의 행동은 늘 뻔했다. 파트너가 마음에 들면 전화번호를 어떻게든 따서 여학생에게 애프터를 신청하는 것에 목숨을 걸다시피 했다. 그 시절 전화는 개인용은커녕 마을에서도 몇 집 정도만 있었다.

여고 시절 오로지 입시 공부만 하면서 꿈꾸던 일은 대학생이 되면 미팅에 나가 멋진 남자친구를 만나겠다는 거였다. 그러나 동네 오빠들보다 더 촌스러운 애들이 수두룩했다. 눈앞에 보이는 것만 생각하고, 단순한 가치를 지닌 또래 남자들에게 나는 금방 식상했다.

눈에 보이지 않는 것도 볼 수 있는 사람, 귀에 들리지 않아도 들을 수 있는, 그런 사람 없나요? 그런 공익광고라도 내고 싶은 심정이었다. 그즈음에 복학생 성철을 만났던 것이다.

더 깊어져 가던 가을밤이었다. 벼락같은 호통 소리가 담 너머로 넘어왔다.

에이, 후레자식 같은 놈! 밤늦은 시간에 어디서 함부로 아가씨 이름을 불러대!

대문 앞에서 비를 맞고 성철이 서있었다. 나는 노여워하는 아버지의 눈을 피해 뒷문으로 몰래 집을 빠져나왔다. 성철은 우산을 씌워주는 내 손을 꼭 잡아 그의 코트 주머니 속으로 넣었다.

말없이 둘은 가을 빗속을 걸었다. 여느 때와 달리 그의 눈빛이 서늘했다.

　그냥, 그냥 보고 싶었어. 늦은 밤인 줄도 모르고…. 나 오늘 장학금 받아 너무 좋아서. 춥지 않니?

　성철의 손이 더 차갑게 느껴졌다. 우리는 대전 중앙로에 있는 '여울목'이라는 레스토랑에 들어갔다. 원목으로 된 실내장식이 고풍스러워 보였다. 레스토랑 한가운데 그랜드 피아노가 보였다. 긴 생머리를 한 여자가 피아노를 치고 있었다. 「슬픈 로라」란 곡이었다.

　비 오는 날 듣는 「슬픈 로라」는 더 심금을 건드렸다.

　레드와인을 마시며 가만히 음악을 들었다. 그때는 전혀 생각하지 못했다. 대학생인 그가 무슨 돈이 있었을까. 지금 생각해 보면 어쩌면 성철은 늘 최후의 만찬을 준비한 지도 모른다.

　그날, 성철은 평소보다 우울해 보이고 뭔가 불안한 기색이었다. 그는 내 눈을 오래도록 깊이 보다가 낮은 목소리로 물었다.

　주영아, 너의 인생을 나, 나에게 걸 수 있겠니?

　그 말을 듣자 나는 마음에 문짝 하나가 쿵, 떨어져 나갔다. 그를 2년 정도 알았다. 유머와 위트가 있고 당당하지만 신뢰는 아직 미지수였다. 사랑한다는 고백도 못 들었으며 내게 동생처럼 대하던 사람이 느닷없이 인생을 걸겠냐고? 뭐든 느리게 생각하고 결정 장애가 있는 나로서는 확신이 없었다.

　아직, 우린… 우리 너무 이른 거 아니야?

　뭔가 준비되지 않은 현실, 아직 이루지 못한 꿈. 혼란스러운 마음에 내 말은 뒤죽박죽이었다.

그때는 어렸고, 삶의 여러 방면에 어설펐다.

그렇구나. 우리의 미래는 불확실하다는 게 확실해.

그리 말하는 그의 낯빛은 어두워졌고 속눈썹은 가늘게 떨렸다.

그래. 아직 나는 졸업도 못 했고 아직 갖춰진 게 아무것도 없구나.

그날 이후부터였다. 도서관에 틀어박혀 공부만 한다는 얘기를 흘려 들었다. 그를 이해할 수 없었다. 인생을 함께하고 싶다고 고백했던 사람이 그날 이후 아무 말이 없다니…. 내게 슬쩍 간을 본 거였나. 잠잠한 깊은 수면 속의 세찬 물결처럼 나는 긴 침묵 시간이 외롭고 혼란스러웠다.

일주일이 지나자 답답했던 나는 그의 자취집을 찾아갔다. 집 전화도 흔치 않던 시절이었다. 그를 부르는 인기척에 안집 아주머니가 슬리퍼를 끌며 나왔다.

"성철 학생 고향에 다녀온다고 내려갔지. 날씨도 이리 추운데 연탄도 못 때고, 라면만 가끔 끓여 먹는 것 같더만. 또 휴학하려나 봐. 이번에 수강 신청을 못 한 거 같아. 에그, 딱해 죽겠어. 잘생긴 데다 똑똑한 학생이 너무 고생하며 공부하네. 학생 형편이 괜찮으면 좀 도와주면 좋겠구먼."

아주머니는 말하면서 내 표정을 슬쩍 살폈다.

부모님이 의사라면서, 그럼 그동안 순거짓말이었어? 이건 완전 사기꾼이잖아. 생각으로는 그를 욕하는데 가슴이 시리고 저렸다. 그동안 그의 형편을 전혀 헤아리지 못하고 받는 것에만 익숙하고 현상만 보고 행복하던 자신이 수치스러웠다.

며칠 후 그의 자취하는 집을 다시 찾아갔다. 아주머니한테 흰 봉투를 내밀었다. 쌀과 연탄을 들여놓아 달라고 부탁했다. 아주머니가 빌려주는 것처럼 해달라는 말도 잊지 않았다.

그 일이 대학을 졸업하지 못한 사건이 될 줄 몰랐다. 전혀 생각지 못했다. 성철의 말처럼 청춘의 미래는 불확실하다는 게 확실했다.

주인 아줌마에게 건넨 흰 봉투 안에는 내 2학기 등록금이 들어 있었다.

1980년 신군부의 계엄령 선포가 우리의 청춘을 가로막았고, 미래는 막막했다. 영어 교사가 되려던 내 꿈은 20대에 물거품처럼 사라졌다.

2학년 겨울방학이 막 시작되었을 때 성철로부터 편지가 왔다. 그는 전주에서 아르바이트를 하고 있다고 전했다.

주영아, 보고 싶다. 내려와 줄 수 있겠니?

구구절절 쓴 다른 내용은 퇴색해 버리고 정말 보고 싶다는 내용만이 뇌리에 남았다.

지금이라면 당장 혼자라도 내려갔을 텐데, 20대는 뭐가 그리 두렵고 불안했는지 모른다.

20대 시절의 나는 지독히도 소심했다. 혹여 실수할까 봐 미래에 대한 불안으로 뭐든 조신하게 행동했다.

주일 예배는 꼭 지켜야 한다. 남에게 절대 해를 끼쳐서는 안 된다. 남의 것은 먼지라도 가져오면 안 된다. 순결을 지키는 게 여자로서 중요한 가치라며 그 시대의 평범한 부모처럼 그렇게 교육받고 자랐다.

오랜 세월이 지난 후에야 깨달았다. 삶이란 누구든 자신의 뜻대로 살아지지 않는다는 걸.

학생 시절 내내 우등생이었고 명문 여고에 합격했을 때 동네 사람들과 친인척들의 칭찬과 부러움을 한몸에 받았다. 부모님은 남들이 부러워하는 명문 고등학교에 다니는 딸 때문에 세상을 다 가진 듯 뿌듯해했다.

50년이란 세월의 고갯마루에 섰을 때 나는 지난 삶을 돌아보았다.

20대 시절엔 용기가 없었고 비겁한 삶이었다. 어쩜 그리 답답했을까. 좀 더 주도적으로 살았더라면 조금 더 행복했을까.

나는 그의 편지를 받고 경희와 의논했다. 전주에 사는 경희 친척집에 여행 다녀 온다며 부모님의 허락을 받았다. 그가 보고 싶지만 낯선 도시에 혼자 간다는 건 그 시절 언감생심이었다.

전주 고속 터미널에서 성철은 친구와 함께 기다리고 있었다.

전주 한옥마을은 평화롭고 한산하기만 했다. 한옥에 대한 감흥도 없이 그저 눈으로 훑어본 기억뿐이다. 고풍스러운 전통의 멋스러움과 문화보다 감각적이고 역동적인 것에 더 끌리는 20대 초반이었다. 세월의 흐름에 따라 같은 사물이나 자연을 느끼는 안목이 사뭇 달랐다.

택시로 덕진공원에 도착했다. 공원의 호수는 꽁꽁 얼어있었다. 마침 눈발이 퍼붓듯 쏟아지기 시작했을 때 러브스토리 주제곡인 OST가 흘러나왔다. 한껏 운치 있는 공원에 감미로운 음악이 퍼지자 영화의 한 장면 속에 서 있는 느낌이었다.

별명이 말괄량이 삐삐인 경희가 성철에게 미끄럼을 태워달라며 콧소리를 냈다. 그러자 성철은

"주영아, 미끄럼 태워줄게. 아, 경희 씨는 우리 주영이 뒤에서 좀 밀어봐요!"

그 말에 경희는 눈을 하얗게 흘기며 비긋이 웃었다.

"그래, 둘이서 오늘 주인공 해라, 해! 내가 오늘 조연에 무수리까지 다해 줄게!"

20대 시절엔 몰랐다. 누군가를 빛나게 해주는 조연이 되는 것도 인생의 아름다움으로 빛날 수 있다는 것을…. 그들은 덕진공원에서 젊고 푸른 웃음을 마구 흩날렸다. 고향 친구인 남자는 간간이 웃음만 흘리며 공원 벤치에 앉아있었다.

저녁이 되자 공원 근처인 '수라간'이란 한정식 집으로 들어갔다. 성철이 미리 예약한 식당이었다. 21살의 여자들은 처음으로 24찬을 겸비한 한정식 차림 앞에서 감탄을 쏟아냈다.

수라간에서 먹는 김치는 감칠맛과 깊은 맛이 났다. 다른 반찬들도 정갈하며 맛있었다. 남자들은 술잔을 기울이며 분위기는 무르익어 갔다.

그때 숙소라고는 호텔과 여관, 여인숙이었다. 학생 신분임에도 성철은 여관에 두 개의 방을 예약해 놓았다.

샤워를 한 후, 나는 경희와 전주의 고전적인 이미지에 대해 얘기를 나누고 있었다. 옆방에 친구와 있던 성철이 문을 두드렸다. 잠깐 나와 할 얘기가 있다고 했다. 경희는 짜증스러운 음성으로

"너, 빨랑 들어와야 해. 알았지?" 경희는 거듭 잔소리를 했다.

걱정하지 말라며 경희를 안심시킨 후 그를 따라갔다.

성철은 숙소를 나와 근처에 있는 작은 레스토랑으로 들어갔다. 온종일 명랑했던 그가 숙연한 모습으로 말했다.

"주영아, 사실 너에게 솔직하게 고백할 일이 있어. 사실 나는…."

그의 큰 눈이 금방 젖어들었다.

"다, 알고 있었어."

그의 자취방에 처음 갔을 때였다. 커피를 타러 그가 부엌으로 나갔을 때였다. 책상 위에 쌓아놓은 몇 권의 책 중에 『짜라투스라는 이렇게 말했다』가 눈에 띄었다. 나는 니체의 책을 집어 들었다. 제목만 들었던 책이었다. 이런 어려운 책도 읽는구나, 생각하며 책을 펼쳤다. 책에서 종이 한 장이 팔랑, 떨어졌다. 나는 얼른 집어 책 속에 그대로 끼워두려고 했다. 근데 종이 한 장은 주민등록등본이었다.

세대 주, 김성철. 그리고 가족란엔 아무도 없었다. 아니, 그럼 의사 부부라는 부모는? 궁금했지만 나는 아무것도 물을 수 없었다.

다 알고 있었다는 말에 그의 큰 눈에서 눈물이 봇물 터질 듯 쏟아졌다.

"아버지는 외과 의사였는데, 내가 세상에 나오기도 전에 갑자기 심장마비로 돌아가셨대.

난 아버지 얼굴을 한 번도 보지 못한 사생아야. 아버지가 돌아가시기 전까지 풍요롭게 살았던 엄마는 내가 다섯 살 때 개가를 했대. 30대 중반의 미인이었던 엄마는 혼자 살 수가 없나 봐.

재혼해 살면서 대학 1학년 때까지 학비를 대주셨는데, 근데 암이 발견된 후 6개월을 못 넘기고 2학년 봄에 돌아가셨어."

성철은 얘기하다가 제 설움에 겨운지 어깨마저 들먹이며 울었다.

엄마는 개가해서 새 아빠 사이에 낳은 두 자녀가 있었어. 근데 세상은 참 무섭더라. 엄마가 죽은 지 한 달이나 지났나. 이제 미성년자도 아니니 독립하라고 했어. 그런 상황에 일단은 군입대였어.

점점 그의 울음이 짐승의 울부짖음 같았다. 전주에서 낮에는 택시기사로, 밤에는 부기학원 강사로 일한다고 했다. 그렇게 밤낮으로 뛰어야만 한 학기 등록금과 생활비를 겨우 마련한다고 했다.

그 이야기를 들으며 나는 자신이 참 한심한 여자라는 생각이 들었다. 그동안 레스토랑에서 레드와인을 마시며 식사했던 일들, 꽃과 선물로 애썼던 그를 애처로워하면서도 그의 허세가 미웠다.

그의 손을 잡았다. 그의 손이 까칠했다. 자신에게 인생을 걸겠냐는 그의 물음에 어정쩡하게 대답했던 게 떠올랐다.

나는 전주에서 그의 고백을 들은 후 결심했다. 그러나 표현하지
못했다.

속으로만 마음을 다졌다. '그래, 운명이구나. 이젠 우리는 함께
가는 거야.'

그는 울음이 진정되자 말했다.

주영이가 나랑 결혼하면 너무 고생시킬 것 같아. 이렇게 일하면
서 학비를 벌어야 하니 언제 졸업할지도 모르고, 막내로 자란 네가
고생을 견뎌낼 수 있을까.

그가 낙심하듯 그런 말을 했을 때 나는 그에게 믿음과 힘을 주지
못했을까. 그 당시 그렇게 무능하고 소심한 내 모습을 생각하니 참
담해졌다.

통행금지가 있던 때였다. 12시 전 숙소에 가기 위해 서둘러야 했
다. 인생을 토로하는 그 앞에서 나는 경희가 걱정되었다.

성철은 여자를 믿지 못하는 것 같았다. 부부 금실이 좋았던 성철
의 엄마도 남편이 죽자 개가했고, 아들을 외가에 버렸다고 생각했
다. 나는 그와 함께하기로 한 이상 다른 건 문제가 되지 않았다. 단
지 친구가 낯선 도시, 더구나 여관방에서 기다리는 게 걱정되었다.
자신의 모든 것을 고백한 성철은 술에 취해 있었다. 나는 빨리 숙
소로 돌아가자고 채근했다. 통행금지 시간이 다 됐고, 경희가 걱정
이었다. 성철은 자기보다 친구가 더 중요하냐고 서운한 마음을 드
러내며 주사를 부렸다. 나는 뭔가 두려움을 느꼈다. 친구를 믿고

전주까지 함께 와준 경희를 방치할 수 없다는 생각뿐이었다. 나는 화장실에 간다고 하고 레스토랑에서 나왔다. 뛰어서 숙소에 들어섰을 때 마침 통행금지 사이렌이 요란하게 울렸다.

경희는 반가운 기색도 잠시, 배탈이 나서 화장실에 계속 들락거렸다.

다음 날, 우리는 군산으로 이동해 유람선을 탔다. 장항까지 갔다가 유턴해 오는 배였다. 처음 타보는 유람선 위에서 드넓은 서해 바다를 바라보았다. 우리의 앞날에 파도가 밀려와도 폭풍우가 몰아쳐도 헤쳐 나갈 수 있다고 믿었다. 성철은 피곤한 기색이 역력했다.

성철은 말없이 고향 친구와 바다만 바라보았다.

나는 저 푸른 바다처럼 우리의 미래가 창창하리라 생각했다. 그러나 인생이란 어떻게 펼쳐질지 예측할 수 없다는 걸 오랜 세월이 흐른 뒤에야 깨달을 수 있었다.

유람선 여행 후 대전행 고속버스를 탔다. 나는 착잡한 심정으로 차창 밖을 내다보았다.

어젯밤 성철의 울음 섞인 고백이 마음속으로 침잠해 있었다. 생각할수록 우리는 너무 가난한 청춘들이었다. 경희에게 성철의 고백을 털어앉다.

어머, 그 선배 그런 아픔이 있는데도 어쩜 그리 유쾌하고 밝을까? 하지만 주영아, 결혼은 현실이래. 우리 큰언니 보니까 죽고 못 산다고 결혼했잖아. 근데 애 둘 낳고도 고시 공부만 하는 형부가 이젠 웬수 덩어리 같대. 울 큰언니 시댁도 너무 없는 집안이고. 큰 언니가 나보고 뭐라는 줄 아냐?

살아보면 이놈이나 저놈이나 마찬가지래. 그러니 이왕이면 조건 좋은 남자 만나야 그래도 돈 걱정 하나는 안 한다더라.

경희의 조언을 귀로 들으며 바라본 한겨울의 황량한 들판은 더 스산했다.

성철, 그 선배 전라도 티 낸다고 뒷담도 많이들 하더라. 지금 고 아나 마찬가지네 뭐….

주영아, 완고한 네 아버지가 허락이나 하시겠냐. 성철이 그 선배, 네 아버지한테 처음 인사드릴 때 주민등록등본 떼어오라 했다며? 선배가 절하니까 노골적으로 난 전라도 사람 싫다, 하시며 돌아앉으셨다면서? 에궁, 갈 길이 참 멀고 멀 것 같다.

경희는 피곤한 듯 의자에 머리를 기대며 눈을 감았다. 대전이 가까워질수록 내 마음은 성철이에 대한 연민과 그리움으로 가득 찼다.

전주에 다녀온 지 일주일이 지났을 때였다. 보고 싶다며 성철이 갑자기 찾아왔다. 그런데 나는 그를 만나지 않았다. 너무 보고 싶었지만 왜 그를 피했는지 스스로 혼란스러웠다.

그의 애달픈 울음과 슬픈 실루엣이 한동안 그림자처럼 따라다녔다. 하지만 그를 만나면 내 운명이 블랙홀에 빨려 들어갈 것 같은 두려움이 있었다. 성인이면서 미숙했던 나는 대학 졸업할 때까지 학생의 본분은 지켜야 한다고 믿고 있었다.

이제까지 보여주었던 자신의 가면을 벗었을 때, 사실과 직면할 때의 당혹스러움. 그러나 그 모습 그대로 이해하고 사랑한다면 그건 진정한 사랑이라고 생각했다. 주영은 고백한 후의 그 모습 그대로 성철을 사랑했다.

열정은 시간이 지나면 사라지지만, 사랑은 아무리 시간이 흘러도 심연 속에 새겨있다.

결국 나를 만나지 못했던 성철은 전주로 다시 내려갔다.

몇 달이 지난 후 그가 보낸 편지를 받았다. 찬 기운이 서린 하얀 봉투를 여는 데 손이 떨렸다. 이렇게 우리는 끝이 나는구나, 하는 생각이 스쳤다.

주영아, 나는 네가 보고 싶어 일을 할 수 없었다. 그래서 간신히 휴가를 내어 내 나름대로 간절함 때문에 너를 만나려던 거였어. 앞으로 내 평생에 여자 앞에서 그렇게 울 일이 있을까.

내가 너에게 뭐라 할 말이 있겠니. 어떤 위치도, 아무것도 가진 게 없는 고학생일 뿐인 내가….

언제 졸업할지 모르는 현실이 내 앞에 막막하게 놓여있을 뿐이다.

아무리 세상이 어수선하고 우리 미래가 불확실해도 너와 함께라면 나는 뭐든 할 것 같았다. 우리는 가난한 학생 신분이지만 서로 사랑하기에 어떤 고난도 헤쳐 나갈 수 있다고 믿었어.

지인의 도움으로 당분간 절에 들어가서 국제공인회계사 시험에 도전하려고 한다.

내가 확고한 어떤 능력이 준비되었을 때, 좀 더 떳떳한 모습으로 네 앞에 다시 서겠다.

주영아, 그러나… 그때까지 기다려 달라고 말하진 못하겠다.

더 건강해지고 행복하길 바란다.

1981년 2월 눈이 쏟아지는 날 성철.

오랜 세월이 흘렀다.

20대 초반에 나는 어떻게 살아야 하는지 너무 몰랐다. 몸은 성인이었지만 정신과 의지는 미성년자에 머물러 있었다.

젊은 날 겁 많고 속물이었던 그 시절 내 청춘에게 말하고 싶다.

그와 어떤 운명이든 용기를 내어 함께 가야 했어. 누구나 그렇듯 미래의 길은 알 수 없는 거야. 너는 착하고 진실된 표정 안에 꽃길 인생만 생각했고, 이기심 덩어리인 청춘이었어.

어느 책의 글처럼 햇살과 바람은 그 누구의 편도 아니야. 햇살과 바람은 세상을 골고루 비추며 지나가는 거야. 그를 사랑했다면 그가 짊어진 짐도 나눠지며 청춘은 어떤 난관을 만나도 뚫고 갔어야 했어.

청춘이란 아픔과 슬픔의 터널도 통과하며 그렇게 성장하고 알알이 익어가는 것이란다.

시계탑 아래서 지난 시절을 회상하는 것도 이미 빛바랜 사진을 잠시 보는 추억일 뿐이다.

아직도 눈이 쏟아지고 있다. 첫눈을 이리 푸짐하게 맞는 건 처음 겪는 일이다.

허기가 느껴져 두리번거린다. 대전역 근처에 있던 유명한 '역전 가락국수'도 없어졌다.

대전역의 만남과 이별 사이에는 가락국수도 있었다. 명물이었던 역전 가락국수의 추억 속의 온기도 이제 향수가 되었다. 대신 전국적으로 명물이 된 '성심당' 앞에 북적거리는 사람들이 눈에 띈다.

나는 성심당 앞에 길게 늘어선 줄을 보고 그냥 갈까 망설였다. 하지만 20여 분을 기다려 튀김 소로보 빵 5개를 사서 나왔다.

성심당에서 나오니 꽃시계탑의 시각은 7시 10분을 가리키고 있다.

버버리 코트 남자는 아직도 시계탑 근처에서 서성이고 있다. 이어폰을 낀 채….

그도 첫눈 내리는 날, 누군가를 기다리는 걸까.

나는 터미널로 가기 위해 근처 택시 승강장으로 향한다. 폰을 쥔 손이 저려온다.

버버리 코트는 왼손엔 폰을 쥐고, 오른손바닥은 하늘을 향해 눈을 담을 듯한 모양새다. 그는 기다림을 포기한 듯 시계탑을 벗어나 총총히 멀어지고 있다.

시계탑의 시각은 막 7시 15분을 넘기고 있다.

오래된 비밀

"전도사가 자살은 왜 하는 겨, 지랄하고 자살은 왜…."

거실에 들어서자마자 느닷없는 홍 여사의 말에 영숙은 어리둥절하다. 앞뒤 머리말을 뚝 자른 말에

"전도사가 자살했어요?"

"저그, 있잖여. 맨날 테레비에 나왔던 여자 말여…. 행복 전도사! 왜 웃기던 여자 말여."

영숙은 옷을 갈아입고 나와 벽걸이 TV를 켰다. 밤 10시가 조금 넘은 시간이다. 리모컨으로 채널을 이리저리 돌리며 행복 전도사가 어찌 된 일인지 알아보려다 금세 시간 낭비라는 생각이 든다. TV를 끄고 폰의 네이버 검색창에 '행복 전도사'를 친다.

행복 전도사 최윤희의 명언들. 『유쾌한 행복 사전』, 『희망 수업』, 『행복 그거 얼마예요』 등 그녀가 쓴 많은 책이 소개되어 있다.

한 책 표지에 마냥 행복해 보이는 그녀가 활짝 웃고 있다.

최윤희 씨는 남편과 함께 일산의 한 모텔에서 숨진 채 발견됐다. 경찰은 동반 자살한 것으로 보고 수사를 진행하고 있다. 고인은 홍반성 루푸스라는 질환으로 투병 생활을 해왔다. 그녀는 '행복 전도사'라는 명칭을 매우 부담스러워했다. 그녀의 꼬리표에 붙은 '행복 전도사'라는 이름 때문에 누구에게도 고통을 말할 수 없어 더욱 힘들어했다. 그 고통을 이기지 못하고 남편과 함께 동반 자살을 했다. 그녀를 보면서 행복에 잠시라도 전염되었던 시청자들은 충격적이다.

영숙은 행복 전도사의 기사를 훑어보고 폰을 끈다. 방 안에 있는 홍 여사가 들을 수 있도록 큰 소리로 말한다.

"어머니, 예수 믿는 전도사가 아니구요. 행복을 전한다고 전도사라고 붙인 거예요. 저녁은 드신 거죠?"

며느리로서 시어머니에 대한 의례적인 인사라도 안 할 수 없다. 시어머니는 뭐라고 하시더니 "나 잘란다."라는 소리와 함께 열어놓은 문틈으로 보이던 빛이 사그라진다.

영숙은 욕실로 가서 뜨거운 물로 샤워한다. 살다 보면 한때 이생의 모든 끈을 뚝, 끊고 싶을 때가 어디 한두 번이랴. 최윤희 씨 자살 사건이 뜨거운 김에 엉기며 어지럽다. 가슴에 또 통증이 일며

숨이 막힌다. 끝내 자살할 수밖에 없었던 그녀가 다른 사람에게 비밀을 털어놓았더라면, 사는 게 좀 나았을까.

11시가 넘은 밤이다.

잡무와 경리를 봐주는 진희 엄마와 늦은 점심을 먹고 있을 때였다. 오늘 밤늦게 일을 마치고 회식이 있으니 많이 늦을 거라는 동호의 전화를 받았다. 계속되는 세계적인 불경기에 동호가 하는 사업은 불경기이어서 오히려 더 호황을 누렸다.

몇몇 식당을 제외하고 대부분 식당들은 불황이었다. 주인이 바뀐 식당들은 새로운 이름으로 간판을 다시 올렸다.

간판은 보통 식당이면 정문, 뒷문, 옆, 입간판까지 보통 서너 개에서 많으면 예닐곱 개까지 세운다. 그런 식당도 일이 년이 지나면 간판은 다시 내려지고 다른 메뉴의 새 간판이 걸리기도 한다. 그러나 얼마 지나지 않아 결국 주인이 바뀌고 간판은 또 새 이름으로 몇 개씩 올라간다.

간판과 현수막, 선팅을 하느라 직원들과 동호는 휴일도 없이 일했다. '대양 실업'은 까다롭고 주도면밀한 동호의 지휘 아래 업계에 알음알음 알려졌다.

오륙 년 전부터 대전은 물론 충남권 안에 농협의 간판을 도맡게 되면서 '대양실업'은 번창 일로에 있다.

어린 시절이었다.

어느 일요일 아침, 엄마는 10시가 넘어도 밥을 주지 않았다. 막내둥이 7살이던 영숙은 투정 어린 말로 말했다.

"엄마, 어디 아파? 왜 밥 안 주는 거야? 나, 배고파…."

그러나 오빠와 언니는 엄마에게 아무 말도 하지 않았다. 언니는 그저 고개를 수그린 채 빨간 나일론 양말에 붙어있는 보풀을 자꾸자꾸 떼어내었다. 중학교에 막 입학한 오빠는 앉은뱅이책상에 앉아 큰소리로 영어를 읽는 중이었다.

"Who are you? I am a student."

"Who are you? I am a teacher."

영숙은 무슨 뜻인지 모르지만 영어를 잘하는 오빠가 참 멋져 보였다. 잠시 후 엄마는 부엌에 딸린 문을 열며 밥상을 들고 들어오셨다.

"자아, 오늘 아침은 특별식이란다."

둥그런 양은 밥상을 방바닥에 내려놓는 엄마의 얼굴이 왠지 붉었다.

"야아, 국수다!"

워낙 국수를 좋아하던 영숙의 언니는 밥상머리로 대들며 말했다. 오빠는 국수 그릇에 고개를 푹 파묻고 아무 말 없이 젓가락질만 해댔다.

"엄마, 나는 국수 싫어 히잉…."

반은 김치를 썰어놓고 끓인 국수를 젓가락으로 빙빙 돌리며 영숙은 칭얼거렸다.

그러자 성격이 유순한 영숙의 언니는

"어~ 아침에 국수 먹으니 특별히 맛있어!" 하며 엄마 얼굴을 흘 끗 바라봤다.

오빠, 언니가 맛있게 먹자 맛있는 건가 하며 엄마 얼굴을 보자 사슴 같은 큰 눈에 눈물이 그렁그렁 맺혀 있었다.

영숙은 결혼 생활을 하면서 깨닫게 되었다. 밥때가 되어도 자식을 먹이지 못하는 어미의 심정이 어떤 것인지….

영숙은 여상을 졸업하자마자 바로 회사에 취직했다. 아버지처럼 바깥으로 나돌며 가족을 늘 불안하게 했던 사업이 정말 싫었다. 영숙에게 사업이란 가족이 자주 떨어져 살아야 하고, 경제적으로 늘 불안했던 인식이 뚜렷이 남아있었다. 자신의 배우자는 첫째 조건이 안정적인 직장인이어야 했다.

몇 년 직장을 다니던 영숙은 회사 과장님의 소개로 농협 직원인 동호를 만났다. 마음에 딱 이 사람이다, 할 어떤 설렘도 없었다. 그렇다고 딱히 싫어할 점도 찾을 수 없는 사람이었다. 단지, 우직한 성품에 믿음이 갔다.

영숙은 그와 사귄 지 한 해를 넘기고서 남들처럼 평범하게 결혼했다. 하지만 영숙의 남편은 결혼 후 3년 만에 직장에 사표를 던졌다. 쥐꼬리만 한 월급 받으며 평생을 살 수 없다는 이유였다. 영숙의 만류에도 불구하고 그의 고집을 꺾을 수 없었다. 지금은 농협에 들어가는 것이 만만치 않은 세상이다. 요즘 농협은 자녀가 사립대학에 입학해도 전 학년 장학금을 지급할 정도로 처우개선이 매우 좋은 편이다.

그는 대전 대동 사거리에서 대전 상고 가는 쪽으로 '대양 실업'이라는 간판을 내걸었다.

실크, 인쇄, 현수막, 간판을 만드는 공장 겸 사무실이었다. 길가에서 보면 사무실이다. 사무실 안쪽 문을 열면 넓은 마당에 비닐하우스를 친 작업장이 있다. 영숙이 불안하게 여겼던 대로 초창기 때부터 10년이 넘도록 견디기 힘든 나날이었다. 불안 때문인지 첫 아이가 자연유산이 되고 3년 만에 아이를 낳았다.

영숙은 '대양 실업' 사무실에서 일을 거들었다. 몇 년 전까진 사무실에서 하는 잡무와 공장에서 실크인쇄, 선팅을 오리는 일을 거들었다. 동호와 함께 일할 때마다 하루에도 지옥을 몇 번씩 드나들었다. 원래부터 성격이 퉁명스러운 걸까. 도움이 전혀 되지 않는 친정 때문에? 아니면 일이 너무 힘들어서인지, 만만한 마누라에게 짜증을 자주 냈다. 누가 있으나 없으나 찡그린 얼굴로 툴툴대는 동호가 영숙은 때론 밉고 야속하기만 했다.

어쩜, 저 인간 때문에 복이 들어오다가도 줄행랑을 치고 내빼는지도 몰라. 영숙은 동호를 원망하며 그런 생각까지 했다.

동호가 주로 바깥에서 작업을 하는 터라 이젠 서로 부딪힐 일이 없다. '항산항심'이란 말처럼 여유가 생겨서일까. 영숙에게 대하는 게 예전과 사뭇 다르다. 하긴, 남자 나이 오십이 너머 꼬리 내리지 않으면 간이 부었다고 하는 세상이 되었으니….

　요즘은 진희 엄마가 사무실에서 거의 일을 하는 편이다. 전문대 이상을 나온 요즘 젊은 애들은 참을성이 없다. 일이 힘들면 힘들어 못하겠다고 몇 달을 버티지 못하고 그만둔다. 편하면 너무 편해 지루하고 심심해서 못 다니겠다고 한다. 몇 번 20대를 고용했다가 낭패를 본 후 컴퓨터를 할 줄 아는 30, 40대 아줌마를 쓴다. 차라리 아줌마들이 책임감 있고 눈치 빠르게 일을 더 잘한다. 가끔 노련하게 잔머리를 굴릴 때도 있지만 영숙은 그 정도는 모른 척 눈감아 준다.

　나이 오십이 넘자 영숙은 관절마다 쑤시고 안 아픈 곳이 없다. 그동안 관절 약, 수면제, 알레르기 약을 오래도록 복용했다. 약에 대한 부작용인가, 한번 몸이 부으면 빠지지 않고 살이 되어버린다. 사정을 모르는 남들은 뿌옇게 살이 찐 영숙을 보고 말한다.

　"요즘 사업이 잘되시니 신수까지 훤하네?"

　하지만 동호는 도무지 살이 오르지 않는다. 아무리 좋은 건강식품과 보약을 먹여도 소용이 없다. 오히려 일이 바빠지면서 볼이 더 홀쭉해졌다. 총각 때부터 마른 편이었다. 40대까지만 해도 키가 커서 옷을 입으면 그런대로 스타일이 좋았다. 근데 나이 들어가며 살집이 없으니 날카로워 보이는 것도 민망하지만 덕이 없어 보였다. 아무래도 체질 탓도 있지만 까다로운 제 성질에 못 이겨 그런가 싶다.

　"야, 삐삐로! 너만 호위호식하지 말고, 이번에도 네가 밥도 사고 술도 사고 다 해라. 우린 요즘 가게 월세도 밀리고 있다. 우이 씨!

서민 경제는 도대체 언제 풀린다는 거야."

오죽하면 허물없는 친구들까지 멀쩡한 이름을 놔두고 그를 빼빼로라고 부를까.

그와 얼굴을 마주하고 대화를 나눈 지 언제였던가, 영숙은 생각해 본다. 세월이 흐를수록 가슴에 박혀있는 미늘은 더 깊어지고 있다. 오늘은 그가 새벽에 오더라도 비밀을 고백해야 한다. 영숙은 마음을 다잡는다.

온수 샤워를 했어도 잠이 오지 않는다. 밤 12시가 가까워지고 있다. 밤이 깊어갈수록 의식이 더 또렷해진다. 오늘 커피를 너무 많이 마신 걸까. 오늘도 수면제를 먹어야 잠들 것 같다. 영숙은 미처 읽지 못한 신문을 훑어본다. 하루 동안 일어나는 사건 사고, 정보가 어찌 이리 많은지. 뒤적이며 보는 신문 사회면에 '어르신 큰 소리 지르기 대회' 기사가 눈에 들어온다.

'어르신 큰 소리 지르기 대회'는 서울 송파구가 주최한 경로의 달 행사 중 하나로, 올해 처음 시작됐다. 만 65세 이상 노인들이 살면서 느끼는 스트레스, 하고 싶은 말 등을 5초간 크게 말하는 게 프로그램의 내용이다.

사람들 많은 데서 누가 힘들게 고함을 지를까. 하지만 반응은 예상외의 결과였다.

예선을 거쳐 본선 무대에 참가한 노인들은 모두 17명. 5초 동안 외친 이들의 말속에는 다양하고 애틋한 내용이 녹아있었다. 사랑 고백부터 "우리 이제부터 시작이야", "노장은 살아있다." 같은 건재 과시, "외식 좀 자주 하자." 등의 투정 등 다양했다. 진지한 내용도 있었다. 공무원 퇴직 후 환경미화원으로 활동 중인 어른은 "힘들게 일하는 노인들 수고비가 9,000원뿐"이라며 "용돈 좀 많이 줘라!"라고 외쳤다. 맞벌이 아들 내외에게 "손자 보기 너무 힘들다!"라고 외친 어르신이 1등을 했다.

기사 내용을 보면서 영숙은 쓰러져도 외치고 싶은 어르신들의 용기가 마냥 부럽다.

'니도 크게 외쳐 봐! 가슴 깊숙이 들어와 뜨끔거리며 박혀있는 미늘…, 애써 뱉어내지 않은 채 피고름을 왜 삼키며 살아야 하냐구! 이제 다 말해 버려!'

어디선가 많이 듣던 목소리다. 그 소리는 자신에게 내지르는 영숙의 목소리다. 힘들고 아파도 이 지구에 살아 있는 누군가의 존재를 생각한다. 언제가 만나리라는 기대감이 그녀가 살아가는 이유다.

새벽 1시가 훨씬 넘었다. 동호는 아파트 공동현관문 비밀번호를 누른 후 다시 엘리베이터 버튼을 누른다. 제기랄. 집구석에 들어가는데 몇 번의 문을 통과하는지 짜증스럽다. 동호는 실없이 궁금해진다. 우리네 삶에서 도대체 문으로 들락거리는 시간이 얼마나 될까. 시간적 여유가 생기면 하루만이라도 문을 통과하는 시간을 계산기로 두드리고 싶다. 방문부터 시작해 화장실 문, 현관문, 공동 현관문, 사무실 문, 엘리베이터 문, 승용차 문을 들락거린다. 모든 문을 통과하며 사는 시간이 실없이 궁금하다.

문득, 아내의 문이 떠오른다. 아내의 문을 두드려 보면 간신히 삐이걱, 열었다가 금세 차갑게 닫혀버리곤 했다.

어느 날, 아내의 문을 간신히 열고 그녀의 눈은 바라보았다. 두 눈을 감고 있겠지, 생각했는데 아내는 그 큰 눈을 멀거니 뜨고 있었다. 아내의 텅 비어있는 눈. 아무 표정도 없는 얼굴. 동호는 섬뜩한 생각에 도리어 자신의 두 눈을 질끈 감아버렸다.

그날 이후 동호는 아내의 문을 두드릴 수 없다. 아내의 문을 열어 본 지 이제 기억이 가물가물하다.

엘리베이터 문이 열린다. 물먹은 솜 같은 몸을 엘리베이터 안으로 밀어 넣는다. 동호가 누른 16층으로 올라가는 엘리베이터 속도감이 한없이 느리다.

'딩동~ 16층입니다.' 소리가 나며 곧 엘리베이터 문이 열린다.

동호는 아파트 비밀번호를 몇 번 누르지만 도대체 문이 열리지 않는다. 설마 비밀번호가 바뀐 건 아니겠지, 생각하니 갑자기 혼란스러워진다. 자신을 거부하는 건방진 문을 발로 걷어차려다가 아차, 생각하며 주춤한다. 환이 때문에 시골서 올라온 어머니를 기억해 낸다.

동호는 심호흡을 한 후, 비밀번호를 다시 천천히 눌러 본다. '삐익~'

소리와 함께 문이 쉽게 열린다. 내가 좀 취했나, 하는 생각에 고개를 몇 번 흔들어 본다.

거실에 들어서니 아들이 없는 공간이 오늘따라 더 넓게 느껴진다.

동호는 환이가 한국에 있는 동안 아내의 표정이 밝아져 다행으로 생각했다. 환이가 있는 동안 그녀의 묘연한 외출은 없었다.

아들은 한국에 두 달 동안 있었다. 하지만 부자간에 많은 얘길 나누지 못해 못내 아쉽다. 동호가 일 때문에 시간 내기도 힘들지만, 모처럼 시간이 나도 아들 얼굴을 잘 볼 수 없었다. 엄마를 닮아 성격이 밝고 온유한 아들은 만나야 할 지인들이 많았다. 학교 친구며 선후배, 교우들과의 약속이 날마다 잡혀있었다. 아들 코빼기도 못 보는 날이 부지기수였다.

아들은 공군 입대 후 교회에 다니기 시작했다. 영국 유학 중에 한인 교회에 다닌다는 얘길 들었다.

"아빠, 엄마도 할머니처럼 교회에 다니세요. 제 소원은 아빠가 나중에 장로님이 되는 거예요."

그 얘기를 듣고 아내는 피익, 웃었다. 동호는 자기와 맞지도 않는 장로님을 떠올리며 머쓱했다. 이 아이가 유학 가서 공부보다 너무 신앙생활에 빠지는 게 아닌가, 못마땅한 생각마저 들었다. 유학생들은 이국 생활의 외로움 때문에 한인 교회에 모여든다고 들었다. 한국 사람들과 어울리다 보면 영어도 늘지 않는데, 내심 걱정이다. 하지만 바깥으로 드러내놓고 아빠로서 뭐라 잔소리할 수 없다.

한참 친구 만날 나이려니, 이해하다가도 돈만 대주는 물주가 된 것 같아 씁쓸한 기분이 든다.

자식이라곤 하나밖에 없는 놈인데 대화도 제대로 나누지 못했다. 마음은 아들과 함께하고 싶은 일들이 많은데 표현이 서툴다. 동호는 그런 자신이 스스로 답답하다.

동호는 아내가 한 달에 한두 번 정도 어디론가 사라졌다 온다는 걸 알았다. 그건 진희 엄마의 은근한 암시를 통해서였다. 결혼 생활 30년이 되면 궁금해도 그냥 덮고 넘어야 할 때도 있다. 30여 년 지켜낸 가정을 모래성처럼 무너뜨리는 행동은 어리석은 짓이다.

왠지 내 집이 낯설다. 집 안에 흐르는 냉기에 동호는 몸을 부르르 떤다. 동호는 어머니가 올라오시면 사용하시는 아들 방의 문을 빠끔히 열어본다. 침대가 있건만 불편하다며 여전히 바닥에서 주무시고 있다. 옆으로 누워 구부리고 자는 모습에 마음이 싸해진다. 노인네의 몸피가 저렇게 작았던가. 괜히 눈물이 핑 도는 건 순전히 술기운 때문이다.

동호는 안방 문을 열어본다. 아내는 긴 베개 위에 부은 다리를 올려놓고 큰 베개를 웅숭그려 안은 채 벽을 향해 누워있다. 세 개의 베개를 의지하고 잠든 아내의 뒷모습…. 그녀의 머릿결이 부스스하다.

이 여자와 결혼했던 건, 밝고 환한 웃음 때문이었다. 아내에게 더 끌린 건 윤기 자르르 흐르는 까맣고 긴 생머리였다. 작은 일에도 유쾌하게 잘 웃었고, 찰랑거리는 윤기 나는 머릿결이 건강해 보여 좋았다.

남들과는 지금도 잘 웃고 걸쭉한 농담도 잘하는 아내다. 그러나 부부만이 아는 게 있다. 누구에게도 차마 얘기할 수 없는….

아내는 중년 아줌마답게 펑퍼짐한 몸매이다. 작아서 못 입는 아들의 점퍼도 아까워 버릴 줄 모르고, 마트나 운동하러 나갈 때 아들의 헌 운동화를 신고 다닌다.

설마, 아내가…그럴 리 없다.

동호는 아내의 쓸쓸한 뒷모습을 바라보다가 안방 문을 조용히 닫는다. 그는 정수기에서 냉수 한 컵을 가득히 받아 벌컥벌컥 마신다.

어쩜 구름 한 점 없이 저리 푸르른가. 눈이 시리도록 높고 푸른 전형적인 가을 하늘이다. 영숙은 뿌리 공원 뒤쪽으로 난 정생리 가는 길을 달리며 생각한다.

이번에 보니 환이가 이제 제법 어른스러워진 걸 새삼 느낀다. 돈이야 아이한테 쓸 만큼 부치고 있다. 공부나 열심히 하라고 했건만 아이는 아르바이트를 해 여행할 경비를 마련했다.

환이는 몇 달 홍콩과 태국, 인도로 여행을 다녀왔다. 다시 복학을 앞두고 두 달을 보내기 위해 잠시 한국으로 들어왔다. 영국으로 유학 가서 2년간 공부한 뒤 여행을 위해 일 년을 휴학했다. 20대에 해볼 수 있는 것이라면 웬만하면 다 해주고 싶은 게 부모의 마음이다. 때를 놓치면 후회한다. 더구나 결혼하면 생활하기 바빠 더 어려워지는 게 여행이라고 남편보다 영숙이가 더 부채질을 해댔다.

이제 26살이 된 환이는 제법 늠름해 보였다. 여러 가지로 녹록지 않은 외국생활을 하면서 한껏 성숙해졌다. 영숙은 환이만 바라만 봐도 흐뭇해 입이 벌어진다. 생각하는 것도 열려있고, 매사가 유쾌하고 긍정적인 아이다.

"엄마, 인도에 갔을 때 사막에서 낙타를 탔거든. 앞에 부부가 가고 있었어요. 근데 여자가 탄 낙타가 자꾸 옆으로 가는 거야. 나중에 알고 보니, 그 여자는 시각 장애인이었어요. 먼 캐나다에서 인도까지 왜 낙타를 타러 왔는지…. 더 궁금한 게, 그 남편은 보이지 않는 아내에게 왜 사막을 보여주러 인도까지 왔을까, 무수한 생각이 들었어요."

영숙은 가슴이 뭉클해진다. 앞이 보이지 않는 아내가 인도 사막을 보고 싶다고 캐나다에서 인도까지 오다니. 캐나다 남자의 아내에 대한 애틋한 사랑이 부럽다. 영숙은 한 편의 영화를 보는 듯 사막에서 낙타를 타는 캐나다 부부를 상상한다.

"참, 멋진 부부구나. 그 아내는 죽어도 소원이 없겠네. 네 아빠 같으면 쓸데없이 보지도 못하면서 웬 사막 여행이냐고, 돈만 버리는 일이지 하며 퉁명만 떨 텐데 말이야."

영숙은 멜론을 집어 먹으며 볼멘소리를 한다.

"엄마는 아직도 아빠 마음을 잘 모르셔…. 에그, 우리 철없는 엄마. 아빠가 속정이 얼마나 깊으신데…."

영숙은 아들은 역시 아빠 편이라는 생각에 서운한 마음이 슬몃 든다. 아들은 딸처럼 여자의 마음을 알아주는 데는 아무래도 한계가 있나 보다.

"또 엄마. 인도 전철역에 내리니까 글쎄, 관광객들이 내리자마자 전철역 앞에 아기를 안은 채 인도 여자가 앉아있었어요. 세상에! 인도 여인이 구걸을 하는 게 아니었어. 젖먹이 아기가 관광객을 보자 손을 뻗어 자기 입으로 손가락을 오므려 먹을 것을 넣는 시늉을 하더라구요. 계속 반복하면서 먹을 걸 달라는 거야. 어린 젖먹이던데. 세상에 태어나서 처음으로 학습된 게 구걸이라니. 요즘 한국 아기들은 태어나자마자 얼마나 축복을 많이 받아요? 다들 왕자나 공주처럼 떠받들잖아요."

환이의 말을 듣자 영숙의 가슴에 박힌 미늘이 더욱 깊숙이 파고들며 뜨끔거린다. 영숙은 젖먹이 아기가 구걸하는 모습이 바로 눈앞에 보이는 듯, 그만 눈물이 왈칵 쏟아졌다.

환이가 의아하게 웃으며 영숙이에게 휴지를 빼어 건넨다.

"에고, 이제 울 엄마도 늙으셨네? 갱년기에 눈물이 많아진다더니…."

복학하기 위해 영국으로 돌아간 환이의 목소리가 지금도 귀에 쟁쟁하다.

아빠, 엄마도 할머니처럼 교회에 다니세요, 라며 아빠가 장로님 되는 게 소원이라 했다.

남편이 머쓱할 때 환이는 영숙에게 물었다. 엄마의 소원은요, 했을 때 영숙은 느닷없는 질문에 당황하며 비밀이라고 말했다.

"엄마, 예레미야 33장 3절 말씀에 '너는 내게 부르짖으라. 내가
네게 응답하겠고 네가 알지 못하는 크고 비밀한 일을 네게 보이리
라.' 그런 말씀이 있거든요. 부르짖어 기도하면 엄마의 소원이 꼭 이
루어지니 간절히 기도해 보세요."

"너, 그러다 신학 공부하는 거 아니야?"

내심 걱정되던 영숙은 환이의 얼굴을 쏘아보았다.

영숙은 운전하면서 환이와 지냈던 일들을 떠올리고 있다.

금산 쪽 정생리로 가는 이 길을 오고 간 지 십여 년이다. 계절마
다 펼쳐지는 풍경이 참으로 다채롭다. 역시 가을꽃은 코스모스다.
가느다란 줄기에 매달린 색색의 꽃들이 파란 하늘 아래 한들한들
그네를 탄다. 그 모습이 한 폭의 수채화다. 영숙은 그 가녀린 아름
다움에 코끝마저 시큰해진다. 영숙은 라디오를 켠다.

> "창밖에 앉은 바람 한 점에도 사랑은 가득한걸
> 널 만난 세상 더는 소원 없어 바람은 죄가 될 테니까
> 살아가는 이유, 꿈을 꾸는 이유, 모두가 너라는 걸
> 네가 있는 세상 살아가는 동안 더 좋은 것은 없을 거야
> 시월의 어느 멋진 날에~"

라디오에서 흘러나오는 노래가 시월의 하늘 아래 은은히 흐르고 있다. 참 행복한 노래구나. 그러나 이런 시월의 멋진 날에도, 영숙은 행복할 수도 좋을 수도 없다. 가슴 깊숙이 박혀있는 미늘 때문에 어떤 평안도 행복도 누릴 수 없던 26년간. 환이의 말대로 부르짖어 기도하면 그분은 나 같은 여자의 소원도 들어주실까.

영숙은 한 달에 한두 번 정도 이 길을 달렸다. 혼자 운전하면서 계절마다 달라지는 산과 들의 풍경을 보며 혼자만의 깊은 상념에 잠겼다. 세월이 많이 흘렀다. 그래, 내가 살아가는 이유, 꿈을 꾸는 이유는 너 때문이구나.

영숙은 이곳에 다녀오면 다시 살아갈 최소한의 힘을 얻어 버텨나갈 수 있었다. 그녀의 가슴에 박혀있는 미늘의 고통에서 벗어나 잠시나마 숨을 쉴 수 있었다. 그러나 해결되는 건 아무것도 없었다. 이제 가슴 깊숙이 박혀있는 미늘을 빼어내고 싶다.

내 아내는 거기에 없다. 그렇게 믿으면 현실이 되고 저 문을 열고 들어가면 모든 게 끝장이다. 동호의 몸이 부르르 떨린다. 불끈 쥔 두 주먹에 퍼런 힘줄이 툭툭, 튀어나온다.

차마 저 모텔의 셔터를 밀고 들어갈 수 없다. 동호는 차의 전조등을 끈 채 아내가 나오기만을 기다린다. 1시간, 2시간…. 아내의 차를 추적하기 위해 렌트한 차 안의 공기가 몹시 낯설다. 어쩌면 천년이란 시간이 흐른 지도 모른다. 동호의 얼굴은 어느새 천 년을 살아버린 노인처럼 자글자글 메마른 모습이다.

다른 호실의 셔터가 열리며 검정 세단이 들어간다. 언뜻 셔터 틈으로 사람들이 보인다. 차 안에서 내린 사람은 두 남자다.

'세상이 왜 이러지…. 세상이 미쳐 돌아가고 있어.'

동호의 머리에 쥐들이 뛰어다닌다. 불안과 분노가 요동치는 가운데 세 시간이 지났다. 동호가 붉어진 두 눈을 잠시 감고 떴을 때, 아내가 들어갔던 셔터가 스르르 올라간다. 곧 하얀 차가 미끄러지듯 숲에 난 길로 빠져나온다. 동호는 잠시 긴 숨을 토해내며 아내의 차 안을 샅샅이 훑어본다. 아내의 차 안에는 아무도 없다. 어떻게 된 걸까. 뒤에 따라오는 차도 없다. 도대체 어찌 된 일이지….

동호는 영숙의 차를 따라가다가 신호를 기다리는 중에 옆으로 바짝 붙는다. 창을 내려 소리 질러 환아! 이름을 부른다.

영숙은 동호의 눈을 쳐다볼 수 없다. 동호는 뿌리 공원에 흐르는 물에 눈길을 던지고 있다. 시간이 흐르고 있다.

한동안 말이 없던 동호가 바싹 마른입을 간신히 달싹거린다.

"왜! 모텔을 들락거리는 거지? 내가 싫으면 차ー라ー리 이혼을 요구하지 그랬어!"

침착하려 했으나 마음과 달리 언성이 높아지며 사방에서 굉음이 일어난다.

"여보. 그게 아니야, 그게…. 당신이 생각하는, 그런 게 아니야."

영숙은 말을 제대로 잇지 못하고 뒤죽박죽 말하다 그만 으헝, 하며 주저앉더니 아예 목 놓아 울어버린다.

"우리 사는 게 그때 너무 힘들었잖아. 환이를 낳았을 때 사실, 사실 이란성 쌍둥이였어. 한 아이는 딸이었어."

동호는 자신의 생각에 빗나간, 느닷없는 쌍둥이라는 말에 귀가 먹먹해진다. 갑자기 동호의 온몸을 말벌들이 웅웅 대며 물어뜯는다. 동호는 머리를 흔들며 정신줄을 놓지 않으려 안간힘을 쓴다.

"난, 쌍둥이를 키울 자신이 없었어. 해산할 때까지 얼마나 고민했는지 몰라. 그 당시 당신은 다른 지방에서 일하느라 서로 얼굴 보기도 힘들었잖아.

아기를 낳자마자 딸아이는 바로 영국으로 입양 보냈어. 병원 측과 약속한 대로…. 나도 딸아이 얼굴을 보지 못했어."

동호는 아내가 아이를 낳았을 때 지방에서 일하다 다음 날 저녁에야 병원에 갔던 걸 떠올린다.

"그땐, 그땐 나이도 너무 어렸고, 우울증이었던 내가 순간 미친 짓을 했던 거야."

영숙은 또다시 세상이 떠나갈 듯 울부짖는다. 그제서야 동호는 영숙이 하는 말이 제대로 들린다. 뿌리 공원 속에 있는 숲도 흐르는 물도 영숙의 울음에 출렁이고 있다.

얼음처럼 서있던 동호는 두 주먹으로 자신의 가슴을 퍽퍽 친다. 그제야 꺼억, 꺼억 소리를 낸다. 기가 막힐 노릇이다. 쌍둥이라니,

어찜 26년간이나 전혀 몰랐단 말인가. 꿈속에서조차 그런 생각을 하지 못한 동호는 머리가 새하얗게 비워지고 있는 느낌이다.

어느새 저녁노을이 뉘엿뉘엿 서쪽 하늘로 넘어가고 있다. 적막해진 뿌리 공원에 어둠이 잔잔히 내리고 있다. 물이 있는 곳이라 이제 한기마저 느껴진다. 한참을 운 동호는 차분해진 목소리로 낮게 말한다.

"근데 왜, 왜 모텔은 들락거린 거야."

무인 모텔 방으로 가는 입구는 한 대의 차만 겨우 들어갈 수 있다. 차가 들어간 후 버튼을 누르면 세상과 완전히 차단되는 공간이 된다. 작은 계단을 올라가 기계에 돈을 넣으면 현관문이 열린다. 내실로 들어가면 고풍스러운 명화 그림이 걸려있고, 은은한 등이 켜 있다.

그곳은 모든 것이 '무인 시스템'으로 이루어져 있다. 영숙이 그곳을 알게 된 건 10여 년 전, 진희 엄마를 통해서였다.

과부가 된 진희 엄마가 돈을 좀 더 받는 델 알아보다 운 좋게 찾아낸 곳이었다. 서너 명이 한 조가 되어 룸을 청소하는데 잠시라도 쉴 틈이 없었다. 대실 손님이 다녀가면 10분 안에 청소를 해야 했다. 룸에는 머리카락 한 올, 물 한 방울의 흔적도 없이 신속하게 말끔해야 했다. 아무나 올 수 없는 비밀스러운 별장 같은 곳에 손님들은 어떻게 아는지 대기하다시피 했다.

진희 엄마는 일한 지 3일이 되자 하늘이 빙빙 돌고 눈앞에 별이 반짝거리며 휘청거렸다. 다른 일보다 보수가 많아 선뜻 나서 일했지만 세상에 공짜는 없다. 진희 엄마는 3일간 체험한 일터의 신세계를 모험처럼 영숙이에게 들려주었다.

"내가 어디서 맘껏 울 수나 있겠어. 아무도 눈에 띄지 않는 그곳에서 TV를 크게 틀어놓고, 샤워기 물을 틀어놓고, 목 놓아 울곤했어. 그곳에 가면 세상에 나만 나쁜 년이 아니라는 위안도 받고. 26년간 수면제를 먹어도 하루라도 편히 잠들지 못했던 거 당신은 모르지? 그곳에서 울다 지치면 캔맥주을 마시고 잠들었어. 그러면 한동안 그럭저럭 살아길 수 있었어."

동호는 참 어처구니없는 여자라 생각한다. 그러나 그동안 아내에게서 보여지는 모습만 알았던 자신이 한심스럽다. 오로지 일에만 매달리고 돈만 벌어다 주면 가장으로서 할 도리 다한 거라며 살아왔다. 26년간 아내의 외로움과 고통이 뭔지도 모르고 오로지 사업에만 철저했던 자신이 못내 부끄럽다. 안쓰러운 마음으로 아내를 바라본다. 그래서 항상 지친 얼굴이었구나. 26년간 혼자서 말도 못하고, 얼마나 힘들었을까. 그래서였구나. 아들 유학을 지인이 있는 미국이나 캐나다로 보내자 할 때 끝내 영국으로 고집했던 게….

동호는 안쓰러움과 미안함에 아내를 안아 그녀의 등을 쓰다듬는다.

영숙은 요즘 발이 땅에 닿지 않고 허공을 걷는 기분이다. 구름 위를 걷는 기분이 바로 이런 걸까. 밤새 아이를 만난다는 설렘과 죄책감이 뒤엉켜 한숨도 자지 못했다. 진작 비밀을 털어놓았더라면 좀 더 일찍 아이를 만날 수 있었을 텐데, 하는 아쉬움마저 든다.

영숙은 비밀을 털어놓은 지 한 달 만에, 이렇게 빨리 딸아이와 만날 줄 꿈에도 생각지 못했다.

동호로부터 사실을 알게 된 환이는 '홀트 아동 복지회'를 통해 자신이 태어난 해에 영국으로 입양된 여자아이를 찾았다. 다행히 영국에서 정확한 기록이 남아있어 쉽게 아이의 양부모를 찾을 수 있었다. 딸아이의 양부모는 교사였으며, 신앙이 좋은 가정에서 아이는 잘 자랐다고 했다. 아이의 이름은 '레베카' 라고 했다.

영숙은 환이의 전화를 통해 레베카가 한국말을 한마디도 하지 못한다는 얘길 들었다. 영숙은 아무래도 상관이 없다고 생각했다.

26년간 아이는 어떻게 자랐을까 하는 호기심과 죄인으로 산 세월을 돌이켜 보면 이럴 때를 천만다행이라고 하는 건가. 26년간 잘 자라준 딸아이를 만날 수 있다는 것만으로도 환이가 믿는 하나님께 자꾸 감사기도를 하고 싶다. 환이가 영어를 제법 할 줄 알아 레베카의 양부모와 서로 의사소통이 순조롭게 이루어졌다. 레베카의 양부모와 레베카도 친부모를 빨리 만나고 싶어 했다.

드디어 오늘 레베카가 한국에 오는 날이다. 두 시간 전, 인천공항에 도착한 동호와 영숙은 레베카가 도착할 시간이 다가올수록 안절부절못한다. 아직 11월인데도 온몸마저 덜덜 떨려온다. 레베카가 오기만을 기다리며 뜨거운 커피를 세 잔이나 마셨다. 영숙은 수전 증이 걸린 사람처럼 계속 손을 떤다.

영숙은 정말 다행이라고 생각한다. 레베카와 함께 한국으로 흔쾌히 오겠다는 고마운 분들. 이번 기회에 한국을 다시 방문하게 되어 오히려 감사하다는 얘길 전하더란다. 역시 영국은 신사의 나라라더니, 그들에게 엎드려 큰절이라도 올리고 싶다. 다만, 레베카가 중학교 때 교통사고를 당해 조금 다쳤다고 한다. 그리 걱정할 정도는 아니라지만 다쳤다는 말이 은근히 영숙의 마음을 자꾸 후빈다.

드디어 비행기가 착륙되었다. 환이도 영국에서 미리 레베카 가족들과 만나 함께 오는 중이다.

"저기! 환이가 있네."

환이를 먼저 발견한 동호가 흥분된 목소리로 말한다. 영숙은 두근거리는 마음으로 그곳을 바라본다. 환이와 함께 영국 중년 부부가 활짝 웃으며 휠체어를 밀며 오고 있다. 영숙은 휠체어 앉아있는, 처녀의 모습을 넋 놓고 바라본다. 유난히 까만 생머리를 길게 늘어뜨린 모습, 영숙에게 몹시 익숙한 얼굴이다.

영숙은 떨렸던 온몸이 점점 굳어지며 땅속 깊이 빠져들고 있다.

하반신이 마비된 채, 휠체어에 앉은 처녀가 한 손을 간신히 들며 미소 짓는다.

"Hi, Mam!"

영숙은 그 소리를 듣자 그만 그 자리에 풀썩, 주저앉으며 실신한다. 환이가 다급하게 영숙을 안고, 동호는 가방에서 액체로 된 청심환을 꺼내 먹인다.

인천공항 안에는 수많은 사람들의 웅성거리는 소리와 안내 방송이 뒤섞여 소란스럽다.

"엄~마, 엄~마…."

처음으로 한국말로 말하는 레베카의 높은 소리가 울린다. 울먹이는 엄마라는 말에 공항 안의 모든 소리가 삽시간에 잦아든다.

영숙은 딸아이의 엄마라는 소리에 비밀의 열쇠가 스르르 풀리는 걸 느낀다. 가슴 깊이 박혔던 미늘이 쑥 빠져나간다. 하지만 미늘이 빠져나간 자리에 딸아이를 지켜주지 못한, 회한의 가시가 영숙의 온몸에 박히고 또 박힌다.

영숙은 겨우 안정을 찾자 두 무릎을 꿇은 채, 휠체어에 앉아있는 딸아이를 안아본다. 하반신이 마비된 채, 겨우 오른손만 움직이는 아이. 26년 만에 안아본 아이의 체온이 가시덤불이 된 영숙의 몸에 따스하게 전해진다.

영숙은 감격의 미소를 짓지만, 두 눈엔 눈물이 마냥 흐른다.

공항 안에서 창문을 통해 바라본 잿빛 하늘에 비행기 한 대가 어딘가를 향해 날아오르고 있다.

내 이름은 베말순

      책을 읽고 있는 소년의 모습은 누가 봐도 지적인 분위기이다. 균형 잡힌 체격에다 조화로운 이목구비가 요즘 아이돌 같은 느낌이다. 콧대가 우뚝 선 소년의 옆모습은 잘생긴 로마인의 실루엣을 연상시킨다. 하지만 소년을 세심히 관찰해 보면 소년은 책을 읽는 게 아니다. 책을 빠른 속도로 넘기며 뭔가 열심히 살펴보고 있다. 올해 중학생이 된 소년, 아이는 도대체 책에서 무엇을 찾는 걸까.

    소년은 4학년 때부터 원장이 운영하는 학원에 다니기 시작했다. 원장은 논술 교실, 영어 교실, 수학 교실에 전문 강사 3명을 두고 운영해 나갔다.

    학원 안으로 들어오는 아이를 처음 본 날, 원장은 아이에게 안녕, 하며 반갑게 인사했다. 하지만 아이는 아무런 표정이 없었다.

그냥 수학 교실로 쑥 들어갔다. 때때로 원장은 언짢은 기분이었다. 하지만 아이와 만날 때마다 오늘 파란색 체크 남방이 멋지구나! 어머, 머리 멋지게 잘랐구나! 그렇게 원장은 혼자 아는 척하고 살갑게 대하다가 민망해지곤 했다.

원장 곁을 지나가는 아이에게서 항상 싱그러운 비누 향이 풍겼다. 초등학교 4학년 아이라면 보통 원장 선생님의 아는 척에 억지 춘향이라도 꾸벅, 고개라도 숙일 텐데 아이는 달랐다.

원장을 무시하는 태도는 아니지만 간이역을 무심히 지나치는 KTX처럼, 아이는 여전히 그냥 지나쳐 갔다. 원장은 아이가 평범하지 않다는 걸 느꼈다.

그런 시간들이 몇 달 흘렀다. 아이는 여전히 인사가 없다. 하지만 원장을 보면 비긋이 웃으며 지나쳤다. 아이가 웃기 시작한 지 몇 달 후 원장의 눈을 바라보며 웃었다.

아이는 5학년이 되자 원장과 더 친숙해졌다. 영어, 수학을 계속 수강하면서 원장한테 논술까지 배우고 싶어 했다. 아이는 공부 욕심이 있는 아이다. 원장이 직접 지도하는 5학년 팀에 아이는 OT 수업을 거쳐 합류하기로 했다. 그 팀은 다른 학교 아이들이 섞인 남학생들로만 구성되어 있다.

첫 논술 수업은 별문제 없이 진행되었다.

아이는 영어나 수학 공부가 끝나면 날마다 상담실에 들렀다. 그리고 책꽂이에서 책을 꺼내어 계속 넘겨 가며 열심히 살폈다. 아이가 보는 책들을 유심히 살펴보면 아이는 주로 수학과 사회 문제집을 훑어보는 편이었다.

"기원아, 그렇게 빨리, 뭘 보는 거야?"

"베말순이라 불러주세요!"

"왜 멋진 서기원이란 이름을 배말순으로 불러달래는 걸까? 원장 선생님은 그것이 알고 싶다. 호호호."

아이는 그날도 이유는 말하지 않았다. 어느새 저학년 아이들은 기원이를 보면 배말순 형이다, 말하며 배시시 웃었다.

"기원아, 책을 그렇게 빨리 보면 잘 모르잖아? 사회, 수학책보다 동화책을 읽는 게 더 재미있을 텐데?"

"베말순이예요! 물고기, 눈이 하나 없어요."

아이는 대답은커녕 여전히 보던 책을 빠르게 넘기며 대수롭지 않게 말했다. 책에서 눈을 떼지 않은 채.

아이의 말에 원장은 상담실에 있는 어항 속을 들여다보았다. 네모난 낮은 수반에서 유유히 놀았던 새끼 금붕어들이 인공으로 꾸며진 수풀에 모두 몸을 숨기고 있었다.

며칠 전, 원장의 남편이 물고기 두 마리를 학원에 있는 어항 속에 넣어주고 갔다. 미호천에서 잡은 빠가사리라는 물고기라고 들었다. 생각 없이 이틀에 한 번 정도 먹이를 조금씩 넣어주었다. 그런데 엇그제에 이어 어제도 물에 동동 떠있는 금붕어 한 마리를 건져냈다.

다섯 마리 금붕어 중 이제 세 마리만 남았다. 어항 속을 살펴보니 아이의 말대로 새끼 금붕어 한 마리가 한쪽 눈이 막혀버렸다. 상처가 아니라 그냥 매끈하게 눈이 아예 닫혀버린 것이다. 원래 한쪽 눈이 없는 것처럼.

물고기 눈이 원래 없던 걸 미처 보지 못했나, 생각하고 있을 때 바로 아이들 서너 명이 우루루 몰려 왔다.

빠가사리 두 마리 물고기가 어항 속을 잽싸게 휘젓고 다녔다.

5학년 아이들의 논술 수업 시간이었다. 아이한테는 두 번째 논술 수업인 셈이었다. 미리 필독서를 읽고 온 아이들은 돌아가면서 책을 읽은 감상을 말하는 3분 스피치 시간이었다. 맨 마지막으로 아이의 차례가 되었다.

"자물쇠 어디서 샀어요?"

원장은 느닷없는 아이의 생뚱맞은 말에 당혹스러웠다.

"기원아, 지금 토론 시간이야. 자, '샬롯의 거미줄'에서 어떤 게 재미있었나요? 다른 아이가 이미 말했던 걸 얘기해도 돼요."

"근데, 자물쇠 어디서 샀어요?"

논술 교실을 가득 채운 책들도 신경 쓰이지만, 행정적인 서류와 논술자료들이 중요했다. 그래서 원장은 상담실에 열쇠를 채우고 퇴근했었다.

아이는 쉬는 시간이면 논술 교실로 쪼르르 쫓아왔다. 키를 달라는 아이의 성화에 못 이겨 원장은 서랍에서 키를 몇 번 주었던 적이 있다. 아이는 한동안 자물쇠에 키를 끼웠다, 풀다 하는 세계에 빠져있었다. 아이는 쉬는 시간이면 키를 넣어둔 서랍을 열어 제멋대로 키를 여닫으며 놀았다.

아이는 대답 대신 시무룩해졌다. 다른 아이들의 싸늘해진 눈초리에 금세 어깨가 처졌다.

"돼지 윌버와 거미 샬롯의 우정이 정말 대단하지 않아요? 어리버리한 윌버를 샬롯은 '대단한 돼지'라고 거미줄에 글씨를 써 주었지. 그 일로 윌버는 진짜 대단한 돼지로 유명해지잖아? 전혀 어울리지 않는 돼지와 거미가 우정 깊은 친구가 됐다는 게 참 근사하지?"

얼마 후 그 팀의 한 명이 그만둔다고 연락이 왔다. 이유는 다른 학원에 다니는데 시간표가 바뀌어서 논술 시간을 맞출 수 없다는 거였다. 원장이 애초부터 우려하던 일이었다. 하지만 친구들과 수업하며 즐거워하는 기원이를 생각하면 머리에 쥐가 났다.

남편에게 또 속았다. 남편이 자신보다 박학다식한 거로 믿어 온 원장은 어처구니가 없다. 무턱대고 믿은 자신에게 더 화가 났다. 원장은 남편에 대해 실망했던 일들을 까마득히 잊어버리곤 했다.

학원 일에 전념해서 그런지 사소하게 잊어버리고 만다.

학원 어항 속으로 강제 입주 당한 빠가사리 새끼들이 금붕어와 어련히 잘 지내려니 생각했다. 외눈 물고기가 사나운 빠가사리 녀석들의 공격을 또 당했다. 겨우 한 마리 남은 외눈 물고기 한 눈마저 닫혀버렸다. 아주 매끈하게. 원래부터 눈이 없는 물고기처럼.

원장은 그제야 서둘러 두 눈이 먼 장애 물고기를 다른 그릇에 분리했다. 미안한 마음에 물고기 밥을 넉넉히 넣어주었다. 장애가 된 물고기는 촉각을 바짝 세워 더듬거리며 악착스럽게 먹이를 흡입했다.

이런, 이런! 잠시 불찰로 멀쩡한 물고기들을 다 죽이고, 한 마리마저 어봉사로 만들다니….

근처인 ATM에서 현금을 찾아 학원으로 들어오니 원장 실내화가 또 사라졌다. 아이가 숨겨두는 장소는 늘 몇 군데로 정해져 있다. 그런데 시간이 지날수록 실내화는 나날이 더 멀리, 더 깊숙한 곳으로 숨겨졌다. 보통 성가신 일이 아니었다. 자신이 숨겨둔 실내화를 원장이 찾아 헤맬 때 아이는 이가 다 드러나도록 웃었다. 도대체 5학년이나 된 녀석이 할 짓인가. 하지만 원장은 아이와 소통하기 위해 그런 유치한 행동도 그저 감수하고 말았다.

아이는 피아노 학원에 등록한 날, 영어, 수학 시작한 날, 논술을 시작한 날짜를 정확히 기억해 냈다. 빛의 속도, 태양과 지구와의 거리 등등 과학적인 숫자에 대한 기억도 과히 천재적이다. 어쩌면 신은 기원이에게 재능을 한쪽으로 몰아주어 다른 면이 부족한지도 모른다고 생각했다.

아이는 도시 철도에 무척 관심이 많다. 미래의 꿈은 도시 철도 기관사이다. 학교나 학원에 결석은커녕 수업 시간을 어긴 적이 없는 소년은 아마 기관사 노릇을 잘하리라 믿는다. 하지만 위기 상황에 부닥쳤을 때 과연 대처 능력에 대해선 의문이다.

아이는 기회가 있을 때마다 노트에 도시 철도를 그렸다. 도시 철도 1호선부터 9호선까지.

방학 때가 되면 학원 시간표는 앞당겨지고 변경되기도 한다. 세 과목을 수강하는 아이는 수업 시간이 바뀌면 무척 혼란스러워한다. 시간을 왜 바꾸냐며 짜증을 낼 정도로 민감해진다. 아이에게 상황에 따라 수업 시간이 바뀐다는 건 당혹감을 주는 일이다. 그럴 때마다 원장은 선생님들과 상의해 아이만 시간 변동 없이 수업할 수 있도록 시간표를 새로 짰다.

O년 O월 O일 O요일 맑음

오늘 학교 운동장에서 남자아이들은 축구를 했다. 여자아이들은 긴 줄넘기를 했다.

나도 공을 차고 싶은데….

나는 오늘도 그냥 운동장 한구석에서 엉거주춤 서있었다. 친구들은 참 공을 잘 찼다. 우리 반 남자아이들은 활기차게 소리 지르며 공을 상대 골대에 넣기 위해 운동장을 힘차게 뛰어다녔다. 윤수는 키가 작아도 골키퍼를 너무 잘한다. 나도 친구들과 놀고 싶다. 근데 어떻게 공을 발로 차며 몰고 가야 할지 모르겠다. 친구들은 나를 싫어한다. 내

가 운동을 못 하기 때문이다. 그리고 내가 친구들에게 뭔가 많이 잘못

했기 때문이다.

　친구들에게 잘해야 하는데….

　기원이의 일기를 읽고 나자 원장의 가슴에서 모래알이 서걱거렸

다. 도대체 눈치가 없고 말로 하는 표현이 서툰 아이다. 그런데 일

기에는 자신의 생각을 표현했다. 하지만 여러 사람과 함께하는 일

에 아이는 많이 서툴다. 공감 능력과 사회성이 영 부족해 보였다.

　5학년 팀의 세 번째 논술 시간이었다. 김정호에 대한 인물을 배우

면서 우리나라 지도를 그리게 했다. 아이들은 의외로 끙끙거리며 지

도 그리기를 어려워한다. 하여튼 아이들이 완성해 놓은 지도를 살

펴보니, 이건 한국 지도가 아니라 발로 그렸나 할 정도로 감자나 고

구마를 그려놓은 본새이다. 기원이만 우리나라 지도를 제대로 그려

냈다. 정확히 8도 표시까지, 사진을 찍어놓은 듯, 거의 한국 지도와

비슷했다. 원장은 기원이의 노트를 들어 아이들에게 보여주었다.

　"와~아, 헐! 대박!"

　아이들은 모두 놀라며 한마디씩 했다.

　"기원이는 이렇게 어느 부분에서는 천재적인 아이야. 너희들과

좀 다른 세계가 있어서 그렇지. 아인슈타인과 뉴튼도 학교에서는

이해받지 못했거든."

　원장은 이번 기회에 아이들이 기원이를 조금 더 이해해 주기 바

라는 마음으로 말했다.

"근데, 쟤 학교 전체에서 왕따예요."

기원이와 같은 학교에 다니는 아이가 말했다.

"왜 왕따를 당해? 너희들과 좀 다르다고?"

"쟤랑 3학년 때 같은 반이었는데 수업 시간에 참다가 그만… 화장실 가기도 전에 복도에서 똥, 똥 쌌거든요."

그 아이가 말하면서 기원이를 흘낏 쳐다보았다. 듣고 있던 다른 아이들은 똥 쌌대, 똥, 하며 수런거리며 킥킥거렸다. 일러바친 아이는 너 그때 그랬잖아? 조롱하는 눈빛으로 기원이를 째렸다.

"너는 왜 그런 말을 하니? 수업 시간에 화장실 가면 안 되는 거잖아. 그래서 참다, 참다 그랬는데, 친구를 고자질하는 긴 니쁜 거야."

아이는 자신이 부끄러움보다 고자질하는 친구를 차분하게, 정말 차분히 기계적인 톤으로 질책했다. 원장은 아차, 싶었다.

"암튼 우리가 기원이를 좀 이해하자. 우리 함께 잘 수업했으면 좋겠어. 여러분 알았어요?"

역시 순수한 아이들은 넵, 하며 시원하게 대답했다.

그러나 원장은 가늠할 수 없는 진창 속으로 빠진 기분이었다. 기원이는 혼자 해야 해. 도저히 토론 수업은 불가능해, 아니야. 어려운 고비를 극복하며 친구들과 어울려 공부하는 걸 배워야 해. 하지만 기원이를 위하면 다른 아이들에게 끼치는 민폐는? 각자 다르지만 세상은 서로 어우러져 살아가야 하는 거야. 그게 참된 교육이지. 원장의 머릿속에 여러 생각들이 교차되며 뒤엉켰다.

아이의 얼굴 표정은 별로 변하지 않았지만 무르춤한 자세가 되었다. 아이는 긴장하면 더 4차원적인 질문을 했다.

"3.54276÷2.7445 답이 뭐예요?"

기계음 같은 엉뚱한 아이의 질문에 원장은 이젠 날콩을 씹은 기분이다. 기어이 누군가의 입에서 투가리가 깨지고 말았다.

"에이, 씨발 정말 너 진짜 재수 없어!"

검도 유단자이며 평소에도 욱, 하는 범준이었다. 조금 전에 잘 지내겠다고 쿨 하게 대답했던 아이들. 모두 벌레 씹은 표정들이었다.

범준이는 수업이 끝나고 논술 교실을 나가면서 겸연쩍은 표정으로 선생님, 아까, 정말 죄송해요, 하며 고개를 한 번 푹 숙였다. 그 후 범준이는 논술 수업에 오지 않았다. 더 이상 그 팀은 수업을 진행할 수 없었다.

아이는 6학년이 다 되도록 혼자 수업을 받았다. 원장과 아이가 일대일로 수업하다 보면 아이는 가끔씩 자신의 손을 코에 들이대고 냄새를 킁킁 맡곤 한다. 간혹 팬티 속에 손을 넣어 긁적거리다 냄새를 맡고 손을 씻으러 화장실에 다녀온다. 옆에 누가 있어도 아이는 전혀 의식하지 않고 자기 세계에 빠져들 때가 종종 있다. 하지만 아이는 깔끔한 편이다. 학원에 올 때마다 샤워를 하는지 아이한테서 여전히 싱그런 오이비누 향이 풍겼다. 그러나 아이의 컨디션

이 좋지 않은 날, 그런 날은 눈빛까지 흐려지고 멍했다. 초점이 흐려진 갈색 눈빛으로 원장을 빤히 바라보는 그런 날, 왠지 목 뒤에 차가운 쇠붙이가 닿는 느낌이었다.

그날 이후 아이는 원장 얼굴만 보면 '박범준!' 하며 중얼거렸다. 다음 날이 되면 아이는 모든 것이 또 새로워지나 보다. 아무래도 범준이의 모욕적인 욕설에 상처를 입은 듯했다. 아이는 하루도 빠짐없이 원장만 보면 말했다.

"박범준하고 맞짱 떠야지!"

"박범준하고 맞짱 떠야지!"

날이면 날마다 맞짱 뜨겠다고 벼르고 또 벼르며 말했다. 아이는 겁이 많아 누구하고도 싸워본 적이 없다. 더구나 검도와 태권도 유단자이며 과격한 범준이와 아이는 상대도 되지 않는다. 아이는 쉬는 시간이면 칠판에 박범준 이름을 써놓았다. 그리고 이름 아래에 아이가 알고 있는 세상의 온갖 지저분한 낱말을 총동원해 써놓았다. 아무래도 아이의 마음이 쉽게 수그러들 것 같지 않았다.

원장은 따로 프로그램을 짜서 독서치료 수업을 진행했다.

「우리의 소원은 통일」이란 노래에 기원이가 하고 싶은 말을 개사하도록 했다. 아이는 범준이와 맞짱 뜬 후 범준이가 맞아서 쌍코피 흐른다고 개사했다. 아이는 적을 이기고 개선문을 통과하는 장군이 되었다. 아이는 얼굴이 빨개지도록 통쾌하게 웃음을 터트렸다. 아이가 폭소를 터트리다니, 신기했다. 아무튼 아이의 분한 마음이 풀린 듯해 흐뭇했다.

독서치료는 두세 달 정도 상당한 효과가 있었다. 원장을 볼 때마다 박범준을 외쳤던 아이는 그날 이후 잠잠해졌다. 원장은 독서치료에 대한 매력과 효과에 흠뻑 빠져들었다. 아이는 한 번도 박범준 얘기를 꺼내지 않았다. 하지만 3개월이 지나자 다시 똑같은 말이 반복됐다. 일 년이 지나도록 원장만 보면 '박범준'을 외쳤다.

아, 지겨워! 원장도 심신이 처지는 날, 뒷골이 당기며 이제 정말 지겹다는 생각이 들었다. 기억은 영혼에 남겨진 글씨라더니….

아이를 더 이상 이대로 두면 안 된다. 삶이란 타이밍이라는 말이 있지 않은가. 지금 아는 걸 그때 알았더라면, 그때 이렇게 했더라면 하는 아쉬움이 삶의 길목에서 더러 부닥칠 때가 있다.

원장은 여러 복잡한 문제들을 다 제쳐두고 아이의 엄마와 통화를 했다. 의례적인 인사를 끝낸 후

"기원이가 다른 아이들과 다르다는 걸 잘 아시지요?"

아이의 엄마는 갑자기 말이 빨라졌다.

"네, 기원이 4살 아래로 쌍둥이 남동생들이 태어나면서 퇴행하는 경향이 좀 생겼어요. 좀 크면 괜찮아질 거라고 의사 선생님이 그러더라구요."

진실과 맞닥뜨리고 싶지 않은 심정, 사실이 아니길 간절히 바라는, 미묘하게 엉켜드는 소리가 전화선을 타고 섬세하게 전해졌다.

"원장님, 우리 애가 퇴행 말고… 그럼 뭐라고 생각하세요?"

원장은 잠시 숨을 고른다.

"어머니, 절대 오해는 하지 마세요. 진정으로 아이를 생각하는 마음이란 걸 알아주셨음 해요. 중학교 들어가기 전에, 꼭 필요할 것 같아요. 제가 알아보니 아스퍼거 증후군 같은데, 확실하진 않아요."

아이의 엄마는 아, 하며 짧은 신음을 토해냈다. 원장은 차마 치료라는 말을 꺼낼 수 없다. 한동안 침묵이 흘렀고 원장은 이런 불편한 상황에서 빨리 벗어나고 싶었다. 무슨 말을 어떻게 했는지도 모른다. 황급히 또 연락한다는 말로 전화를 끊은 기억만 어렴풋이 남았다.

인터넷을 뒤져가며 아이의 증세를 알아보니 한스 아스퍼거 증후군과 비슷한 듯했다. 고지능 자폐아. 자기 세계에 빠져 다른 사람과 소통이 어려운 증후군이다. 자폐증은 만 명당 한 명꼴이었는데 지금은 200명 중 한 명이 자폐라고 한다. 발병률이 높아진 게 아니라 자폐증에 대한 개념과 범위가 넓어졌기 때문이다. 민감한 부분을 학부모에게 있는 그대로 터놓고 말한다는 게 쉽지 않은 일이다. 그러나 아이를 위한 최선의 방법은 부모가 상황을 냉정히 직면하는 일이다. 더 시기를 놓치기 전에 초기에 진단하고 조속히 치료하는 게 최선의 방법이라고 생각했다.

그 후 아이는 병원과 클리닉 센터에 다니며 상담과 치료를 받기 시작했다. 아이는 6학년을 별 탈 없이 졸업했다. 그리고 남녀공학인 중학교에 배정받았다.

땅이 따뜻해지기 시작할 무렵에는 아주 작은 꽃들만이 피어난다. 땅이 좀 더 따뜻해지면 좀 더 큰 꽃들이 피어나고, 나무에도 수액이 돌기 시작한다. 더불어 나무들은 기지개를 켜며 부풀어 오르다가 드디어 가지 끝에 새싹들을 밀어 올린다. 그렇게 봄이 오며 산은 시나브로 반지르르한 연초록빛으로 물든다.

중학생이 된 소년은 하루하루 바짝바짝 말라간다. 소년의 엄마는 집에서도 아이가 잘 먹지 않는다고 걱정이 많다. 중학교에 가면서 소년은 집중력이 더 떨어져 보인다. 오늘따라 소년의 두 어깨가 축 처지고 유난히 시무룩하다.

"기원아, 중학교에 들어가니까 많이 힘들지? 우리 기원이가 뭔가 많이 속상한 일이 있었나 보네?"

소년은 원장의 말에 고개를 들더니 천장을 바라본다. 소년의 두 눈에 눈물이 가득 고여있다. 소년은 두 눈이 빨개지도록 고개를 들고 있다. 눈물이 제발 흐르지 않도록….

잠시 시간이 멈춘다.

"…."

"…."

소년이 진정하는 기미를 보이며 교재를 펼친다.

"기원아, 자 그럼 우리 수업하자."

원장의 말에 소년은 변함없이 말한다.

"베말순이라고 불러주세요."

"왜 배말순이란 이름이 그리 좋아? 기원이란 이름이 얼마나 멋지고 좋은 이름인데."

　도대체 똑같은 말을 얼마나 반복해야 하는 걸까. 원장은 오늘도 별 기대 없이 그렇게 반복해서 말한다.

　"초등학교 1학년 선생님이 베말순 선생님이었어요."

　정말 의외다. 소년은 차분하고 담담하게 설명한다. 배말순이 누구인지 3년 만에 알게 된 원장은 상상해 본다. 말순이란 이름은 딸을 내리 낳다가 아들 낳기를 간절히 바라며 지은 이름일 터이다. 말순이란 이름으로 마지막 딸이길 바라며. 그런 이름이라면 아마 중년 이상의 선생님일 것이다. 딸 많은 집안에서 귀히 여김을 받기보다 구박받고 눈치 보고 자라지 않았을까. 원장은 순탄하지만 않았을 배말순 선생님의 성장을 상상해 본다. 그래서 남보다 따뜻하고 배려하는 성품이지 않았을까. 배말순 선생님은 숫자에 천부적이며 잘생긴 8살 꼬마를 귀여워했을 것이다. 학교 시절 내내 소년에게 가장 좋은 이미지로 남은 배말순 선생님. 소년은 아마 배말순 선생님처럼 다른 사람이 자신을 좋아하는 존재가 되고 싶지 않았을까. 고학년이 될수록 학교에서 더 따돌림 당하고 선생님들조차 외면하고 무관심한 기원이란 이름이 싫었던 게 아닐까.

　소년은 지금 새로운 중학교 환경과 선생님과 아이들, 모두에게 소통 불능인 상태다. 소년은 학교생활을 하루하루 힘겹게 버텨내고 있는 중이다.

　원장은 일부러 명랑한 목소리로 소년에게 말한다.

"그런데 우리나라에 베 씨는 없어! 배-말순 선생님이지."

소년은 그때서야 아, 하며 고개를 끄덕인다.

소년은 수업이 끝난 후에도 상담실에 들어가 습관처럼 책을 본다. 잠시 책을 보던 소년은 어느새 사라지고 없다.

선생님들이 모두 퇴근한 후 원장은 학원 뒷정리를 한다.

학원 밖으로 나오니 봄밤의 여운이 살갗에 살포시 와닿는다. 왠지 마음이 자꾸만 내려앉는다. 소년 때문일까. 차라리 펑펑 울었더라면 이렇게 마음이 먹먹하진 않을 것이다. 원장은 오늘은 왠지 마냥 걷고 싶다고 생각한다. 바깥으로 나온 원장은 다른 세계에 들어선 느낌이다. 어둠이 내린 거리는 하얀 벚꽃이 꽃비가 되어 흩날리고 있다. 부드러운 바람결에 슬몃 풍겨오는 꽃향기 속으로 무작정 걷고 싶은 봄, 봄날, 봄밤이다.

원장은 걸어가는 중에 도로 건너편에 소년의 모습을 본다. 소년은 집 방향이 아닌 다른 곳으로 가고 있다. 왠지 불안한 마음이 든다. 급한 마음에 무단횡단을 해서 소년을 뒤쫓아 간다. 소년은 초등학교로 들어가더니 컴컴한 운동장을 걷는다. 미리 와 있던 교복을 입은 여러 명의 중학생들이 소년을 보고 알은 체를 한다.

"야, 장애인이다. 야! 장애인!"

그 소리를 듣고도 소년은 외면한 채 묵묵히 운동장을 걷는다. 몇 몇 녀석이 주먹을 그러쥐고 소년에게로 달려든다. 원장은 다급히 짜증과 걱정이 섞인 목소리로 엄마처럼 소리친다.

"기원아! 왜 집으로 안 가고 캄캄한 운동장에 있어?"

소년은 반가움인지 당황스러운 건지 원장을 발견하고 오히려 냅다 큰 소리를 내지른다.

"왜 절 따라오세요? 그냥 초등학교 생각이 나서, 학교를 좀 둘러보려고 왔는데…."

소년에게 주먹을 쥐고 달려들던 놈들은 원장을 보자 쏜살같이 학교 뒷문으로 도망친다. 운동장에 모여있던 나머지 아이들도 원장을 흘낏거리며 보더니, 슬금슬금 모두 도망쳐 버린다.

원장은 어두운 운동장에 있으면 위험하니 빨리 집으로 가라고 다그친다. 소년은 할 수 없이 고개를 숙인 채 집을 향해 터덜터덜 걸어간다. 가로등 불빛이 소년의 등 뒤에 천천히 떨어지고 있는 벚꽃을 비추고 있다.

<u>반성문 내일(0년 7월 24일)까지 제출</u>

내가 오늘 수학 선생님께 잘못을 했습니다. 문제집에 최 선생님의 이름을 빨간 글씨로 쓰고 저주하는 말을 했습니다. 그래서 오늘 선생님께 야단을 조금 맞았습니다. 원래는 회초리로 뒤지게 맞았어야 하는데 저의 자존심이 상할까 봐 화만 조금 냈습니다. 잘못했습니다. 앞으로는 절대로 그런 일이 없도록 하겠습니다.

'내가 왜 이런 짓을 했지?'라는 생각에 화가 났습니다. 그러면 안 된

다는 사실을 뻔히 알면서도 그랬으니 죽을죄를 지었습니다. 죄송합
니다.

　최 선생님의 속을 썩이는 제가 한심스러웠습니다. 앞으로는 절대로
선생님께 반항을 하지 않겠습니다.

　소년이 스스로 쓴 반성문이다. 반성문은 규격에 맞게 날짜와 이
유, 맨 아래는 선생님 서명란까지 줄을 그어 소년이 만든 것이다.
소년의 글씨체는 크고 둥근 편이다. 중학교 남학생치고 필체가 꽤
좋은 편이다.

　최 선생은 소년이 쓴 반성문을 들고 원장에게 쫓아와 말한다.

　어제 수학 수업 시간에 최 선생의 이름을 빨간 볼펜으로 욕설을
끄적거리다 혼났다고 전한다. 최 선생은 단지 수업 시간에 엉뚱한
짓을 해서 혼냈을 뿐이라고.

　소년은 어제 수업이 끝나고도 집에 가지 않았다. 소년은 뭔가 자
신이 잘못한 일이 있으면 다른 빈 강의실로 들어가 스스로 반성을
하다 가곤 했다. 언제가 불 꺼진 강의실에서 혼자 엎드려 뻗친 자
세로 벌을 서고 있었다.

　원장은 소년을 보고 깜짝 놀랐다. 이유는 수업 시간에 장난을 친
것을 혼자 회개하는 중이라고 했다. 소년은 작은 잘못이라도 있으
면 스스로 반성하고 자신의 몸에 벌을 주어야 집으로 갈 수 있는
그런 아이였다.

원장은 반성문을 보고 나서 소년에게 타이른다.

"괜찮아~ 괜찮아. 기원아, 죽을죄를 지은 건 아니지. 사람은 누구나 실수를 할 수 있는 거야. 성경 속에 나오는 모세, 다윗, 솔로몬 같은 그런 위대한 인물들도 다 실수하고 용서를 빌었고, 나중엔 위대한 업적을 남겼잖아. 그런데 다른 사람이 기원이 이름을 빨간색으로 쓰고 욕을 막 쓰면 기분 어때?"

소년은 쑥스럽게 웃으며 고개를 끄덕거린다.

"기원이는 다음부턴 절대 안 그럴 거야, 그렇지?"

소년은 혼자 중얼거린다.

"나는 괴물이야. 똥 덩어리, 인간쓰레기."

소년의 자책하는 말속에서 무너진 사존감과 상처 입은 소년의 마음이 감지한다.

"기원아, 선생님들이 기원이 사랑하는 거 알지? 태양과 하늘과 바람, 나무와 새… 모두 너를 아낌없이 사랑하고 있거든. 네가 못 느껴서 그렇지. 특히 하나님께서도 거짓말도 안 하고 순수한 울 기원이를 얼마나 사랑하고 계시는데? 울 기원이 역시 눈치 없어 몰랐구나."

소년의 굳어졌던 표정이 다소 풀려 보인다. 그러나 소년은 학원을 나가면서 한마디 내뱉는다.

"박범준, 졸라 싸가지 없어!"

원장은 출근을 서두르며 집 현관문을 나오다 소스라치게 놀란다.

현관문 앞에 크고 살찐, 싱싱한 쥐 한 마리가 턱, 놓여있다. 원장은 어머나! 소리 지르며 몸을 부르르 떨다가 집 안으로 도로 후다닥 들어간다. 원장은 소파에 털퍼덕 주저앉더니 우선 놀란 심장을 쓸어내린다. 그리고 곰곰이 생각해 본다.

원장은 아파트에 살기를 원했다. 하지만 원장의 남편이 소원이라면서 은행에서 대출까지 받아 통나무와 편백나무로 이층집을 지었다. 주택 주변에는 으레 고양이가 어슬렁거리며 다닌다. 다행인 것은 주택에 빈번히 나타날 수 있는 쥐가 보이지 않는다. 그런데 웬 쥐란 말인가.

2년 전, 새끼 고양이 한 마리가 집 근처를 맴돌았다. 까만 눈을 깜박거리며 야옹거렸다. 새끼 고양이가 도도하게 걸으며 아주 연약하게 야~아옹 거리면 먹이를 주고 싶은 마음이 절로 든다. 원장은 새끼 고양이가 까맣고 동그란 눈으로 빤히 바라보자 눈을 세 번 깜빡거렸다. 전에 TV에서 본대로 따라 해보자, 조금도 흔들림 없이 뚫어지게 바라보던 까만 눈동자가 깜박깜박 세 번 움직였다. 원장은 그 모습이 신기하고 귀여워 식구들이 먹다 남긴 생선이며 고기를 새끼 고양이가 다니는 길에 놓아두곤 했다. 그런데 이런 고얀 것 같으니라구. 은혜도 모르고 사람을 이리 기겁시키다니….

원장은 은혜를 모르는 고양이 행동이 궁금해 검색창을 열어본다. 어머, 세상에. 고양이가 쥐를 잡아다 놓은 것은 그동안 고맙다, 서로 잘 지내보자는 뜻이란다. 또 상대가 약해 보일 때, 내가 너를 이제 먹여 살리겠다는 마음이란다. 쥐를 사냥해서 자신을 먹여 살리겠다는 고양이의 은혜 베풂에 원장은 이마를 짚었다.

오호 통재라….

새끼 고양이 때부터 이 년 동안 음식을 주었으니 냐옹이는 원장에게 최고의 선물을 한 것이다. 으흐흐흐. 원장은 기가 막혀 웃는다. 원장이 가장 싫어하는 동물인데, 쥐꼬리만 봐도 소름이 끼칠 정도다. 고양이는 원장과 도저히 소통 불가능한 선물로 소통을 원한다.

소년도 그런 것일까. 그나저나 날마다 쥐를 잡아다 놓으면 어쩌나, 원장은 걱정이다. 뒷골마저 뻐근해져 온다.

올여름도 폭염이 연일 계속되고 있다. 뜨거운 사우나 탕 안에서 하루하루를 버티는 생활인 것 같다. 뉴스에서는 블랙아웃 사태가 올 수 있다고 난리법석이다. 전력 예비율이 몇 퍼센트에 불과하다며 온 국민이 전기 아껴 쓰기에 동참하자며 연일 긴급 뉴스가 쏟아지고 있다.

영원히 끝날 것 같지 않은 길고 긴 여름이지만 이 또한 때가 되면 계절이 순환되리라.

뜨거운 태양 아래 담장을 타고 탈출해 흐드러지게 핀 능소화가 등불처럼 조롱조롱 피었다.

옛날 소화라는 궁녀는 왕의 총애를 받다가 잊혀진 여인이다. 여인은 임금을 향한 그리움에 혹여 담장 넘어 발걸음 소리라도 들리지 않을까 고개를 빼고 기다렸다. 끝내 왕에게 잊혀진 여인은 시름시름 앓다가 세상을 떴다. 여인이 세상을 떠난 후 주변 담장에는 진한 주황색 꽃들이 피어났다. 사람들은 죽은 소화의 넋이 피어났다 하여 능소화라 이름 지었다.

원장은 통째로 떨어져 땅에서 또 한 번 피어 꽃의 소명을 다하는 능소화를 볼 때마다 마음이 짠하다.

원장은 학원 재정도 무시할 수 없지만 자신도 교육의 소명을 다하는 부끄럽지 않은 사회 교육자이고 싶었다.

소년은 여름방학을 앞두고 있다. 아직도 상담과 치료를 꾸준히 하고 있어 조금 안정되고 밝아진 모습이다. 그런데 오늘, 학교에서 돌아오자마자 소년은 제 방으로 쑥 들어가더니 문을 쾅, 닫는다. 잠시 후 소년의 통곡하는 듯한 소리가 들린다. 소년의 엄마는 깜짝 놀라며 방으로 뛰어 들어간다.

"왜, 왜 그래? 기원아. 또 무슨, 무슨 일이야?"

"엄마, 여기가, 여기가… 너무 아파! 여기가 너무 아프단 말이야!"

소년은 제 가슴을 가리키며 주먹으로 퍽퍽 치며 주저앉아 울부짖는다. 엄마는 응어리진 가슴을 치며 울부짖는 아들을 끌어안으며 억장이 무너지는 울음을 함께 토해낸다.

드디어 여름방학이 시작되었다. 아버지는 소년과 배낭여행을 준비한다. 아들을 위해 2주간 휴가를 낸 아버지는 내내 고민했었다.

중학생이 되자 또래 아이들에게 상처받고 응어리진 마음을 대체 어떻게 풀어야 할지…. 아들과 함께 여행하면서 어떤 이야기를 나눠야 할지 깊은 고심을 했다. 아버지는 우선 바다에 가기로 한다. 답답한 마음일 때 끝없이 펼쳐진 푸른 바다를 보면 그나마 가슴이 뻥 뚫리곤 했던 경험을 떠올렸다. 아들에게 한국의 사막을 보여주고 싶은 마음이다. 그는 차를 몰아 태안으로 달린다.

드디어 서해 바다가 보인다. 신두리 해안 사구를 보는 소년의 눈이 점점 커진다. 소년은 우리나라에 사막이 있다는 게 신기할 따름이다. 태안 신두리 해안 사구는 빙하기 이후 약 1만5,000년의 세월과 함께 만들어진, 긴 세월만큼이나 특색 있는 여러 생태계가 어우러져 있다.

아버지와 아들은 사막을 걸어간다. 모래가 부드러워서 발걸음을 옮기기도 어렵다. 소년은 가볍게 모래 한 줌을 쥐고는 바람결에 날려 보낸다. 방향을 잘못 날려 소년의 얼굴로 모래가 도로 날아온다. 소년은 얼굴을 찡그리며 비긋이 웃는다. 아버지는 사막을 걸으며 아무 말이 없다. 얼굴은 온통 땀으로 얼룩지고 이마에서 흐르는 땀 때문에 눈이 따갑고 앞이 잘 보이지 않는다. 소년의 등 뒤로 흥건히 땀이 배어 옷이 다 젖어있다.

"아빠, 너무 덥고 걷기 힘들어요."

괴로운 듯 온갖 인상을 쓰며 말하는 아들의 등을 아버지는 두어 번 토닥토닥 다독거린다.

"아들, 인생은 앞으로 지금보다 더 힘든 일이 많아. 이것은 힘든 것도 아니다."

그러면서 아들의 눈치를 슬쩍 살핀다.

"언제까지 계속 걸어가야만 하냐구요?"

소년은 이젠 참을 수 없다는 듯 퉁명스럽게 묻는다.

"끝날 것 같지 않은 길이지만, 조금만 더 걸어가 보자. 금세 바다에 다다를 수 있다."

아버지는 인생은 이렇게 사막 같은, 막막한 끝없는 길을 고통을 견디며 건너야 한다는 걸 일깨워 주고 싶다.

얼마나 걸었을까. 걷다 보니 해안사구에 붉은 해당화가 핀 거대한 군락지가 보인다. 소년의 눈이 휘둥그레진다. 사막에 붉은 꽃이 피어 있는 게 신비스럽다. 이미 절정이 지난 시기이다. 하지만 아직도 무수히 핀 해당화가 툭툭 떨어져 넓은 모래벌판이 붉다. 주변의 푸른 바다와 신록이 어우러져 실로 아름다운 풍경을 자아낸다. 자연이 빚어내는 경이로운 모습은 사람의 손으로 감히 표현할 수 없다.

그들은 해당화 군락지 속으로 들어선다. 붉은 꽃밭에 서서 서로 사진을 찍어준다. 어떤 여행객에게 부탁해 부자가 함께 포즈를 잡는다. 아버지는 오른팔로 소년의 어깨를 감싸 안으며 활짝 웃고 있다. 그러나 사진을 찍는 소년의 얼굴은 낯선 사람을 향해 잔뜩 움츠린 표정이다.

해당화 군락지를 통과하며 그들은 바다를 향해 걷고 또 걷는다.

소년은 걷다가 사막에 핀 붉은 꽃을 긴 손가락으로 어루만져본다.

손끝으로 서서히 스며드는 꽃물이 소년의 가슴으로 붉게 퍼진다.

그들은 바다에 더 가까이 다다른다. 아버지와 나란히 서서 소년은 푸른 바다를 바라보고 서 있다. 쏴아아 끊임없이 밀려오는 파도는 바위를 계속해서 철썩철썩 내리친다. 파도는 끓어오르듯 몰아쳐 바위를 때리고 또 때린다. 그러나 아무리 파도가 내리쳐도 바위는 끄떡없이 단단하다. 굳건히 제 자리를 지키고 있다.

제 몸에 감당하지 못하는 잔부스러기는 털어내고 바위는 묵묵히 바다와 마주 서있다. 파도가 아무리 세게 때리고 휩쓸어도 시간이 흐를수록 더 단단히, 자신만의 멋진 형상을 만들고 있다.

소년은 점점 우람해 보이는 바위를 바라본다. 소년은 제 마음 구석에 서서히 자라는 작은 바위를 만져본다. 우람한 바위를 한동안 바라보던 소년은 두 주먹을 불끈 쥔 채 허리를 꼿꼿이 세운다.